本居宣長の古典注釈

和歌の翻訳・本歌取・縁語

藤井嘉章

花鳥社

目次

第二部　本歌取論

第三部　縁語論

本居宣長の古典注釈——和歌の翻訳・本歌取・縁語——

序章

村岡典嗣『本居宣長』（警醒社・一九一一年）は、本格的な本居宣長研究の端緒であった。宣長自身の研究を文学説・語学説・古道説に大別し、それぞれの分野における研究の蓄積を経た上での総体的な宣長像を描こうとした。一方で、それ以降の宣長研究は文学説・語学説・古道説が日本文学・日本語学・日本思想史へと受け継がれ、分野ごとに細分化した研究が没交渉的に進行している状況にある。この研究状況の分断自体は既に長らく問題視されてきた。水野雄司『本居宣長の思想構造——その変質の諸相』（東北大学出版会・二〇一五年）や樋口達郎『国学の「日本」——その自国意識と自国語意識』（北樹出版・二〇一五年）などが、そのような問題意識に基づいて、文学説や語学説の議論の分析から古道説の思想を導く試みを行っている。しかしそのような試みの多くは、当該分野における宣長の理論的な記述を分析対象とすることで、抽象的な次元での相互の影響関係を追求している。概して、宣長が当の理論的な認識を形成してきた具体的な古典文献の読解が示される注釈書などが分析の対象となることは少なかった。このような一般的な状況に対して、文学説や語学説における宣長の古典文献解釈の実態の分析を通して、古道説にあらわれる思考様式に迫ろうとする研究を高橋俊和『本居宣長の歌学』（和泉書院・一九九六年）や田中康二『本居宣長の思考法』（ぺりかん社・二〇〇五年）、杉田昌彦『宣長の源氏学』（新典社・二〇一一年）、菅野覚明『本居宣長——言葉と雅び　改訂版』（ぺりかん社・二〇〇四年）が行っている。以上のように見てくると村岡以降の宣長研究は大きく三種の研究態度に分けて捉えることができる。第一に当該分野の領域内で専門的な研究を行おうとするもの、第二に分野横断的研究を宣長の理論的著作に基づいて行おうとするもの、そして第三に分野横断的な研究を宣長の古典解釈の実態に即して行おうとするもの、である。

　このように宣長研究のあり方を捉えた時、筆者は自身の研究を文学説の分野を主軸にした第三の態度として位置付けている。しかしながらこの第三の態度に基づく研究においては、その対象とする宣長の古典解釈の実例の研究蓄積が圧倒的に不足している。そのため分野間の越境を行う際に持ち出される統合的な観点は、その結論が実はすでに第二の態度によって得られた（多くは過度に法則性に拘り、硬直した枠組みを対象に当て嵌めるという）宣長像として先取りされており、その像を宣長の個々の古典解釈に当て嵌めて論じようとする傾向にある。第三の態度における以上のような問題点を踏まえて筆者は、宣長の古典解釈の実態を悉皆的な用例調査を通して明らかにすることを本書の最大の課題とする。そのことを通して、宣長の理論的な議論を捉え直す基盤を提供したい。

　以上の方針に基づいて本書の主な研究対象を以下のように設定する。すなわち、宣長の和歌解釈のありようが具体的に示されている著作として、和歌の俗語訳書『古今集遠鏡』（一七九四年、宣長六五歳成立）、及び和歌の注釈書『草庵集玉箒』（一七六七〜一七六八年頃、宣長三八〜三九歳頃成立）と『新古今集美濃の家づと』（一七九一年、宣長六二歳頃成立）を主に扱う。

　『古今集遠鏡』は、古今集歌を「俗語」に「訳《ウツ》す」という古典の現代語訳、すなわち翻訳書としての性格を持つ著作である。『古今集遠鏡』の俗語訳を分析することで、宣長の解釈態度を具体的に明らかにし、中でも「あはれ」の訳出の調査分析を行うことで「もののあはれ論」の具体的な再検討が可能となる。古典の解釈を翻訳という形式で示すという方法は近世期に入り漢学の分野から拡がったが、日本古典の解釈を翻訳として提示するのは宣長の『古今集遠鏡』を嚆矢とする。それゆえ宣長が古典解釈において翻訳という方法を採用した意義の探求は、彼の古典解釈のあり方を明らかにするうえで重要な課題となる。

『草庵集玉箒』、及び『新古今集美濃の家づと』は該当歌集の抄出和歌に対して注釈を施していくオーソドックスな注釈書である。本書ではその中で特に本歌取と縁語の解釈に着目して宣長の解釈の内実を分析する。本歌取という和歌修辞上の一技法を対象としたのは、その他の修辞表現である序詞、枕詞、掛詞、縁語、などを詞の上で含み込むことができるという本歌取歌の性質もさることながら、本歌取歌解釈のあり方が、注釈対象の和歌と、その本歌となる古典和歌との繋がりを解釈者がいかに捉えているのかを具体的に観察することのできる素材であるためである。また縁語解釈への着目は、宣長の和歌解釈が詞と詞の呼応に過度な拘りを示しているとして、宣長における縁語の重視が先行研究において指摘されてきたことによる。

本書の特色は、従来、理論的な認識の示されている『排蘆小船』、『石上私淑言』、『紫文要領』、『うひ山ぶみ』、『直毘霊』などの著作を基に論じられてきた宣長の思考様式を、『古今集遠鏡』、『草庵集玉箒』、『新古今集美濃の家づと』という宣長の古典解釈の実態が直接示されている翻訳書・注釈書の分析を通して捉え直そうとする点にある。

本書は三部構成をなしており、第一部「翻訳論」、第二部「本歌取論」、第三部「縁語論」に分けて宣長の和歌解釈の態度を分析する。

第一部「翻訳論」では、従来、宣長の和歌解釈態度は過度な論理的一貫性に拘るものであると評価されてきたのに対して、『古今集遠鏡』における翻訳の実態から、宣長の和歌解釈態度には論理的一貫性と解釈の柔軟性とが共存していることを示した。また、俗語訳という方法論の意義に着目して、「古言を以て古言を解する」と考えられる国学の文献学的実証主義という見方に反して、古典解釈において自らに親和的なことばである俗語訳を宣長は必要としていたことを示した。

第二部「本歌取論」では、本歌取歌に焦点を絞り、未翻刻資料を含む該当する用例全てを視野に収めた上で、本歌取歌解釈における分析的視点の諸相を帰納的に導き出した。その際、先取りされた宣長像に基づく恣意的な実例の取り扱いを極力排除することに努めた。その結果、宣長の本歌取歌解釈に様々な分析的視点を析出し得た。そのことは、宣長の和歌解釈態度の内に、唯一の法則に固執することのない柔軟性を認め得ることを意味する。その上で、宣長が和歌を解釈する際に、一首を越えて詞と詞の連関を見出そうとする分析的視点を用いる傾向があることも定量的に明らかにした。

第三部「縁語論」では、宣長が和歌解釈において用いるもののうち、「縁語」の名のもとに同一のものとして括られている諸評語を悉皆調査し、その評語を以てなされる和歌解釈の様々な分析的視点を帰納的に提示した。縁語の重視が詞の厳格な論理的運用という点から評価されていた従来の一面的な見方に対し、より微視的に詞と詞の繋がりに対する宣長の解釈の分析的視点の諸相を示した。その上で、宣長における詞と詞の繋がりに対する解釈において、一首内にある二つの事柄を対照的なものとして取り出すことで、視覚的な輪郭を際立たせようとする特定の傾向があることも指摘した。

各部の梗概を踏まえた上で、各章の概要を次に示す。

第一部第一章「『古今集遠鏡』と本居宣長の歌論」では、まず「もののあはれ」を『古今集遠鏡』における「あはれ」の訳出の分析に沿って考察した。「もののあはれ論」は理論的な側面から議論される場合、日本的共同性を構成する概念として捉えられる傾向（百川敬仁『内なる宣長』東京大学出版会・一九八七年など）にある。一方で『古今集遠鏡』における「あはれ」の訳出を見ると、「ア、ハレ」や「ア、」のように「歎息」そのものとして訳出されていることがわかる。これは「もののあはれ論」を共同性の構成とは反対に、個別の感情の動きとその表出に関わるものとして捉える視座を示している（前掲菅野がこのような「もののあはれ論」を提起する）。本章では、その二つの位相を共に認めるべきであることを主張した。また宣長の和歌解釈態度に関する先行研究について、『新古今集美濃の家づと』を対象とした研究も踏まえながら、宣長の古典解釈態度に関して論理的一貫性に過度に固執するという評価が一般的であることを確認した上で、『古今集遠鏡』における「あはれ」の訳出を調査した。その結果、宣長はそれぞれの和歌における「あはれ」の意味内容や訳文上の対応関係に関する工夫などによって、様々な訳出を行っており、訳出上の柔軟性を有していることを指摘した。

同第二章「本居宣長の俗語訳論——徂徠・景山の系譜から——」では、『古今集遠鏡』が古典解釈を翻訳という形式で行う実践であるという立場から、宣長が自らの古典解釈に翻訳という方法を採用した意義を、中国古典の俗語訳に関する荻生徂徠と堀景山の系譜を媒介として探求した。徂徠は古代中国語の中国語発音による直読直解が可能であるとの前提のもと、中国古典の日本俗語への翻訳を初学者のための便宜的方法に止めた。一方で景山は中国語の直読直解は「天性」の異なる日本人には不可能であり、日本俗語への翻訳が日本人の中国古典読解のために不可欠な方法であるとの見解を持っていた。以上の徂徠・景山の議論を踏まえた上で、宣長が、徂徠派による中国古典の直読直解は、表面上中国語発音をしながらも心中では翻訳を行っているに過ぎないと考え、中国古典の理解には景山同様の考えを持っていたことを示した。さらに、宣長における言語と古典世界との関係の認識を、徂徠のそれと比較することで、徂徠にとっての目指すべき古典世界である「先王の道」は最終的に言語を媒介することなく、振舞いとして合一すべき世界であったが、宣長にとっての目指すべき古典世界である「古の道」は言語として把握されるものであったことを指摘した。最終的に、宣長にとっては日本古典の俗語訳は初学者への便宜的方法に止まらず、古言を理解するための不可欠な方法であったことを示した。

第二部第一章「『草庵集玉箒』における本歌取歌解釈の諸相」では、宣長の初期和歌注釈書である『草庵集玉箒』における本歌取歌解釈に焦点を絞り、宣長の解釈の諸相を析出した。その際、伝統的な歌学書、特に頓阿『愚問賢注』の提示する本歌の取り方に関する枠組み、及びその現代における代表的な解釈である久保田淳「本歌取の意味と機能」（『中世和歌史の研究』明治書院・一九九三年）を主な参照軸にしながら、宣長が評釈中に用いる言葉や、本歌取歌一首の意味理解の実際に沿って、本歌取歌解釈の分析的視点を再定式化した。その結果、

(A)本歌の詞の意味内容を変容させて新歌に利用する本歌取
(B)本歌と同一の歌境を新たな視点から捉える本歌取
(C)本歌の詩的世界に依拠しつつ展開を加える本歌取
(D)本歌に応和する本歌取
(E)心中の歌境を詠出するため本歌の詞を利用する本歌取
(F)本歌の詞を同系統の別の詞に置き換える本歌取
(G)本歌を二首取る本歌取
(H)縁語的連想による本歌取
(I)本歌の趣向を変えない本歌取

の計九種の本歌取歌解釈の分析的視点を析出した。それらの分析的視点は、基本的には伝統的な歌学書に即したものである一方で、(H)縁語的連想による本歌取と(I)本歌の趣向を変えない本歌取は、宣長に特徴的な本歌取歌の解釈であることを指摘した。

同第二章「『新古今集美濃の家づと』における本歌取歌解釈の諸相」では、前章の分析結果に基づき、『新古今集美濃の家づと』を対象にして、宣長の本歌取歌解釈の諸相を分析した。その結果、前章で提示した分析的視点のうち、(E)心中の歌境を詠出するため本歌の詞を利用する本歌取が見出されず、また(I)本歌の趣向を変えない本歌取を『新古今集美濃の家づと』評釈においては「本歌の詩句と変わらない本歌取」と捉えることが適切であることを示した。そして新たに、

(J)摂取されていない本歌の詞を読み込む本歌取という分析的視点を見出した。その上で、宣長の具体的な古典解釈のあり方から彼の思考様式を導くために、本歌取歌解釈において「心を取る本歌取」と「詞を取る本歌取」の対立があることを確認し、宣長の本歌取歌解釈態度を石原正明『尾張廼家苞』における本歌取歌解釈と比較しながら分析した。その結果、宣長は「心を取る本歌取」と「詞を取る本歌取」両者の解釈を共に認めており、宣長の古典解釈態度が一般に規定されるような過度な論理的一貫性への拘りという性格規定とは異なり、解釈の柔軟性をも有していることを示した。

同第三章として「本居宣長手沢本『新古今和歌集』における本歌書入」を付した。これは本居宣長記念館所蔵の宣長手沢本『新古今和歌集』において本歌が指摘されている一七二首の新古今歌に対する書入を調査・翻刻したものである。調査の結果、二二七の書入項目が見出された中で、一九一項目が契沖『新古今和歌集』書入の内容と一致することが判明した。その一方で、四六項目が『新古今集美濃の家づと』の注釈では採用されていないことが明らかになった。次章の分析は、この調査に基づき行われている。

同第四章「宣長の新古今集注釈における本歌認定——手沢本『新古今和歌集』書入と『美濃の家づと』の相違に着目して——」では、前章に基づき、宣長手沢本『新古今和歌集』書入における本歌と、契沖による『新古今和歌集』への書入、及び『新古今集美濃の家づと』の本歌とが相違する新古今歌七五首を分析対象とし、これまでに析出してきた本歌取歌解釈の分析的視点を基に定量的かつ定性的な考察を行った。その結果、従前の分析的視点に従えば、(C)本歌の詩的世界に依拠しつつ展開を加える本歌取、(H)縁語的連想による本歌取、(J)摂取されていない本歌の詞を読み込む本歌取、として本歌を捉えることが、宣長の本歌取歌解釈の中で好まれる傾向にあることを示した。また定量的な有意性はないものの、本歌取歌を細かく分節して解釈しようとする事例を見出したこと、および(E)心中の歌境を詠出するため本歌の詞を利用する本歌取が、『草庵集玉箒』から『新古今集美濃の家づと』に至る過程で消滅していたことに関して、その理由を考察するための文献上の素材を提供したことも、本章の成果である。

第三部第一章「本居宣長における評語「縁」と「よせ」の輪郭――宣長の縁語解釈の解明に向けて――」では、第二部第四章で明らかにした宣長の(H)縁語的連想による本歌取への傾向と、また従来指摘されてきた宣長における縁語の重視という観点を踏まえた上で、宣長の評釈中にあらわれる「縁」と「よせ」の用例分析を行い、その使用法の輪郭を跡付けることを試みた。そこでは小野美智子「縁語の認定」(『文芸研究』第一五六集・二〇〇三年)に基づき、

(1)語同士が同一の連想の表象であること
(2a)同音異義の掛詞が介在すること
(2b)同一語異義の掛詞が介在すること
(3)掛詞の二重の意味が物象叙述と心象叙述とに分かれ、物象叙述の系列が縁語関係を構成すること
(4)語同士が論理的文脈の中に置かれていないこと

という縁語認定の基準を参照軸としながら、「縁」・「よせ」の各評語を用いることで宣長が示そうとする事柄を探った。結果として、

(一)「縁」が(1)~(4)に適う関係を指すもの
(二)「縁」が一首の趣向となるもの
(三)「縁」が一首の趣向とならないもの
(四)「縁」が(1)~(3)に適うが、(4)には適わない関係を指すもの
(五)「よせ」が(1)~(4)に適う関係を指すもの
(六)「よせ」が(1)~(3)に適うが、(4)には適わない関係を指すもの

（七）「よせ」が縁語認定の基準には適わないが、和歌的世界の場面設定における必然的な繋がりを示すもの
（八）「よせ」が一首を越えて想定されるもの
といった諸相を宣長の「縁」と「よせ」の用法のうちに見出した。

同第二章「宣長の「かけ合」の説――石原正明『尾張廼家苞』を手掛かりとして――」では、『新古今集美濃の家づと』における評語「かけ合」を調査し、石原正明『尾張廼家苞』の評釈も参考にしながら、その和歌解釈上における用法を記述、分類した。その上で、従来「縁語」として一括された諸評語の分析を通して、詞と詞の繋がりを過度に重視する傾向にあると論じられてきた宣長の和歌解釈像において、一つの評語のうちにも異質な視点が存在することを明らかにした。

『新古今集美濃の家づと』における宣長の評語「かけ合」が示していた内実を示せば次のようになる。
①句切れのと、のひ
②一首内の二つの事柄が和歌的世界において共起することの必然性
③一首内の二つの事柄間における対照
④上下句の心の深さの均衡
⑤詞上・意味上の繋がり
⑥縁語関係を示しているもの
このことから、宣長の用いる「かけ合」は、「縁語」としての和歌表現のあり方とは異質でありながら、概括的には「繋がり」とでもまとめざるを得ないような多様な「繋がり」の諸相を捉える評語として用いられていることを明らかにした。また以上の宣長の評語の分析は、彼の詠作における和歌の仕立て方の分析の基礎調査としての意義を有することも指摘した。

同第三章「ことばと視覚――評語「たゝかはす」から定家歌改作再考へ――」では、宣長の和歌解釈態度の内にみられる根本的な認識方法のあり方を、ことばと視覚の一体的把握として規定した。『草庵集玉箒』における縁語と関連の強い評語「たゝかはす」の用例分析から、二つの事柄を対照的に捉えようとする宣長の思考の傾向を見出し、それは全体と個別とを対照的に捉える思考としても『草庵集玉箒』中の評釈に現われていることを示した。そのような対照の思考は、一首の和歌に明確な輪郭を持った視覚像を浮かび上がらせようとする宣長の志向性であることを石原正明『尾張廼家苞』における「けざやかな」歌を好むとする宣長への評価を踏まえて指摘した。そのように詞と詞を対照的に捉えて、明確な輪郭を描く視覚像を浮かび上がらせるという認識のあり方が、藤原定家の新古今歌三首を改作する宣長の動機であったことを示した。最終的に「もののあはれ」として外界を把握する宣長の認識方法が、古文辞学派的な言語を介さない直観知としてではなく、ことばと視覚とが分かちがたく結びついた上での、「言・事・意」の一体的把握としてなされていたことを和歌解釈の実態に即して指摘した。

終章ではいわゆる「宣長問題」を本書における宣長の古典注釈のあり方に即して捉え直した。複雑雑多な事象を図式に収斂させて統一的に理解しようとする強力な志向が宣長にはある。その一方で、統一的な図式からは零れ落ちていくような事例を掬い上げようとする姿勢もまた、宣長は併せ持っていることを、本書の分析に基づいて論じた。

第一部

翻訳論

第一章　『古今集遠鏡』と本居宣長の歌論

はじめに

本章の目的の第一は、本居宣長の歌論を『古今和歌集』の口語訳テクストである『古今集遠鏡』（以下、『遠鏡』）を通じて検討することである。一般的に歌論とは、「和歌とは何か」という問いの下に展開される和歌の本質論と、「和歌をいかに読む／詠むか」という和歌の表現論とに大別することができる。そのうち、本居宣長の歌論として取り上げられてきたものは、「もののあはれ」を中心とした和歌の本質論に関する論考にほとんど尽きていたと言える。その理由は、宣長が歌論として残した著作『排蘆小船』及び『石上私淑言』においては、和歌の本質論に関わる著述が大部分を占めているためであると考えてよいだろう。先行研究においても、宣長の歌論について論じる際、対象とされるテクストはこの二書が中心であった。そもそも、宣長の歌論は、彼の古事記研究を中心とした古道説[1]との関わりの中で論じられることがほとんどである。それゆえ、宣長の歌論は和歌本質論として、和歌の表現論という具体論から抽象度を一段上げた相で捉えられてきた。そうすることで初めて宣長の歌論を、古道説に典型的に見られる宣長の思想との関係という水準において論じることができるようになるのである。一方で、宣長が和歌表現論として行った研究は注釈書という形式で残されており、現代の和歌研究における『古今和歌集』『新古今和歌集』等の注釈ないし評釈においても必ず言及される業績である。しかし、宣長の思想ないし学問論を主題とする研究においては、宣長の歌論研究における車輪の片側としての和歌表現論に関する分析が欠如していると言わねばならない。本章において試みる『遠鏡』を通じた宣長の歌論の研究とは、まさにこの間隙を埋めることを目的としている。『遠鏡』は『古今和歌集』の口語訳テクストであると同時に、その注釈書でもあり、古典和歌の解釈に他ならない。そこでは、和歌の一首一首について、宣長がどのように和歌を解釈したのかが克明に示されている。そういったテクストの性格ゆえに、和歌の本質論を述べた著作からは引き出すことのできない宣長の歌論の一側面を照射することができると考えられる。

　本章の第二の目的は、後述するように近年脚光を浴びている『遠鏡』が持つ意義を、和歌表現論の立場から再検討することである。『遠鏡』への評価としては、宣長の翻訳手法の周到さが指摘される一方で、宣長の和歌に対する解釈態度に関しては、彼の他の著作に対する研究で指摘されている論理的一貫性を重んじるという宣長像に引きつけて捉えられている。そして宣長の解釈態度に論理的一貫性を指摘する際には実際のところ、その裏面としての合理性への固執と、そこに包摂され得ぬものの排除という側面が前景化されているのである。宣長における解釈態度の論理的一貫性とは、硬直した枠組みを対象に一律に当て嵌めようとする態度として捉えられてきたと言うこともできる。宣長の解釈態度に対するそのような把握の仕方は、おそらく『遠鏡』を宣長の全体像の中で位置づける際、宣長の思想を主題とした研究に依拠した既存の観点に頼らざるを得なかったことが原因であると思われる。既存の観点とは、宣長の歌論におけるいわゆる「もののあはれ」論である。後に本論で詳述するが、「もののあはれ」とは、中世的教戒主義を乗り越える主情主義的価値の再発掘のための概念である一方で、心が動くべき事態に対して心を動かさなければならない、動かなければ「心なき人」として「もののあはれを知る」者たちの感性的共同体から排除されるような概念として捉えられる可能性を持っている。このような「もののあはれ」論は、宣長の源氏物語論である『紫文要領』や前述した『石上私淑言』という和歌本質論に関わる理論的著作から導き出されるのであるが、この認識を前提として宣長の和歌表現論に関わる注釈的著作を分析することは、和歌本質論的な「もののあはれ」論の図式を宣長の個別具体的な和歌解釈に対しても当て嵌めようとする「論理的一貫性」に根差していると言わねばならない。一方で、宣長が和歌をどのように読もうとしたのかが見て取れる『遠鏡』に対する分析を通して、論理的一貫性ないし和歌本質論から導き出される共同体的感性としての「もののあはれ」論とは異なる、解釈の柔軟性を示し個別的感性を重視する宣長像を提示することが可能となる。この側面の析出を行うことが、本章の第二の目的である。

本章の構成を示しておく。第一節では『遠鏡』というテクストから「もののあはれ」論がいかに論じられるかを検討する。結論を先取りすれば、共同体的感性論としての「もののあはれ」論と、個別的感性論としての「あはれ」論を峻別し、なおかつその二側面が宣長において共在していることを示す。次いで第二節、第三節では宣長の古典解釈態度に対して研究史の中で行われてきた評価を概観する。そこで、『新古今集美濃の家づと』(以下、『美濃』)と『遠鏡』の研究史における宣長の古典解釈態度の評価に、論理的一貫性と解釈の柔軟性という二つの観点があることを指摘し、その観点の違いは対象を悉皆的に捉えているか否かによって生ずることを確認する。最後に第四節では、『遠鏡』という俗語訳・注釈的著作における「あはれ」の訳出における多様性を分析することで、第一節で提出した個別的感性論としての「あはれ」論の可能性を示し、解釈の論理的一貫性という観点には包摂されない解釈の柔軟性を示す宣長像を提起する。

第一節　『古今集遠鏡』から見る「もののあはれ」論

『遠鏡』は、十世紀初頭に編纂された『古今和歌集』中の仮名序と短歌を、十八世紀後半の口語へと翻訳、すなわち俗語訳したテクストである。成立は寛政六年（一七九四）と考えられており、刊行されたのはその三年後の寛政九年（一七九七）である。翌年寛政十年（一七九八）に、宣長畢生の大著『古事記伝』が完成し、長年の研究の蓄積からなる学問論『うひ山ぶみ』が出版され、また宣長が享和元年（一八〇一）に没していることを考えると、『遠鏡』は宣長の最晩年の著作にあたるということができる。

宣長の歌論といった際、最も注目されてきたものが「もののあはれ」に関する議論である。「もののあはれ」は『源氏物語』に関する宣長の著作『紫文要領』において本格的に言及される。宣長が「もののあはれ」を用いて行う論述においては、人間性の陶冶を行うものとして物語を読む仏教的・儒教的な教戒主義的読解態度ではなく、作品や表現そのものに素直に心を動かす主情主義的読解態度が正当化される。

> 儒仏の教は、人の情の中に善なる所をそだて長ぜしめて、悪なる所をはおさへいましめて、善になをさんとする物也、さて其教によりて、悪なる情もなをりて善に化する事有也、歌物語は、其善悪邪正賢愚をはえらはず《ママ》、たゝ自然と思ふ所の実の情をこまかにかきあらはして、人の情はかくの如き物ぞといふ事を見せたる物也、それを見て人の実の情をしるを、物の哀をしるといふなり(2)

従来の教戒主義的読解に対して主情主義的な読解を主張する中で、「もののあはれ」が中心的な役割を担うことになる。しかしこの「もののあはれ」という言葉が中心的に論じられたのは、宣長の生涯において、上記で示した源氏物語文学論としての『紫文要領』と、歌論としての『石上私淑言』という共に宝暦十三年（一七六三）成立と考えられる著作に限られ、晩年の『源氏物語玉の小櫛』、『うひ山ぶみ』において若干の用例を見るにとどまる。本論において最も注目する『遠鏡』もまた、宣長の晩年に位置する著作である。以下では、『石上私淑言』と『遠鏡』という三十年以上の時を隔てた二つの著作を通して、「もののあはれ」論の再考を促すものとして、共同体的感性論としての「もののあはれ」論と個別的感性論としての「あはれ」論の峻別という観点を提出したい。

まずは『遠鏡』「はしがき」部分を検討する。この「はしがき」は『遠鏡』の冒頭に置かれ、俗語訳に関する方法を前もって記した部分である。全体は大きく四つに分けて考えることができるだろう。以下に「はしがき」の内容を分類して列挙する。[3] 丸括弧内の数字は「はしがき」の各段落の順番を示す。

【第一分類】（一）導入　（二）うひまなびなどのために　（二四）凡例　（二五）ひらがなして書る

（二六）訳のあらため

【第二分類】（三）京わたりの詞　（四）うちとけたる詞　（五）いきほひを訳す　（六）訳語の異なること

（七）つらねてうつす　（八）すべての意をえて訳す　（九）詞をかへてうつす

（十）詞のところをおきかへてうつす

【第三分類】（十一）ぞ・こそ・も・や　（十二）ん　（十三）らん　（十四）らし　（十五）かな　（十六）つつ

（十七）けり　（十八）なり　（十九）ぬ・つ・たり・き　（二十）あはれ　（二一）あなた・こなた

【第四分類】（二二）ふし・縁の詞　（二三）枕詞・序

第一分類とした（一）（二）（二四）（二五）（二六）は導入、あるいは凡例的な記述である。第二分類は（三）の「京わたりの詞」から（十）の「詞のところをおきかへてうつす」の部分とし、俗語訳の方法論に対する総論的部分と見なすことができる。そして第三分類とした（十一）から（二一）までが、具体的な詞ひとつひとつに対する訳語の一般的通則の提示部分であり、本論において最も注目すべき部分である。第四分類とした（二二）（二三）は和歌の修辞法と俗語の訳出の関係について述べた部分である。

「はしがき」は『古今和歌集』の俗語訳を行うに際しての宣長の方法論の提示であると考えるべき箇所であり、そのうち第三分類は特に語彙レベルでの訳語の一般的通則を示している。古代語と近代語において最も変化が激しく、かつ使用頻度の高い助詞・助動詞についての訳語の提示が主であり、俗語訳の方法論の提示という観点からは必須の条項であると言えるだろう。しかしそれゆえに、（二十）の「あはれ」、及び（二一）の「あなた」「こなた」が、自立語としては例外的に取り上げられていることが注目される。ここで、「あはれ」の項を見てみると次のようにある。

> あはれを、ア、ハレと訳せる所多し、たとへばあれにけりあはれいくよのやどなれやを、何《ン》年ニナル家ヂヤゾヤ、ア、ハレキツウ荒タワイと訳せる類也、かくうつす故は、あはれはもと歎《ナゲ》息く声にて、すなはち今《ノ》世の人の歎息《ナゲキ》て、ア、ヨイ月ヂヤ、ア、ツライコトヂヤ、又ハレ見事ナ花ヂヤ、ハレヨイ子《コ》ヂヤなどいふ、このア、とハレとを、つらねていふ辞なれば也、あはれてふことをあまたにやらじとや云ゝは、花を見る人の、ア、ハレ見事ナといふ其詞を、あまたの桜へやらじと也、あはれてふことこそうたて世の中を云ゝは、ア、ハレオイトシヤト、人ノ云テクレル詞コソ云ゝ也、大かたこれらにて心得べし(4)

第一に、「あはれ」は「ア、ハレ」という俗語訳を当てる事が多いということ、第二に、その理由として「あはれ」がもともと歎きの声を表している事が述べられている。以上を踏まえて『石上私淑言』の記述を見てみよう。当該書は『遠鏡』成立の三十二年前、宝暦十三年の著作であり、宣長の歌論において「もののあはれ」が中心的に論じられたものであった。その「物のあはれを知る」の項において、次のような端的な記述を見出すことができる。

さて阿波禮《アハレ》といふは。深く心に感ずる辭《コトバ》也。是も後世には。たゞかなしき事をのみいひて哀字《アイノ》をかけ共。哀はたゞ阿波禮《アハレ》の中の一ッにて。阿波禮は哀の心にはかぎらぬなり。〈中略〉阿波禮《アハレ》はもと歎息《タンソク》の辭《コトバ》にて。何事にても心に深く思ふ事をいひて。上にても下にても歎《タン》ずる詞也。(5)

『石上私淑言』においても、『遠鏡』と同様に「あはれ」とは、本来的には人の歎息を表す言葉であることが述べられている。人の心が何かに感じ入り、動くとき、思わず出る歎息が「あはれ」なのだ。

このように「あはれ」に関する宣長の記述は、『石上私淑言』と『遠鏡』において一致している。その共通点を端的に言えば「あはれ」とは「歎息」である、ということである。菅野覚明は、この「歎息」としての「あはれ」に注目して、宣長の「あはれ」が、感情の動きやその深浅に関わる概念である事を次のように述べている。「宣長が発見したあわれの領域とは、一言でいえば歎息の世界である。それは、心に即していえば、道理や意味とは別の、感情の動きそのもの、深さそのものに対応する領域である」(6)。歌をその意味内容に即して捉えようとすると、その意味内容の道徳的善悪を論ずる教戒主義的態度に容易に接続されることになる。それとは対照的に、宣長が「あはれ」という言葉を用いて示そうとした和歌のあり方は、歌の意味内容ではなく、感情の動きとその深浅へと方向付けられていたと菅野は述べるのである。

菅野自身の用語法では、「あはれ」と「もののあはれ」とは理論的な区別をされずに用いられているように見えるが、ここで今まで特に断ることなく用いてきた「あはれ」と「もののあはれ」とを、区別することが可能であるのかの考察を行いたい。宣長自身の記述を見ると、「もののあはれ」とは「しる」ものである。

さま〴〵におもふ事のある是即もののあはれをしる故に動《ウゴ》く也。しる故にうごくとは。たとへば。うれしかるべき事にあひて。うれしく思ふは。そのうれしかるべき事の心をわきまへしる故にうれしき也。又かなしかるべき事にあひて。かなしく思ふは。そのかなしかるべきことの心をわきまへしる故にかなしき也。されば事にふれてそのうれしくかなしき事の心をわきまへしるを。物のあはれをしるといふ也。(7)

ここで注目に値するのが、「うれしかるべき事の心をわきまへしる」、「かなしかるべきことの心をわきまへしる」という表現である。この「べし」の表現から、宣長が、「うれしい」、「かなしい」と感じることが妥当であるという領域を想定していることがうかがえる。「物のあはれをしる」者であれば、「かなしい」と感じ、それを知らぬ者には「かなしい」とは感じられない美的かつ倫理的な価値の支配する空間を想定しているとも言えるだろう。このような「もののあはれ」の捉え方は、百川敬仁が、「もののあはれ」という概念において宣長が日本的共同性の原理を準備したとする考えに典型的に表れている。

その着想（筆者補：「もののあはれ」）の核心は、社会秩序と人間の自由とを本質的に対立するものと捉えた上で、一転、秩序に否定的契機の役割を振り当てこれを足場に被治者のみならず広く人間一般のいわば共苦する共同性を構想し、しかしてその共通の根本気分に「もののあはれ」の名辞を与えることによってこの共同性を概念化しようというところにある。(8)

重要なことは百川も、「あはれ」と「もののあはれ」の間における理論的な区別をつけていないことである。百川は、「もののあはれ」において宣長が日本的共同性の原理を準備したとする説明と、ほぼ同趣旨の内容を今度は「あはれ」という言葉で語っている。

宣長の狙いは〈中略〉「上古」とそれ以後の時代とを内在的に架橋し得る日本独自の精神的本質として「あはれ」なるものを抽り出し、以て「上古」＝「自然」＝価値の視点から現実を掴もうとするにあったことが明白だ。と同時に、重要なことだが、そのようなものとしての「あはれ」こそ和歌および物語の核心なりと断定されたために文学はこの時から宣長の思考の内部で決定的にナショナルな価値と結合されざるを得なくなってしまったのだ。つまり「あはれ」は「吾国自然之神道」を創始した神の代に発し世々和歌・物語作者の心に宿り伝えられた一種の精神だと考えられることによって、倫理と美とを包括する不可思議な概念としてせせり出てきたのである。(9)

百川が「あはれ」を用いてこのように述べるとき、単なる歎息としての「あはれ」は、美的価値を知るべき「もののあはれ」の共同性論へと混在させられてしまっていることがわかるだろう。

しかし、一方で先にも述べたように菅野も「あはれ」と「もののあはれ」の間に理論的な区別を設けなかったが、むしろその事によって、百川とはいわば逆向きの方向として、歎息としての「あはれ」の持つ含意を「もののあはれ」にまで及ぼしている。

儒教的な心の捉え方は、基本的に心を実体化して捉え、その本体や効用を直接心そのものについて考えようとするものである。序論でも見たように、これは人間の心を実なるものとして見出だした近世的な思考の、一つの典型的なパターンであるといえる。実情論を含めて、近世前期の思想に共通する実なるものへの関心は、人間の心についていえば、それを物のようなものとして捉え、その本質や働きを思弁的に理解しようとする傾向を持つ。そのときの理解を支えるのが、道理や義理、あるいは単に理と呼ばれるものであるが、宣長が歌や物語の論において斥けようとした議論・理屈とは、まさにそうした理を指すものである。宣長がそうした思弁による心そのものへの接近を斥けるとき、宣長が心の問題を扱うための場として提示したのは、心それ自体ではなく、言葉としてある心であった。一見、心を思弁的に捉えているかのように見える物のあわれ概念も、実は、「あわれ」という音声に即した議論なのである[10]。

ここで、儒教的な「実体化」され「物のようなものとして捉え」られる「心」に対置されるような、宣長にとっての「言葉としてある心」というその言葉とは、歎息としての「あはれ」という音声としての言葉に他ならない。

菅野がまた、

物のあわれを知るとは、ものに触れる経験そのものをいうのであり、それがいかなる行為に結びつくかは、たかだか蓋然的に予測できるに過ぎない。むしろ、深いあわれは、しばしば説明のつかぬ不合理な行為、偶然的・衝動的行為につながる場合がある[11]。

と述べていることから、彼の「もののあはれ」論に対する見方が、「歎息」としての「あはれ」が示す感情の動き・感情の深浅、すなわち不合理性・偶然性・衝動性という含意を重視していることがうかがえるのである。

以上、菅野と百川の両者が「あはれ」と「もののあはれ」を理論上、及び用語上区別せず一体のものとして捉えながら、両者の内に認める根本的な理論的可能性が、個別的感性論と共同体的感性論として相反している状況を見ることで、却って「あはれ」と「もののあはれ」それぞれの含意を明確に規定し得るだろう。

改めて宣長自身の言葉に即して「あはれ」と「もののあはれ」の含意を確認しよう。繰り返せば、「あはれ」は「歎息」であり、感情の深浅の問題であった。宣長は三代集における「あはれ」を含む和歌を列挙しながら、次のように述べる。

さてかくのごとく阿波禮といふ言葉は。さまぐ\いひかたはかはりたれ共。其意はみな同じ事にて。見る物きく事なすわざにふれて。情《ココロ》の深く感ずることをいふ也。俗にはたゞ悲哀《ヒアイ》をのみあはれと心得たれ共。さにあらず。すべてうれし共おかし共たのし共かなしとも《ママ》こひし共。情に感ずる事はみな阿波禮也。(12)

ここには先に「もののあはれ」の用例で見た「べし」の語はなく、ただ「情の深く感ずること」が「あはれ」であると述べられている。このことを念頭に置いたうえで、最終的に次の一文において、「あはれ」と「もののあはれ」の区別が明確化されるであろう。

されば阿波禮といふ事を。情の中の一ッにしていふは。とりわきていふ末《スヱ》の事也。その本をいへばすべて。人の情の事にふれて感《ウゴ》くはみな阿波禮也。故に人の情の深く感ずへ《ママ》き事を。すべて物のあはれとはいふ也。(13)

「あはれ」と「もののあはれ」の対比がはっきりと示されている。「べし」の有無を考慮すれば、「あはれ」はある人の情が事に触れることで動くことである。一方、「もののあはれ」とは、人という、もの、の情が深く動くことが妥当であるような物事に関して言われている。すなわち、「あはれ」とは対象その物との対峙によってそこに歎息が生じるという、極めて個人的かつ個別的な体験における位相の言葉なのである。そこには「もののあはれ」が含意していたような共同性へと向かう契機とは逆の、いわば個別性の内に止まることの可能性が胚胎している。また、菅野の議論において見たように、歎息としての「あはれ」には、不合理性・偶然性・衝動性が内包され、その価値の肯定がなされていると言えるであろう。一方で「もののあはれ」には感情が深く動くことが望まれる対象があり、そこで生じる感情の動きや深浅を共有する人々の共同性への志向を読み取ることができる。(14)

以上、「あはれ」と「もののあはれ」を峻別するという観点が、菅野と百川のそれぞれの議論、そして歎息としての「あはれ」という認識から導き出された。「もののあはれ」とは、美学的価値空間を組織することで共同性へと導いていく概念である。本論では、この理論的志向性を共同体的感性論としての「もののあはれ」論と定義する。一方で「あはれ」とはむしろ対象その物との主観的経験から発せられる歎息であることから、個別性や不合理性、偶然性や衝動性といった志向を有しており、それを個別的感性論としての「あはれ」論として捉えることにする。

本章では最終的に、『遠鏡』における「あはれ」という言葉への俗語訳の実態を見ることで、研究史において主流を占める、宣長が古典解釈に際して論理的一貫性を重視するという立場に対する対案を提出する。論理的一貫性の重視という見方は、宣長の古典注釈に実証主義的かつ統一的な解釈という価値を与えると共に、解釈の細部においては融通が利かないという特徴を持つとする宣長観の表明でもある。それは取りも直さず、本章で言う所の共同体的感性論としての「もののあはれ」論における志向性として美学的空間を想定する宣長が、そこに包摂されないものを論理的一貫性によって排除していく、という見方が前提にされていると言えるだろう。しかし、宣長は他方で個別的感性論としての「あはれ」論的思考としての、対象その物と対峙するという側面も持っている。そこでは、論理的一貫性や法則、すなわち既定の枠組みには包摂されないものをも認めていく柔軟な解釈態度を見出すことができる。

第二節　本居宣長の古典解釈態度をめぐる二つの立場
――『新古今集美濃の家づと』の研究史を事例に――

『遠鏡』を直接議論の俎上にあげる前に、宣長の古典解釈が研究史の中でいかに捉えられてきたかについて、別のテクストを用いて実例を検討しよう。本節では、『新古今和歌集』の注釈書である『美濃の家づと』（以下、『美濃』）を対象としたい。『美濃』は寛政三年（一七九一）に成立し、宣長が『新古今和歌集』中の六九六首に対して注釈を加えたものである。

『美濃』を宣長の古典解釈に対する態度との関係から研究する中で、藤原定家歌の改作が一つの大きなテーマとなっている。宣長は、『新古今和歌集』を最上の歌集であると考えていた。しかし、その注釈をひとつひとつ見ていくと、新古今歌に対する「添削」とも言える処置が見出される。例えば、三五番歌には、

晩霞

なごのうみの霞のまよりながむれば入日をあらふおきつしら浪

初句のもじ、やとあるべき歌なり、此ながめは、かすみの間ならでも同じことなれば、題の意はたらかず、(15)

とあるように初句の「なごのうみの」を「なごのうみや」とすべきであることを述べている。このように宣長にお

ける新古今歌に対する指摘には、和歌中の一部分の助詞の改変を要求することが多いが、一首全体の改作に及ぶものが全部で三首ある。四〇番歌、三六三番歌及び四二〇番歌である。そしてこれら三首は全て藤原定家の和歌である。板本を底本とする筑摩書房版本居宣長全集中の『美濃』では、これら三首に対する改作は「或人の云」という表現で、改作の主体が曖昧になっており、宣長による改作であると断言することはできない。しかし、石川泰水が自筆稿本と校合した際、それらの主体が全て宣長自身であることが明らかにされている。(16)宣長による定家歌の改作例を、原歌と共にここで列挙する。

大空は梅のにほひにかすみつゝくもりもはてぬ春の夜のつき（春上・四〇）
　大ぞらはくもりもはてぬ花の香に梅さく山の月ぞかすめる
見わたせば花も紅葉もなかりけり浦のとまやの秋の夕暮（秋上・三六三）
　見わたせば花ももみぢもなにはがたあしのまろ屋の秋の夕暮
さむしろやまつよの秋の風ふけて月をかたしく宇治の橋姫（秋上・四二〇）
　さむしろにまつ夜の月をかたしきて更行影やうぢの橋姫

これらの改作の意図を、野口武彦(17)は以下のように指摘している。一首目の四〇番歌は、「梅のにほひ、かけ合たる詞なき故に、はたらかず」(18)と注されて、改作歌では「梅のにほひ」が除かれている。『八代集抄』、『尾張廼家苞』などが主張する、「梅のにほひ」それ自体が霞となっているという「景気」を重視する解釈を否定し、宣長は詞と詞の続き様に焦点を絞った解釈を示している。二首目の三六三番歌においては、「けり」を詠嘆の助詞と解釈し、あると思っていた花や紅葉が、浦の苫屋に来てみたらなかったのだという詠嘆を表すことになるが、『源氏物語』

明石巻を念頭に置いている浦の苫屋には、もともと花も紅葉もないはずであるので、詠嘆の意味での「けり」が現れるのはおかしい、と宣長は考える。そして「花も紅葉もなかりけり」を「花ももみぢもなにはがた」とし、「難波潟」に「なし」を言い掛ける秀句として改作している。三首目の四二〇番歌は、「さむしろや」の「や」への不信から、「に」へと改作し、「月のあへしらひの詞」(19)の必要性から、「影」を挿入している。このことによって、「てにをは」の問題としての「や」と、詞と詞の繋がり上の問題であった「月のあへしらひの詞」の問題が改作歌によって、解決されたことになる。

このような一連の改作の特徴を野口武彦は「われわれが見出すものは、一方における宣長の言葉の論理的運用への特殊な執着であり、他方における『景気』への無感覚なのである」(20)と規定する。「景気」とは和歌において機知的に表現される情景を指すが、野口の論に見られるのは、定家歌の改作という事実から見られる宣長の論理的一貫性への執着という観点である。

また、日野龍夫も(21)『美濃』を取り上げた論文で、定家歌の一一四二番を取り上げて、異なる視点から野口と同様の見解を表明している。

年も経ぬいのる契ははつせ山をのへのかねのよそのゆふぐれ

二の句以下めでたし、詞もめでたし、下句、尾上の鐘なる故に、よそに遠く聞ゆる意にて、よそとつゞけたり、さてよその夕暮とは、よその人の、入相のかねに、来る人をまちてあふ意也、さてそれは、わが祈る契なるに、わが祈《リ》は、しるしなくしてよその人のあふ契なるよと也、そのよその人にあふ人は、わがおもふ人なり、こはいとめでたき歌なるに、年も経ぬといへること、はたらかず、かけ合へる意なきは、くちをし(22)

上記の歌に対する宣長の注の最終部分「こはいとめでたき歌なるに、年も経ぬといへること、はたらかず、かけ合へる意なきは、くちをし」を、日野は「その表現（ここでは「年も経ぬ」）を必然的なものたらしめるような言葉が一首の中に見出されないため、あってもなくても歌意に影響のない表現になってしまっている[23]」と解釈する。一方、石原正明『尾張廼家苞』は宣長のこの見解を批判して「別に何のかけ合をかまたん[24]」と述べ、久保田淳『新古今和歌集全評釈』も「祈ってもその甲斐がなく、年月が経っているので、『年もへぬ』といったのである。この句は、この一首の中で必然性のない句ではない。しかし、この初句切れが唐突な感じを与えることは事実である。その唐突さに伴う違和感、調和を破るような意外性こそは、この歌を詠んだ頃の定家の狙いであったと思うのだが、『美濃』の非難は、そういう違和感に由来する反撥から発しているのであろう[25]」と宣長『美濃』の解釈を分析する。

だが日野は石原正明・久保田の宣長評を検証した上で、

しかし宣長はそう考えなかった。原文は「いのる契ははつせ山」であって、「いのりし契ははつせ山」などではない。過去の助動詞「き」が用いられていない以上、この「いのる」はあくまで現在只今の行為である。宣長の理解は恐らくこういうことで、そのように解すれば、確かに「年も経ぬ」という第一句は第二句以下と結びつかず、浮き上ったものとなる。

一体、宣長には、過去の出来事を述べる場合にはきちんと過去の助動詞を用いるべきであるという持論[26]があるとし、「常識や慣例よりも論理に従うという宣長の面目が躍如とするのは、過去の助動詞が用いられていない表現に対して、文脈上すこしでも現在の出来事と解する余地があれば、たとえ歌の情趣を損おうとも、現在の出来事と解してしまおうとする姿勢である」[27]と述べる。これもまた、野口と同様に、宣長の古典解釈を論理的一貫性への執着として捉える立場である。

野口と同様『美濃の家づと』における宣長による定家歌の改作を対象とした論考の中で鈴木淳は、宣長の改作において先にみた諸論を次のように表現し直す。

> 宣長の改作が「理のみを先にして、縁語言葉のいひくさりを求て、」なされたもので、「風致」をないがしろにしたとの指摘は、改作批評の意図をよくいひ当てたものとみるべきである。けだし、宣長の改作批評には、原歌の持つ新古今的な「風致」を犠牲にしてまで、あへて意・詞の整合性を優先させようといふふしが認められるからである。[28]

また、

> 宣長の改作批評は、みな「すべて歌は、かやうにいたづらなる詞をまじへず、一もじといへどもよしあるやうによむべきわざぞかし。」（『美濃の家づと』三九八頁）といふ、彼一流の歌観にもとづいてなされたものである。しかし、改作批評を通して具体的に知られる限りでは、新古今風といふにはほど遠く、正明が「無用のもしを一もしもいれしと構ふるは、草庵なとの風骨也、」（『尾張廼家苞』一五頁）といふとほり、歌風はかの「草庵体」に近く、歌観も二条家流のそれに立つたものだ。[29]

とも述べる。その議論は先の野口の論と大きく変わることはないように一見思われる。すなわち鈴木も、石原正明や野口と同様に宣長の改作が、縁語の繋がりを歌の表現する「風致」より先行させ、その解釈態度を強引に適用していくものであると見ているようである。しかし、鈴木は、『玉勝間』の「おのが帰雁のうた」〔六一九〕項において宣長が以下のように逡巡していることに注目する。

帰雁の題にておのれ、「春くれば霞を見てやかへる雁われもとそらに思ひたつらむ、いまひとつ、「かへるかりこれもこしぢの梅香や風のたよりにさそひそめけむ、とよめりける後なるをよく思へば、末の二句に、雁の縁なくて、いかにぞやおぼえければ、又とかく思ひめぐらして、「うめがかやさそひそめけむかへる雁これも越路の風のたよりに、となんよみなほしける、これはしも、こしぢを末の句にうつしたるにて、雁の縁はさることながら、歌ざまは、いさゝかおとりておぼゆるは、いかならむ、歌よく見しれらむ人、さだめてよ、(30)

この記述から鈴木は、必ずしも宣長の中で縁語表現が風致に先行して表出されるものではないのではないかという疑問を提出する。また、実際は宣長によるものであった改作歌の提示が、「或人の云、……などあらまほし」という他者に仮託され、また願望の表現によって表されていることを指摘した上で、

宣長は、新古今歌についても、自詠についても、かなり深刻な評価の分裂をきたしてゐたといへないだらうか。改作批評とは、縁語や言ひ掛けによる「かけ合ひ」を重んじようとする二条家流の態度と、それよりも風体を重んじようとする態度との分裂から生まれたもので、かならずしもそこで、一方を良しときめつけたわけではない。むしろ、『玉勝間』の記事がさうであるごとく、最終の判断を、読者に預けた格好である。(31)

と結論付ける。これは、改作の際に、稿本では「我ならば」と自身の改作であることを前面に押し出していたのに対して、板本において「或る人云う」と改作の主体をぼかしたことへの、一つの理由説明にもなり得るであろう。鈴木の眼目は、定家歌の改作から、必ずしも論理的一貫性に執着するのではない、宣長の柔軟な解釈態度を重視する観点を導入することの必要性を主張するものであると言えるだろう。

以上のように、『美濃』を例にして見たものは、宣長の古典解釈に関しては、論理性・合理性に執着すると考える立場と、その性格を一部で認めつつも、柔軟な解釈態度に光を当てる立場があるということである。

第三節　『古今集遠鏡』と本居宣長の古典解釈態度をめぐる立場

以上を踏まえた上で、『遠鏡』をめぐる議論にも『美濃』をめぐる一連の論考と同様、宣長の古典解釈に対して、論理的一貫性を強調する立場と、柔軟な解釈を重視する立場の二つを見出すことができる。

『遠鏡』研究史の中で、そのテクストを近世期の言語資料として体系的に記述したものとして永野賢の論考[32]がある。『遠鏡』「はしがき」において、宣長が俗語訳の通則として一般的に妥当する訳出方法を述べた箇所を検証した上で次のように述べる。

以上、ざっと見わたしたまでであるが、宣長は、古今集所収の千百十一首の歌（長歌を除く）の俗語訳を試みるに当たって、帰納的に雅俗の対応関係を考え、通則として整理したものと断定してよかろうと思う。細かく検討すれば、はしがきの原則論と実際の俗語訳との間に食いちがいのあるものがあるけれども、大局的には、きわめて精密な俗語訳の通則——換言すれば、雅語と俗語との対応関係の原則——を打ち立てたもの

というべきである。(33)

これは宣長の古典解釈を論理的一貫性として規定する立場であると整理できる。

また近年、論理的一貫性を備えたものとして『遠鏡』を評価する研究に田中康二、及び鈴木健一両氏のほぼ同時期に書かれた二つの論考がある。(34) まず田中は、『遠鏡』における俗語訳の技法として、①「ことならば」を一貫して「トテモ〜(クラキ)ナラバ」という型を用いて訳出すること、②無用な序詞は訳出しないこと、③掛詞を認めないことで詞の重層的なイメージを排除する傾向にあること、といった特徴があるという指摘を行った上で次のように述べる。

宣長は「詞」が外に出ることによって「心」が芽生えてくると考えていた。それが歌の表現である。そういった意味で、宣長の和歌観は詞主心従である。それゆえ、歌の「詞」は常に宣長の理解した「心」を媒介にしながら、一対一対応で俗語に置き換えられる。〈中略〉人は物を見るとき、多少なりとも対象を歪めて見ている。おそらくそれが理解するということの本質であろう。したがって、宣長の『古今集』理解が誤解を含むのは必然である。むしろ問題なのは、常にぶれない虚像を映そうとする宣長の信念である。それは『遠鏡』に限らず、宣長の注釈に常に付きまとう問題である。(35)

この論述は、宣長の俗語訳の技法から、彼の思考様式としての論理的一貫性を析出しようとするものといえる。

また、鈴木健一は、『遠鏡』において宣長が真淵批判を行っている注釈を含む和歌三首を分析の対象とし、そこに見出される一貫性をもとに、真淵との比較によって認められる『古今集遠鏡』の記述からは、限定的な解釈に拘泥してしまう宣長の厳密性が見て取れるだろう。〈中略〉ここで指摘したような、ことばの意味を限定的に捉えて厳密性を守ろうとする姿勢からも、やはり合理性への志向を見て取ることができるだろう。[36]

という厳密性・合理性に拘泥する宣長像を提示する。

以上のように、永野・田中・鈴木の三者は『遠鏡』の俗語訳の実際に即しながら、そこに論理的一貫性という態度を指摘している。

論理的一貫性を主張する立場の一方で、先の永野の論を受けながら、宣長の俗語訳の一般通則的側面をさらに精緻に追求し、結果的にその解釈の柔軟性を指摘したものに、高瀬正一の論がある。[37]高瀬は『遠鏡』「はしがき」に挙げられた助詞・助動詞の訳出に関する一般通則の適用の実際を検証した永野賢の論文に倣い、その一般通則を宣長の助詞・助動詞に関する最も詳細な研究著作である『詞の玉緒』に見出し、『詞の玉緒』における『古今和歌集』中歌の助詞、助動詞の解釈が、『遠鏡』の俗語訳とどのような関係にあるのかを検証した。結果として、『詞の玉緒』で試みられた解釈と『遠鏡』の俗語訳の訳出の対応は三分の一以下であるとのデータを得た高瀬は、「『遠鏡』の俗語訳が、規範に捉われない自由な独自性を持っていることの一つの証と云えよう」[38]と述べるに至っている。すなわち『遠鏡』で示される宣長の解釈に対して、その柔軟性の側面を指摘しているのである。

ここまで見てきたように、『遠鏡』の分析を通じた宣長の古典解釈の態度として、論理的一貫性を指摘する立場と、柔軟な解釈を重視する立場の二つがある。前節では『美濃』における同様の二つの立場を示すに止めたのに対し、本節では『遠鏡』をめぐる議論において、何がその立場の違いを生んでいるのかを明確に指摘できるように思われる。それは、分析の対象とするテクストの扱い方に関わっている。

古典解釈の論理的一貫性を重視する立場が分析の対象とするのは、永野の論考のように「はしがき」という原則を示した部分であり、また田中及び鈴木健一のような数か所の用例に限られたものであった。一方、永野の議論を引き継いでより綿密な調査を行った高瀬の論考は、『遠鏡』の俗語訳を一定の基準に照らした上で悉皆的に行われた分析であり、そこからは解釈の柔軟性という視点が導かれたのであった。

宣長の古典解釈に対する態度をめぐる議論の二つの立場が、分析対象の範囲の違いにあることを確認した上で、次節では出来る限り「はしがき」と俗語訳を相互に参照し、さらに『遠鏡』以外のテクストとの関連も考慮しながら、『遠鏡』における「あはれ」の解釈を検討し、具体的な和歌の解釈、詞の解釈から、宣長の歌論という一般的テーマに迫り得る可能性を示したい。その可能性とはすなわち、本章第一節で提起した個別的感性論としての「あはれ」論と共同体的感性論としての「もののあはれ」論を分節化することである。

第四節　『古今集遠鏡』の「あはれ」俗語訳

ここで今一度、宣長における「あはれ」の根本に立ち返るならば、「阿波禮はもと歎息《タンソク》の辭《コトバ》にて。何事にても心に深く思ふ事をいひて。上にても下にても歎《タン》ずる詞[39]」であった。また『古今和歌集』仮名序の「めに見えぬおに神をもあはれと思はせ」は、『遠鏡』の俗語訳では「目ニ見エヌ鬼ヤ神ヲ感ジサシタリ[40]」となっているように、ものに触れた際の感情の動きが「あはれ」であった。この事を念頭に置いて、第一節で触れた『遠鏡』「はしがき」の「あはれ」の条項の後半部分に目を通してみたい。

さてそれより転《ウツ》りては、何事にまれ、ア、ハレと歎息《ナゲ》かるゝ事の名ともなりて、あはれなりとも、あはれをしるしらぬなども、さま〴〵ひろくつかふ、そのたぐひのあはれは、ア、ハレと思はるゝ事をさしていへるなれば、俗言には、たゞにア、ハレとはいはず、そは又その思へるすぢにしたがひて、別《コト》に訳言《ウツシコトバ》ある也[41]

元来歎息の言葉であった「あはれ」がいわば名詞化して、「あはれなり」や「あはれを知る」というように使われることがあり、その場合は歎息を誘発するものを指しており、「ア、ハレ」という歎息の言葉としてだけで訳すのではなく、歎息を引き起こすものに従って訳すとしている。宣長は総論部である「はしがき」においてはっきりと、「あはれ」に一対一対応の訳語を付けるのではないことを述べている。

『古今和歌集』を通して「あはれ」という言葉は、二十三箇所抽出することができる。その内、三箇所は先にあげた仮名序中にあり、「あはれ」を含むもう三首は長歌である。分析対象を一定にするために、散文である仮名序中の「あはれ」は分析の対象から外し、また俗語訳の施されていない長歌も除外すると、本論で分析の対象となる「あはれ」を含む短歌は全部で十七首となる。『新編国歌大観』に従って歌番号を示せば、三三・三七・一三六・二四四・四七四・五〇二・六〇二・八〇五・八五七・八六七・八七三・八九七・九〇四・九三九・九四〇・九四三・九八九である。

これら十七首における「あはれ」の『遠鏡』における俗語訳はいったいどのような様相を呈しているのであろうか。その俗語の訳出における特徴に則って分類すると、以下のように五つの種類に分けることができる。

(1)「ア、ハレ＋α」のように歎息の詞＋その他の成分として訳すもの

三三・三七・一三六・四七四・六〇二・八七三・八九七・九三九・九八四

(2)「ア、ハレア、ハレ」と、歎息の詞のみで訳しているもの

五〇二・九四〇

(3)「ア、＋α」として訳すもの

二四四

(4)「アハレ」と直接単独に訳出するもの

八〇五・八五七・八六七・九四三

(5) 歎息の詞を用いない意訳と考え得るもの

九〇四

以下ではそれぞれの分類における俗語訳に即して検討していく事にする。

まず(1)「ア、ハレ＋α」のように歎息の詞＋その他の成分として訳すタイプであるが、本論冒頭で見た「はしがき」の「あはれ」の条項において、具体的な訳出法としても挙げられているものであり、数量からいっても俗語訳の訳出法として最も一般的なものである。再度、「はしがき」(二〇)「あはれ」の項において触れられていた内容をまとめれば、(1)「ア、ハレ＋α」は、九八四番歌である「あれにけりあはれいくよのやどなれやを、何年《ン》ニナル家ヂヤゾヤ、ア、ハレキツウ荒タワイと訳せる類」や、一三六番歌である「あはれてふことをあまたにやらじとや云ゝは、花を見る人の、ア、ハレ見事ナといふ其詞を、あまたの桜へやらじと也」及び、九三九番歌「あはれてふことこそうたて世の中を云ゝは、ア、ハレオイトシヤト、人ノ云テクレル詞コソ云ゝ也」[42]のように示されている訳出法である。ここでは、「はしがき」では言及されていない三二番歌について見てみたい。

色よりも香こそあはれとおもほゆれたが袖ふれしやどの梅ぞも (春上・読人しらず・三二)

○梅ノ花ハ色モヨイガ　色ヨリ香ガサナホヨイワイ　ア、ハレヨイニホヒヂヤ　此ヤウニヨイニホヒノスル

ハ　タレガ袖ヲフレタ此庭ノ梅《ノ》花ゾ《ぞ》イマア《も》(43)

俗語訳箇所の下線は、『遠鏡』本文にあるもので、原歌中に該当する表現がないものの、俗語訳において理解の上では補うべき言葉であることを示している。また、「ゾイマア」に付されているルビも原文のもので、原歌中の表現と、俗語として訳出された言葉の対応を示している。「あはれ」に対応する俗語訳の部分への網掛けは筆者で、以下同様である。「梅」の「香」を「あはれとおも」うと詠う中で、「あはれ」を、歎息の「ア、ハレ」と、心を動かし歎息を誘う当の具体的な事柄を加えて、「ア、ハレヨイニホヒヂヤ」という形で訳出しているのである。

第二に(2)「ア、ハレア、ハレ」と、歎息の詞としてのみ俗語訳しているもので、五〇二、九四〇番歌がこれに該当する。

あはれてふことだになくはなにをかは恋のみだれのつかねをにせむ（恋一・読人しらず・五〇二）
○思ヒガ胸ニ一杯《ツハイ》ニナルトキニハ　声ヲアゲテア、、ハレア、、ハレトイヘバコソスコシハ胸モユルマレ　ソノア、、ハレア、、ハレト云コトサヘナクバ　恋スル者ハ何《ン》デ心ヲヲサメウゾ　テウド萱《カヤ》ナドヲ苅テ乱レタ時ニ　一トコロヘトリアツメテ緒デユヒツカネルヤウニ　恋デ心ガ乱レタ時ニハ　ア、、ハレア、、ハレト云ノガ束《ツカ》ネ緒ヂヤ(44)

あはれてふ言の葉ごとにおく露は昔をこふるなみだなりけり（雑下・読人しらず・九四〇）
○昔《四》ヲ恋シウ思ウテ　ア、、ハレア、、ハレト云タビゴト《二ごとに》ニ涙ガコボレル　スレバソノア、、ハレア、、ハレト云言ノ葉へ　草ノ葉ヘオクヤウニオク露ハ　涙ヂヤワイ(45)

九四〇番歌においてルビのような形でいくつかの漢数字が付されているが、これも原文に付された記号であり、和歌の句の番号に対応している。すなわち、「四」とは第四句を指し、ここでは「昔をこふる」を指しており、また「二」は初句で、「あはれてふ」を示している。

ここでの「あはれ」訳出の特質は、五〇二番歌においては歎息の詞として表出された「ア、、ハレア、、ハレ」という言葉自体がいわば物質化して、恋が乱れるのを抑える「束ね緒」になるという様を表現しようとする点にある。九四〇番歌においても歎息を誘うのは昔への恋慕であるのだから、(1)のように「ア、ハレ恋シウ」と訳しても良さそうであるが、「あはれ」という歎息の詞が「言の葉」として実体化し、そこに露としての涙が置かれるという趣意を表すために、「ア、ハレア、ハレ」というそのままの歎息の言葉として訳出されていると言えるだろう。両者とも歎息の言葉が具現化したものとして訳出上表現されている点に、特徴を見出すことができるだろう。

続いて(3)「ア、＋α」として訳すものの事例を見てみたい。

われのみやあはれと思はむきり〴〵すなく夕かげのやまとなでしこ（秋上・素性・二四四）

〇キリ〴〵スガ鳴テオモシロイユフカゲニ見事ニ咲テアルアノ撫子《ナデシコ》ト云児《コ》ヲ　母親ヤ乳母ナドモ打ソロウテトモ〴〵ニテ《一》ウア《一》イスルヤウニタレニモカレニモ見セテ賞翫サセタイモノヂヤニ　タッタ一人ノ手デソダテル児ノヤウニ　オ《一》レバ《一》ツカリガア《二》、ヨイ児《コ》ヤト云テ独《リ》見ハヤサウコトカヤ　アツタラ此花ヲ　余材後の説ちかし、打聞わろし、(46)

なぜ、二四四番歌中の「あはれ」のみが、「ア、＋α」の形式で訳出されているのかに対する決定的な答えを出すことはできない。ここでは、和歌の解釈として北村季吟『八代集抄』、契沖『古今余材抄』、賀茂真淵『古今和歌集打聴』といった、宣長の『遠鏡』が参照している先行注釈書がこの歌を花としてのナデシコを愛でるものとして解釈するのに対して、『遠鏡』は俗語訳として端的に示されている通り、「なでしこ」に「撫でし子」として「子」を読み込んでいる、という点を指摘するに留める。

(4)「アハレ」と直接訳出するものは、八〇五・八五七・八六七・九四三番歌の四首である。

あはれともうしとも物を思ふときなどか涙のいとなかるらむ（恋五・読人しらず・八〇五）
○物ヲアハレト思フ時モ　ウイト思フ時モ　トカク涙ガホロ〳〵ホロ〳〵ホロ〳〵トコボレル　ナゼニ此ヤウニ涙ガイ《五》ソガシウコボレルコトヤラ(47)

かず〳〵に我をわすれぬものならば山の霞をあはれとは見よ（哀傷・読人しらず・八五七）
○御―深―切ニ思召テワタシガコトヲ御忘レ下サレヌモノナラバ　山ヘタチマス霞ヲ　アハレトハ思召テゴラウジテ下サリマセ　山ノ霞ガ　ワタシガ煙ニナリマシタ跡ノユカリデゴザリマスルホドニ(48)

紫の一もとゆゑにむさし野の草はみながらあはれとぞ見る（雑上・読人しらず・八六七）
○武蔵野ハ一本ノ紫ヲアハレニ思フ故ニ　其縁デ同シムサシ野中《ヂウ》ノ草ガ皆ノコラズアハレニ《サ》思ハレル(49)

よの中にいづら我身の有てなしあはれとやいはむあなうとやいはむ（雑下・読人しらず・九四三）
○世《ノ》中ニ《ニ》ドレドコニ我身ガアルゾ　人ト云モノハ　明日死ナウモシレヌガ　明日ニモ死ネバヂキニ埋ミカ焼《キ》

カシテシマヘバ　此身《三ノ》ハアツテモナイ物ヂヤ　ソレヲ思フテ見レバ　アハレ《四》トイハウカ　ア、ウイトイハウカ　サテモ〳〵人ノ身ハハカナイ物ヂヤ(50)

八〇五、九四三番歌に関しては、「うし」との対比として「あはれ」が用いられているため、「アハレ」と「ウイ」とを併置する訳の工夫がなされていると言える。実は八〇五番歌の「あはれ」の意味解釈は必ずしも自明なものではない。この「あはれ」を、契沖『古今余材抄』は「うし」の対義語として、真淵『古今和歌集打聴』では「うし」の類義語として捉えるという異なる先行解釈が存在するからである。意味理解のみを追求する俗語訳であれば、ここで宣長は自身の解釈を明示する必要があり、「あはれ」の解釈及び訳出の方法としても、(1)「ア、ハレ＋α」と言ったような手段を宣長は持ち合わせていた。それにも関わらず、「あはれ」を単に「アハレ」としたのは、俗語訳として「ウイ」との併置を優先させた結果であると考えるのが妥当であろう。

八五七・八六七番歌では「あはれ」を「見る」という表現になっていることが共通している。ここで試みに同様に『古今和歌集』の原歌が、「あはれ」を「見る」という表現となっている三七番歌、及び六〇二番歌が、

よそにのみあはれとぞ見しうめの花あかぬいろ香はをりてなりけり（春上・素性・三七）

○オレハアハウナ今マデハ　梅ノ花ヲタヾヨソニバツカリｻア、ハレ見事ナコトカナト思フテ見テ居タガ(51)梅ノ花ノドウモイヘヌ色ヤ香ハ　折テカウ近ウ見テノコトヂヤワイノ　又ゝヨソニ見タヤウナコトデハナイ

月影に我身をかふる物ならばつれなき人もあはれとや見む（恋二・壬生忠岑・六〇二）

○月ヲバ惣体人ガア、、ハレト思ウテ見ルモノヂヤガ　ワシガ身ヲ月ニカヘラル、モノナラ　カハツテ月ニ

ナツテミタイ　ソシタラツレナイ人モ見テ　ア、ハレカアイ《可愛》ヤト思フテクレルデモアラウカイ[52]

のように、(1)「ア、ハレ＋α」として訳出されていることを見ると、少なくとも「あはれ」を「見る」という訳出を一対一対応で対処しているという意味での論理的一貫性を見出すのは不可能である。

最後に(5)「ア、ハレ」や「ア、」などの歎息の詞を用いず意訳と考えうるものが九〇四番歌である。

ちはやぶる宇治のはし守なれをしぞあはれとは思ふ年のへぬれば（雑上・読人しらず・九〇四）

〇[一]宇治ノ橋守ヨ　ホカノ人ヨリハ　其方ヲサオレハフビンニ思フ　オレト同シヤーウニ年ヘタ老人ヂヤト思ヘバサ[53]

ここで[一]とあるのは、枕詞は訳出しないとする「はしがき」での原則に従って、初句の「ちはやぶる」の訳を省略したことを示している。歎息の言葉を用いずに「フビン」と別の訳語で表されている唯一の例であるが、「あはれ」の俗語訳のバリエーションをさらに広げている一例として考えておく。

以上、『遠鏡』における「あはれ」の俗語訳における五つにわたる訳出の方針を見た。改めて言うまでもなく、以上で見た「あはれ」の訳出法に関して、「一対一対応で俗語に置き換えられる」[54]と述べることは不可能であり、「法則性に固執し、教条的なまでに合理性を発揮」[55]していると評することも適切ではないだろう。

宣長の「あはれ」に対する訳出の様々を見ていると、まさに本来は歎息の詞としての「あはれ」が、様々な対象に対して様々に動いていく感情を表しているという個別性への着目という観点が明瞭に見て取れる。「あはれ」と心が動く対象を宣長が具体的にどう解釈し、それを表現してきたのかについて今一度立ち返ってみると、「もののあはれ」論が持つ美学的空間の組織化によって現れる解釈の論理的一貫性という宣長像から、「あはれ」論における個別性と、柔軟な解釈への志向性という宣長のもう一つの側面への関心が惹起されるであろう。その可能性の一端を、『遠鏡』における「あはれ」の解釈群が担っていることを本節では示してきた。そしてこういった古典和歌解釈という一つ一つの積み重ねからなる具体論が、現在の宣長歌論の研究と組み合わさってはじめて、本章冒頭で述べたような和歌本質論と和歌表現論、「もののあはれ」論と「あはれ」論、共同体的感性論と個別的感性論、論理的一貫性と解釈の柔軟性等を兼ね備えた宣長の歌論を、公平に捉えることができるようになると考えている。

おわりに

本章では本居宣長の歌論における「あはれ」及び「もののあはれ」の捉え方を中心にして、その理論的含意における峻別の可能性を論じ、宣長の古典解釈に対する態度に二つの立場が研究史的に並立してきたことを述べた。特に『遠鏡』の研究史において顕著に見られるように、その差異が分析対象の範囲の違いに規定されていることを示し、その上で『遠鏡』中の俗語訳の実態を検討する事で、宣長の古典解釈態度が論理的一貫性という規定に収まらない解釈の柔軟性を併せ持つことを示そうと試みてきた。

次章では、宣長が古典解釈の際に採用した俗語訳という方法をめぐって。その理論的意味の探求を行う。

注

（1）村岡典嗣『増補　本居宣長1』（平凡社・二〇〇六年）において、宣長の研究を『字音仮字用格』『詞の玉緒』などの語学説、『排蘆小船』『石上私淑言』『紫文要領』及び『新古今集美濃の家づと』などの文学説、『古事記伝』を代表とする古道説とに大別した。

（2）『紫文要領』第四巻、九五頁。なお、宣長のテクストの引用に関しては『古今集遠鏡』以外は、筑摩書房版『本居宣長全集』に拠り、著作名、全集巻数、頁数、の順に示す。

（3）『遠鏡』「はしがき」の記述から筆者が作成。なお、本論では稿本版本の校異を通覧できる利便性を考え、『古今集遠鏡』については、今西祐一郎校注『古今集遠鏡１・２』（平凡社・二〇〇八年）を使用する。

（4）『古今集遠鏡1』二三頁

（5）『石上私淑言』第二巻、一〇〇―一〇一頁

（6）菅野覚明『本居宣長――言葉と雅び　改訂版』（ぺりかん社・二〇〇四年）一八八頁

（7）『石上私淑言』第二巻、九九頁―一〇〇頁

（8）百川敬仁『内なる宣長』（東京大学出版会・一九八七年）九五―九六頁

（9）同、一九六頁

（10）前掲菅野、二二八―二二九頁

（11）同、二〇五頁

（12）『石上私淑言』第二巻、一〇五頁

（13）同、一〇六頁

（14）以上の整理は、友常勉『始原と反復　本居宣長における言葉という問題』（三元社・二〇〇七年）における「〈体験〉を昇華する操作は主観的経験から出発して、経験に普遍的な〈意味〉を与えるひとつの美学的構造をなしている」（一七二頁）から基本的なモチーフを得ている。すなわち、「あはれ」という「主観的経験」と、「もののあはれ」という美学的概念の導入による排他的共同性の創出という「普遍的な〈意味〉」の対立を参考にしている。なお、森瑞枝「無分節はあはれとのみ発露する――本居宣長の言語哲学と井筒俊彦」（『理想』第七〇六号、二〇二一年）も「あはれ」と「もののあはれ」との峻別という視点を提出しているが、個別性と共同性との対応関係が、本論とは逆になっている（四八―五〇頁参照）。

（15）『美濃の家づと』第三巻、三〇二頁

(16)『新古今集古注集成　近世新注編1』（笠間書院・二〇〇四年）解題、四七一―四七二頁参照
(17)野口武彦「本居宣長における詩語と古語」（『江戸文林切絵図』冬樹社・一九七九年）七六頁―八三頁
(18)『美濃の家づと』第三巻、三〇四頁
(19)同、三四六頁
(20)前掲野口、八四頁
(21)日野龍夫「宣長と過去の助動詞」（『江戸文学』第五号・一九九一年）
(22)『美濃の家づと』第三巻、四〇四頁
(23)前掲日野、三頁
(24)石原正明『尾張廼家苞』（『新古今集古注集成　近世新注編2』笠間書院・二〇一四年）三三六頁
(25)久保田淳『新古今和歌集全評釈　第五巻』（講談社・一九七七年）三三三頁
(26)前掲日野、四頁
(27)同、六頁
(28)鈴木淳「本居宣長『美濃の家づと』における定家歌の改作」（『國學院雑誌』第七十九巻第六号・一九七八年）五一頁
(29)同、五六頁
(30)『玉勝間』第一巻、三〇八頁
(31)前掲鈴木淳、五八頁
(32)永野賢「本居宣長「古今集遠鏡」の俗語文法研究史における位置」（『文法研究史と文法教育』明治書院・一九九一年）
(33)同、九九―一〇〇頁
(34)田中康二「俗語訳の理論と技法――『古今集遠鏡』の俗語訳」（『本居宣長の思考法』ぺりかん社・二〇〇五年、原題「近世国学と古今集――『古今集遠鏡』における俗語の理論と技法」『古今和歌集研究集成』3　風間書房・二〇〇四年）及び、鈴木健一「『古今集遠鏡』の注釈方法」（『江戸古典学の論』汲古書院・二〇一一年。初出、長島弘明編『本居宣長の世界　和歌・注釈・思想』森話社・二〇〇五年）

(35) 前掲田中、一四八頁
(36) 前掲鈴木健一、二七二―二七三頁
(37) 高瀬正一「『古今集遠鏡』と『詞の玉緒』について」(『国語国文学報』第三五集・一九七九年)
(38) 同、二八頁
(39) 『石上私淑言』第二巻、一〇〇―一〇一頁
(40) 『古今集遠鏡1』二八頁。なお、この「感ジ」という俗語訳は、宣長自身『石上私淑言』の頭注で「古今序ニ、オニカミヲモアハレトオモハセト云ルヲ、真名序ニハ感㆓鬼神ヲ㆒ト云リ、コレ感スルハスナハチアハレトオモフ事也」(一〇〇―一〇一頁)と述べている事と一致する。
(41) 『古今集遠鏡1』二三頁
(42) 以上、すべて『古今集遠鏡1』二三頁から引用。
(43) 同、六八頁
(44) 『古今集遠鏡2』二〇頁
(45) 同、一八九頁
(46) 同、一四五―一四六頁
(47) 同、一三二頁
(48) 同、一五五頁
(49) 同、一六〇頁
(50) 同、一九〇頁
(51) 『古今集遠鏡1』六九頁
(52) 『古今集遠鏡2』五三頁
(53) 同、一七四頁
(54) 前掲田中、一四八頁
(55) 前掲鈴木健一、二七三頁

第二章　本居宣長の俗語訳論
――徂徠・景山の系譜から――

はじめに

本章の課題は、本居宣長における俗語訳の方法論的意義の探求である。俗語訳とは古典テクストを話し言葉である俗語を用いて解釈、ないし翻訳する方法を指すものとする。そのような俗語訳は室町期の禅僧らによる抄物などにおいて姿を現すが、近世に至って古義堂学派において古典テクスト読解の方法論として提唱され、それを受けた古文辞学派による洗練を経て、本論で主題的に扱う本居宣長へと流れ込んでいる。(1)

宣長は『源氏物語玉の小櫛』や『新古今集美濃の家づと』等の注釈的著作において、古典作品の文章の一部を俗語訳して解釈を示すという方法を用いている。『源氏物語』桐壷巻において桐壷更衣が死の床に臥している場面、

まみなどもいとたゆげにて、いとどなよなよとわれかの気色にて臥したれば、いかさまにとおぼしめしまどはる。(2)

における宣長の注を見ると、

> まみなどもいとたゆげにて同 拾遺に、目をあげて物を見る目つきなり、目也とのみある注はたらず、といへり、又まばゆき也といへる注も、かなはず、たゆきは、俗にだるきといふことにて、目つきのだるげに見ゆる、病者のさま也、河 堕窳《タユゲ》、これもかなはず(3)

とあり、「たゆげ」を俗語で「だるげ」と翻訳し、「病者のさま」であることを示して、先行注釈の修正を図っている。また、『新古今和歌集』慈円、春上、三三番歌への注釈には、

> 天の原ふじのけぶりの春の色の霞になびく明ぼののそら
> 下句詞めでたし、上句のもじ五ッ重なりたる中に、けぶりのは、俗言にけぶりがといふ意にて、餘ののとは異なり(4)

とあり、俗語訳を用いて主格を表す「の」と、属格を表す「の」とを訳し分けることで、その区別を明確化している。

以上は、語レベルにおいて俗語訳という方法を運用したものであるが、宣長の著作の中でも『古今集遠鏡』(以下『遠鏡』)は、『古今和歌集』の仮名序と短歌を全面的に俗語訳する試みであった。古典テクストの全面的な俗語訳には、単語の俗語訳とは異なる訳出における意識的な技法論が必要となる。それゆえ宣長は、前章でも見たように『遠鏡』「はしがき」において、俗語訳における訳出の技法論的記述に多くを費やしている。その上で本章が注

目するのは、宣長が俗語訳という方法を用いる態度そのものについてである。宣長にとって俗語訳を用いた古典解釈とはいかなる意味を持っていたのか、そして宣長は俗語訳に対していかなる態度を取っていたのか。これらの問いを荻生徂徠と堀景山の系譜の中で明らかにしていきたい。結論として、宣長は俗語訳を通して初めて古典文献の読解が可能となると考えていたことを示す。

第一節　「遠鏡」考

まずは本論を始めるにあたって『遠鏡』「はしがき」の冒頭部分で、宣長自身が俗語訳の比喩として用いる「遠鏡」に込められた意味に関する記述を、前半と後半とに分けて概観しよう。

此書《ふみ》は、古今集の哥どもを、こと〴〵くいまの世の俗語《サトビゴト》に訳《ウツ》せる也、そも〳〵此集は、よゝに物よくしれりし人ゝの、ちうさく《注釈》どものあまた有て、のこれるふしもあらざ《ン》なるに、今さらさるわざは、いかなればといふに、かの注釈といふすぢは、たとへばいとはるかなる高き山の梢どもの、ありとばかりは、ほのかに見ゆれど、その木とだに、あやめもわかぬを、その山ちかき里人の、明暮のつま木のたよりにも、よく見しれるに、さしてかれはとゝひたらむに、何の木くれの木、もとだちはしか〳〵、梢のあるやうは、かくなむとやうに、語り聞せたらむがごとし、さるはいかによくしりて、いかにつぶさに物したらむにも、人づての耳《ミヽ》は、かぎりしあれば、ちかくて見るめのまさしきには、猶にるべくもあらざ《ン》めるを、世に遠《トホ》めがねとかいふなる物のあるして、うつし見るには、いかにとほきも、あさましきまで、たゞこゝもとにうつりきて、枝さしの長きみじかき、下葉の色のこきうすきまで、のこるくまなく、見え分れて、軒近き庭のうゑ木に、こよなきけぢめもあらざるばかりに見ゆるにあらずや、今此遠き代の言の葉の、くれなゐ深き心ばへを、やすくちかく、手染の色にうつして見するも、もはらこのめがねのたとひにかなへらむ物をや(5)

うひまなびなどのためには、ちうさくは、いかにくはしくときたるも、物のあぢはひを、甘しからしと、人のかたるを聞たらむやうにて、詞のいきほひ、てにをはのはたらきなど、こまかなる趣にいたりては、猶たしかにはえあらねば、其事を今おのが心に思ふがごとは、さとりえがたき物なるを、さとびごとに訳《ウツ》したるは、たゞにみづからさ思ふにひとしくて、物の味を、みづからなめて、しれるがごとく、いにしへの雅言《ミヤビゴト》みな、おのがはらの内の物としなれゝば、一うたのこまかなる心ばへの、こよなくたしかにえらるゝ、ことおほきぞかし(6)

「はしがき」冒頭部の以上の記述は、前半部でやや比喩的に語ったことを、後半部でより具体的に言い直しているものであると見ることができるだろう。内容としては注釈書の弊害と俗語訳の効用の二点を述べており、(一)注釈書は、他人の言葉であるために、それを読む者にとっては和歌のこまやかな情趣を感得することはできないが、(二)俗語を用いれば、自分自身の言葉で直接和歌を理解できるため、より細やかに和歌の情趣を感得することができる、とまとめることができよう。本節では、本論への助走として、この「遠鏡」・「遠めがね」という語が持つ意味の可能性を考察していく。

はじめに、『遠鏡』「はしがき」の先に引用した箇所に対して、原理的な考察を加えた田中康二の議論を簡単に見ておきたい。田中は『遠鏡』「はしがき」において宣長が「訳す」に「ヤクす」ではなく「ウツす」というルビを付していることに注意を促す。そしてこの「ウツす」という訓に、「はしがき」の記述から「投影」・「移動」・「転写」という三種の機能を見出す。

そもそも『遠鏡』において、「うつす」とは訳す（翻訳）の意であった。これに対して宣長は、映す（投影）・移す（移動）・写す（転写）という三つの機能を見出したのである。これは、「訳す」を「ウツす」と読むところから生れた言霊の働きであると同時に、宣長の翻訳というものに対する認識の反映でもあった。すなわち、翻訳とは第一に鏡のように実体を映すものであり、第二に時間的空間的な隔たりを瞬時に移すものであり、第三に寸分違わぬ精度でそっくりに写すものである[7]。

ここでは特に田中の提示する第二の機能としての「移動」に着目したい。「はしがき」の前半部で、注釈書は遠い山の近くに住む人が語る内容に比されており、その一方で翻訳の比喩たる「遠めがね」を覗くことで、遠い山の有様が、眼前にあるかのようにはっきりと見分けることができることが述べられていた。無論これは比喩的な表現であるが、今でいう「望遠鏡」を表す「遠鏡」を用いることによって、物理的距離を隔てて遠方に存在するものが、眼前にあるかのように見えることは、経験的事実である。そして宣長は、この距離の消滅を物理的距離から、時間的距離へと押し広げる。「今此遠き代の言の葉の、くれなゐ深き心ばへを、やすくちかく、手染の色にうつして見する」。この表現は「はしがき」後半部では、物理的空間の距離を消滅させていた「遠鏡」が、時間的距離を消滅させるものとしての俗語となって次のように言い換えられていた。「さとびごとに訳《ウツ》したるは、たゞにみづからさ思ふにひとしくて、物の味を、みづからなめて、しれるがごとく、いにしへの雅言《ミヤビゴト》みな、おのがはらの内の物としなれゝば、一うたのこまかなる心ばへの、こよなくたしかにえらる」。すなわち、「俗語」は、「遠鏡」のように、距離を消滅させる機能を持っていることになる。より精確を期せば、古言は、現在（ここでは宣長の同時代である一八世紀）では、歴史的な変遷に伴って変化してしまっており、その理解は時間という距離によって阻まれている。

しかし俗語を用いることで、この時間的距離は消滅し、古言や、それを用いて表現を行っていた古人の「心ばえ」を、正確に理解することができると言うのである。比喩としての「遠鏡」は、宣長の古典解釈における実践的な方法としての俗語訳と相似形にあるものとして表現されていると言える。

田中は、宣長の『古今集』研究が、「用例主義・文献実証研究という科学的方法」[8]を用いた契沖『古今余材抄』、賀茂真淵『古今和歌集打聴』の新注、すなわち国学の系譜の中で捉えられることを指摘している。このことは『遠鏡』中に古今集歌の俗語訳とは別に付してある宣長自身の注釈的記述の大部分が契沖、真淵への言及であることから見ても妥当な指摘であると言える。

一方で古典テクスト読解における俗語訳という方法を重視する時、主に中国古典テクストを対象とする江戸漢学の系譜が見えてくる。田中はまた『遠鏡』以前の俗語訳について、富士谷成章『かざし抄』や伴高蹊『国文世々の跡』、『訳文童論』などを挙げ、『遠鏡』へと連なる前史を描いている。[9]この俗語訳の成立史に関する記述は技法論的な側面に関わるものである。一方で俗語訳に対する探求の方法としては、古典テクストを理解し、解釈するための俗語訳という方法論的意義に関するアプローチもあり得るだろう。ここで俗語訳の技法論というのは、いかに訳すかというプロセスに着目する議論を指し、方法論とは、「翻訳とは何か」という問いを巡るような議論を指すものとして用いている。以降では宣長の俗語訳における方法論的意義[10]について、荻生徂徠の古文辞学から、宣長の京都遊学中の師である堀景山を経た系譜を見ることで、宣長にとって古典テクストを読解する上で俗語訳とはいかなるものであったのか、という問いを解明していく。繰り返し述べるように、宣長にとって俗語訳が古典テクストを読解する際の不可欠の方法であったことを示していく。

第二節　荻生徂徠――中国古典テクスト読解法と「文理」――

荻生徂徠（一六六六―一七二八）は、『訳文筌蹄』「題言十則」の中で、古代中国語の読解のために伝統的に行われていた漢文訓読を「和訓」と呼び、批判した。

但《た》だ此の方には自《おのづか》ら此の方の言語有り、中華には自ら中華の言語有り。體質本《もと》より殊《こと》なり、何に由《よ》りて脗合《ふんがふ》せん。是《ここ》を以て和訓廻環の讀み、通ずべきが若しと雖も、實は牽強たり。而も世人省《かへり》みず、書を讀み文を作るに、一《ひとへ》に唯《た》だ和訓にのみ是れ靠《よ》る。卽《たと》ひ其の識淹通《えんつう》と稱せられ、學宏博《こうはく》を極むるも、倘《も》し其の古人の語を解する所以《ゆゑん》の者を訪《と》へば、皆な靴《くつ》を隔てて痒《かゆ》きを搔くに似たり。其の毫《ふで》を援《ひ》きて思ひを攄《の》ぶる者、亦た悉《ことごと》く侏㒧《しゅり》・鳥言《てうげん》、其の何の語たるかを識るべからず。[11]

吉川幸次郎によれば[12]、徂徠は、中国明代における一六世紀を通じてほぼ百年の間、李夢陽に端を発し李攀竜、王世貞らにおいて頂点を極めた古典主義的文学運動であった古文辞運動を、古文辞学として哲学的方法にまで拡張した人物である。中国明代における古文辞運動は、「文は必ず秦漢、詩は必ず盛唐」「唐以後の書を読まず」をスローガンとし、文学制作の方法において特定の古典を範として、それに表現および感情をも合致させることを主張した。徂徠は李攀竜、王世貞の著作に触れたことを「天の寵霊」として、その方法を文学制作からより一般的な古典読解へと拡張し、「古代中国人とおなじ言語生活に入ることによって、『論語』その他の説く哲学を、本来のままに把握しようと、企図した」[13]。

今文を以て古文を視、今言を以て古言を視る。故にその心を用ふるは勤むといへども、つひにいまだ古の道を得ざる者は、職としてこれにこれ由る。(14)

徂徠は右のように、朱子学者を批判することで自らの古文辞学の方法の正統性を主張する。和訓に対する先の批判は、徂徠の以上のようなテクスト読解態度に基づいている。古代中国語を、古代の中国人と同じように理解し、自らでも作文ができるようになることを目指した徂徠にとって、和訓を用いる伝統的な方法は、そのどちらへの接近も困難にさせるものであった。そこで徂徠は、古代中国語に接近するために、現代の中国語を学び、その発音で六経その他、中国古典の文章を直読する方法を主張した。中国語を扱うのが特に長崎唐通事の仕事であったことから、この方法を「崎陽の学」と呼んだ。徂徠が嫌ったのは、教授者や学生が講釈ばかりに励み、自分自身で経書を読もうとしない態度であった。講釈がもたらす弊害を累々書き連ねた後、次のように述べる。

故に予れ嘗《かつ》て蒙生の爲《ため》に學問の法を定む。先づ崎陽《きやう》之學を爲し、教ふるに俗語を以てし、誦するに華音《くわおん》を以てし、譯するに此の方の俚語《りご》を以てして、絶《ぜつ》して和訓廻環の讀みを作《な》さしめず。始めは零細なる者を以てす。二字三字もて句を爲《つく》り、後に書を成す者を讀ましむ。崎陽之學既《すで》に成りて、乃ち始めて中華人たるを得。而《しか》うして後に稍稍《せうせう》に經《けい》・子《し》・史《し》・集《しふ》四部の書を讀まば、勢ひ破竹の如《ごと》けん。是れ最上乘なり。(15)

徂徠が中国古典テクストの読解における「最上乘」として提示したものは、中国語の俗語で教授をし、本文を中華音にて読み上げ、日常の話し言葉に翻訳することで、「和訓廻環の讀み」を行わないようにさせるものであった。(16)

ここで徂徠が「蒙生の為に」と述べている箇所は、冒頭で挙げた宣長の俗語訳に対する基本的な姿勢を表明する部分の「うひまなびなどのために」と呼応した印象を与えるだろう。すなわち、俗語訳とは学問を始める際の補助的な手段であり、初学者に対してのものなのだ、と。吉川幸次郎も、徂徠による日本の俗語へと訳す方法は、中国語による直読という古文辞学における根本的な方法に至るための二次的な方法であると述べており[17]、また一方の宣長による『遠鏡』の俗語訳も、彼自身による先の「うひまなびなどのために」という記述から、初学者への便宜の書であると位置付けられてきた。小林秀雄が『遠鏡』に言及した際にも、

「古事記伝」も殆ど完成した頃に、「古今集遠鏡《とおかがみ》」が成った事も、注目すべき事である。これは、「古今」の影に隠れていた「新古今」を、明るみに出した「美濃家づと《みののいえ》」より、彼の思想を解する上で、むしろ大事な著作だと私は思っている[18]。

と述べながらも結局は、

このような仕事に、「うひ学び」の為、「ものよみしらぬわらはべ」の為に、大学者が円熟した学才を傾けたのは、まことに面白い事だ[19]。

と結ぶに留まっている。

以上のような宣長における俗語訳の位置づけに対して本章は、『遠鏡』として体現される俗語訳に初学者向けの便宜的方法という以上の意義が存する可能性を主張するものである。しかしまずは徂徠における俗語訳の意義につ

いて今しばらく見ることにする。

徂徠は、『訓訳示蒙』において「諺解」という俗語訳に相当する表現を用いて次のように述べている。

> 字義ヲ合点スルコト第一ノ肝要ニシテコトノ外骨折ルコトナリ。シカレドモ骨折テ合点シタルホドノコトハナシ。人ノ力《チカラ》デ合点スル寸ハ身ニナラヌモノナリ。故ニ吾カ所《ノ》レ説《ク》文理字義等ノ諺解ヲバ先ヅミセヌナリ。タトヒ此ヲ受タル人モ一覧ノ分ニテ棄置ベカラズ。必ス何ゾ書籍ヲ一巻モ二巻モ、彼諺解ヲ講師ニシテ骨ヲ折リ一字一字ニ字義ヲ當テ見、一句一句ニ文理ヲ合セテトクト心ニ合点スベシ。合点ユカヌ処ヲマクリテ棄置クベカラズ。師ニ對シテトクト疑ヲ決スヘシ。當分ハ骨モ折レハカモユカヌヤウナレトモ、サヤウニシテ一二巻モ見タラバ後ニハ何レノ書ニ逢テモトクト自見ガナルヘシ。サヤウニシテ三四巻モ見タラバ何ニ向テモ破竹ノ勢ノヤウニ埒明ヘシ。[20]

徂徠は、中国語の字義を日本の俗語で解説する、いわば漢和辞典としての性格を持つ『訓訳示蒙』を用いた中国古典テクストの読解法を説明している。先行する注釈や師の講釈を指していると考えられる「人ノ力」を借りて理解しようとしても身にはならないので、徂徠が日常の話し言葉で解説した辞典を用いて自ら試行錯誤をして理解していくことを勧めている。先に『遠鏡』における俗語訳の効能を、(一)注釈書は、他人の言葉であるために、それを読む者にとっては和歌のこまやかな情趣を感得することはできないが、(二)俗語を用いれば、自分自身の言葉で直接和歌を理解できるため、より細やかに和歌の情趣を感得することができる、とまとめたが、宣長の俗語訳は以上の徂徠による読解法と軌を一にしているとみなすことができるだろう。

ここでさらに先に引用した箇所に見えた徂徠の俗語訳における「文理」という概念に着目したい。『訓訳示蒙』

では「文理」について以下のようなまとまった記述がある。

譯文ニ字義文理句法文勢ト云コトアリ。〈中略〉文理ヲ知ラズンバアルベカラズ。コレハ字ノ上下ノ置様ナリ。同シ文字デ字數モ同事ニテモ上下ノ置キヤウニヨリ意カハルナリ。[21]

文理ト云ハ畢竟字ノ上下ノ置キヤウナリ。先ツ語ノ斷續ヲ知ルヘシ。ツヾク字、キル、字ト云コトヲ知テ、サテ上下ノ置ヤウニ氣ヲ付ケ雑合シテ見ヘシ。其内ニ同等ノ字ト云コトアリ。軽重大小ノ同シ位ナル字ナリ。天地ノ日月ノ長短ノ大小ノ清明ノ虚空ノナド、云ヤウナル、同等ノ字上下ヘ重ネタレトモ並ンデヲル意ニテ上下ノ僉議ハイラヌナリ。此類ヲ除テ其外ハ實字ニテモ死字ニテモ二ツカサヌレハ下ノ字ガ重キナリ。下ノ字ガ詮ニ入用ノコトニナルナリ。活字、助字ハ皆上ノ字ガ君ニナルナリ。下ノ字ヲ取テ引廻スナリ。上ノ字デ畢竟ノ義理ガ埒明ナリ。タトヘハ石山ト云ヘハ山ガ體ニナリテ石ハ苗字ニナルナリ。山石ト云ヘハ石ガ體ニナリテ山ハ苗字ナリ。實字ハ陰ナリ。陰ハ下ヲ尊ブ理ナリ。不必好ト云ヘハ不字ニテ義理落著ス。必不好ト云ヘハ必字ニテ義理落著ス。皆上ノ字ガ下ノ字ヲ引廻スナリ。不レ必好《ナヒカナラズデハヨヒガ》、必レ不レ好《カナラズジャナヒコトガヨウ》、如《ク》レ是《ノ》ナリ。又不必ヲ合シテミレバ不定ノ詞ナリ。好《ヨイ》ガ不一定ナト云理ナリ。不好ヲ合シテ見ル寸ハアシキナリ。必定アシヒト云意ナリ。コレヲ雑合ノ法ト云。此ノ意ヲ以テ一切ヲ推ベシ[22]

「文理」とは「字ノ上下ノ置様」と言われている。すなわち語順のことであるが、その語順が変われば意味もまた変わるということを意識化する概念であると言える。そこで「字ノ上下ノ置様」には三種類がある。「天地」のように「軽重大小ノ同シ位ナル字」、つまりどちらかに意味の重心があるのではないもの、「石山」「山石」のように「下ノ字ガ重キ」もの、すなわち二字目が意味の中心を担っているもの、そして「不必好」「必不好」のように「上ノ字ガ君ニナル」もの、すなわち一字目によって意味が規定されるものである。特に第三種目の文理を述べれば、「不必好ト云ヘハ不字ニテ義理落著ス。必不好ト云ヘハ必字ニテ義理落著ス」というように前者が部分否定表現であるのに対して、後者は全否定表現であることを明確化するための概念である。そしてその意味上の差異を、「不《ナヒ》レ必《カナラズデハ》好《ヨヒガ》、必《カナラズ》レ不レ好《ジャナヒコトガヨウ》」[23]というように俗語訳を付して示している。

以上、徂徠における中国古典テクスト読解法について、理論的側面とともに、その具体的側面を「文理」という概念に特に注目することによって述べてきた。その中で徂徠の俗語訳の方法が初学者に対するものであると考えられていることは示唆しておいた。この点は、後の第四節において、宣長における俗語訳との対照の観点から再び触れることになる。

第三節　堀景山――「文理」から「語勢」へ――

本節では、宣長との距離がより近い堀景山（一六八八―一七五七）において、古典の俗語訳という方法がどのように捉えられ、どのような意義が認められていたのかに関しての考察を行う。結論を先取りすれば、俗語訳という方法について、徂徠が初学者への便宜的方法と考えていたと思われるのに対して、景山は中国古典テクストの解釈において、それがなければ読解が不可能になるほどの重要な意義を認めていたことを指摘する。

景山の学問態度や思想を考察するために残されているほとんど唯一の著作が『不尽言』である。[24]この著作における俗語訳を含む言語観は徂徠の深い影響下にあると言える。[25]まずは、景山が俗語訳に触れた箇所を確認しておく。

日本人の学文《がくもん》へ入りやうは、先《まづ》字義と語勢とをよく弁じて、それをずいぶんちがはぬやうにそろ〳〵と和語に翻訳し、合点するが、最《もっとも》第一の事なるべし。(26)

また、次のような記述もある。

字義語勢を弁ずる事、俗人初心の目からは甚だむつかしき事のやうに見ゆれども、左《さ》にてはなし。只《ただ》よく唐本《とうほん》を読得《よみえ》て、唐人《とうじん》の語意をとくと知り悟つたる学者を求めて、唐人の語を日本人の語にあてがひ違《チガハ》ぬやうに翻訳させて、合点すれば、自然と字義にも語勢にも早く通ずるもの也。その合点した字義語勢を和語にあてがひ、書を読むが、書を読むの捷径《ハヤミチ》なり。(27)

後に詳細に検討するが、景山は徂徠の「文理」を「語勢」と言い換えて用いていると一先ずは考えられる。中国語の習得において「字義」と「文理」の理解を最重要とすることは、徂徠の既に述べる所であり、そのために話し言葉としての俗語訳を用いることが「訳文の学」であった。ここで景山が「唐人の語を日本人の語にあてがひ違《チガハ》ぬやうに翻訳させて」と述べている「翻訳」が「訳文の学」、すなわち話し言葉による翻訳の方法を指していることは間違いない。そしてここでも、「学文へ入りやう」や「俗人初心の目」という表現によって、俗語訳が初学者に対する方法であることが示唆されている。

前節でも述べたように、俗語訳は一般に初学者への便宜的な方法であると考えられており、景山自身の言葉からもそのような認識をうかがうことができる。しかし、景山の用いる概念の理論的布置を考察することで、それとは異なる翻訳観を見出すことができるように思われる。その相違は具体的には、徂徠が述べた「文理」を「語勢」へと読み替える態度に表れている。その点を指摘するために、以下の考察を、徂徠と景山の共通点と相違点とを対照することによって進めていくこととする。

徂徠が古代中国語の正確な理解のために和訓批判を行っていたことは前節で見たが、その和訓批判の動機は、「字義」と「文理」を正確に掴むことにあり、景山も徂徠の和訓批判をほぼそのままの形で引き継いでいると言える。両者ともに、和訓が、「字義」の理解、及び「文理」ないし「語勢」の理解を妨げるものであると考えている。

徂徠は「倭訓ハ一ツニシテ字意ハ違ヒタル文字多シ。和訓ハアラキモノナリ」[28]と述べ、和訓では同訓異義の字を区別できず、「字義」の理解を妨げると言う。これと同様の趣旨を景山も『不尽言』において述べる。『訳文筌蹄』巻一における字義解説の冒頭に置かれる「恐」と「懼」、「閑」と「静」の字義解釈について同様の趣旨を述べた上で、和訓ではこれらは同音であるが、意味は少しずつ異なっており、それゆえ和訓では正確な理解が困難であることを述べる。

> 中華の人は、音ばかりにて、その字を見れば心に底の意味を合点する故、此やうな世話もなく、字の意味をわきまへぬ事はなき也。天性《てんせい》文字の国に生れたる人なれば也。日本人は和訓を恃《たの》みにして、文字は和訓ぎりに心《こころ》得《う》るゆへに、精《くはし》く気をつけねば、その和訓によつて大きにはきちがへある事出来《いでく》る也。和訓ばかりにて、文字の意味には通達ならぬ事也。心にて合点せねばならぬ事也[29]。

徂徠による和訓批判の第二は「文理」の意識化から要請されている。徂徠が和訓によって語順を転倒させる読みを特に批判していたことは先に見た通りである。和訓の転倒した読みが招来する中国語読解における実践的な問題として「文理」という概念で意識化されていたこととは、例えば「不必好」と「必不好」の意味上の相違を不明瞭にしてしまうことであった。

景山はこの「文理」を「語勢」と置き換え、同様の意味での「語順」という意味で用いているとされる(30)。しかし、両者の概念的布置をつぶさに見ると、徂徠の「文理」はあくまでも、中国語内部における語順の相違（「石山」と「山石」、「不必好」と「必不好」）が意味内容に関係していることを意識化する概念である一方で、景山が「語勢」という概念で述べることは、「中国語」と「日本語」という異なる言語として構想された体系を比較した際に明確になる「天性」の相違である。

> 中華人の語勢は、天性と用を先にいふが習《ならは》せなれば、中華人の語を口うつしのまゝに、直《すぐ》に文字に写して見た時は、たとへば「在明明徳在新民」とかいたが正直《マッスグ》也。俗語でも、日本人は「茶を持つてこい」といふ語勢也。「茶」が語の内の体なるを先へ云也。〈中略〉それを中華の人の俗語では、「拿茶来請去了《ナアツアラヒチンキユイリヤウ》」といふ語勢也。「拿」を先へいひ、「茶」を後にいひ、「請」を先へいひ、「去」を後にいふ也。文字にうつしても如レ此《かくのごとく》にして、やはり文章をなしたるもの也。
>
> 日本人の語は、文字に写せばみな顚倒にして、かつて文章を成さぬ事也。日本人の口うつしを文字に写して見れば、「明徳明在民新在」又は「茶持来去請了」と書けば、一向にわけもなひものにして、どうもよまれぬ事になる也。然《しか》れども、かくの通り写したを日本では正直《マッスグ》とおもへども、中華人がこれを見れば、みな顚倒じやと見る也。それで中華で直読とおもふているは、日本では倒読《たうどく》と見る也。日本で直読とおもふているは、中華では倒読と見る也。天性の語勢の習《ならは》せ相違なれば也(31)。

景山は確かに語順という意味合いで「語勢」を用いてはいるが、徂徠が「文理」に込めていた理論的含意とは異なる機能を持たせていることが分かる。徂徠が「文理」の重要性を強調する時、それは中国語の意味理解にいかに近接するかを問題にしている。一方で景山が「語勢」という時には、それぞれの言語を用いる人々の「天性」、すなわち言語使用における根本的な相違が強調されているのである。

大橋敦は景山の翻訳システムが、宣長の俗語訳へと影響を与えたことを論じた論考の中で、徂徠の訳文の学を継承した景山は中国語の古典は華音で直読すべしとする態度を持っていたことが通説となっていることを確認した上で、

しかし『不尽言』には華音をもって直読せよと明示的に主張する箇所を見出すことができない。和漢の言語の差異を繰り返し強調し、字義・語勢に通達せよと説く記述のうちに、むしろ直読に対するあきらめが表明されているのが読み取れる。(32)

と述べる。この直後に大橋は景山の語勢論について述べており、それは本節で行ったような徂徠の「文理」との対照ではなく、あくまで『不尽言』における景山の「語勢」の捉え方を一般的に述べたものであるが、次の景山の言葉、

中華の語勢を知て、それにしたがひ書をよみ、用の字を先へ、体の字を後へよめば、いはゆる御経読《おきやうよみ》と云《いふ》ものになつて、日本人は一向《いつかう》に合点を得《え》せぬ事也。(33)

を引いて最終的な結論を述べる。

漢字・漢文の字義と語勢を心で合点して翻訳することはできても〈中略〉直読することはもとより断念せざるを得ないのである。景山は日本語に翻訳しなければ、日本人は漢文を読むことができないと考えていた。(34)

徂徠においてあくまで中国語における語順と意味の関係を説明するための概念であった「文理」を、中国語と日本語という異なる言語システムを明確化するための概念としての「語勢」へと読み替えたこと、「天性の語勢」の相違の強調、及び大橋の考察から、景山は、俗語訳という方法が徂徠のように初学者のための便宜的方法である、と捉えているのではなく、俗語訳という方法なしでは「天性の語勢」の異なる中国語を理解することは不可能であるという言語観、ないし翻訳観を持っていたと言うことができるだろう。

「先王の道」が表現されている古代中国語の体得を目指す徂徠の古文辞学は、古代中国語との合一が可能であるという言語思想を方法論的前提としていることは、後に詳しく述べることになる。徂徠の古文辞学において俗語訳は、その合一へと至るための初学者への便宜的方法として位置づけられている。一方で、徂徠の古文辞学からの影響を濃厚に受けつつも、古文辞学的概念であった「文理」を、独自の「語勢」へと読み替えを行った景山は、俗語訳を中国語という異なる言語システムを解釈するために不可欠な方法であると考えた。両者ともに、中国語を解釈する上で、和訓を排して、日本語による俗語訳という方法を導入することに大きな意味を見出していたが、その方法論的価値付けにおいては重大な相違が見られるのである。

第四節　本居宣長の俗語訳への態度

第二節、第三節では、本居宣長に先行する荻生徂徠と堀景山の俗語訳に対する態度を見てきた。そこでは、俗語訳の方法論的価値付けにおいて顕著な対立が認められた。本節では、徂徠や景山における俗語訳という方法が持つ意義、特にその対立点を念頭に置きながら、彼らが中国語へと向けた俗語訳の方法を、日本の古典テクストへと向けた宣長について考察する。

第一項　本居宣長における中国古典テクスト読解への態度——その景山的特徴——

堀景山は「中華人」と「日本人」の「天性の語勢」の相違から、「日本人」が中国語を理解する際には、徂徠の提唱する崎陽の学のような直読ではなく、日本語の俗語訳に拠らなければ不可能であるとの言語観を持っていたことは既に述べた。『不尽言』から読み取れるこのような認識に対して宣長はどのような態度を持っていたのであろうか。『漢字三音考』における次の記述を見てみたい。

> タトヘバ論語ヲヨマムニ。首《ハジメ》ニ論語巻之一トアル論語。學而第一トアル學而。子曰《ノ》トアル子ノ字ナド。皆必音読ニスベケレバ。其音ヲ知ラデハ讀コトアタハズ。サテ學而《テ》時習レ之《ヲ》ハ訓ニ讀ム。但シコレハガクシテジシフスト音ニモヨムベケレド。亦不レ樂乎ナドハ。必訓ニヨマズバアルベカラザレバ。訓モナクテハカナハズ。タトヒ音ニヨムトモ。學ハマナブ也。而ハテノ意也。時ハヨリ〳〵也。習ハナラフ也トヤウニ知ラザレバ。其義通ジガタシ。如此クニ知ルハ卽《チ》訓也。〈中略〉然ルヲ或説ニ。ソノカミ和仁《ワニ》ガ始メテ教ヘ奉リシハ。漢國ノ讀法ノ如クニテ。イマダ和讀ノ法ハアルベカラズト云ルハ非也。此方ノ人ハ。イカホドヨク學問シテモ。訓讀ナラデハ義理通ゼズ。近世儒者ノ説ニ。ヨク漢籍ニ熟シ唐音ニ達シヌレバ。訓讀ニヨラズ。彼國ノ法ノ如ク直讀ニシテモ。ヨク通曉スト云ハ。甚虚妄ノ言也。タトヒ口ニハ直讀ニシテモ。心ニハ訓讀セザレバ義通ゼズ。人

ニハ右ノ如ク教ル者モ。實ニハ自《ミ》モ訓讀ノ法ニ依ラザル事ヲ得ズト知ルベシ。[35]

以上の記述において本論にとって重要なことは第一に、「亦不レ樂乎」を「必訓ニヨマズバアルベカラ」ずと考えていることである。ここでの「訓ニヨ」むとは、「学而時習」を「ガクシテジシフス」と音読みすることはできるとする直前の記述から考えて、徂徠の言う「廻環」の読み、すなわち日本語の語順で読むことを表している。第二に着目したいのが、「学而時習」のそれぞれに「學ハマナブ也。而ハテノ意也。時ハヨリ〱也。習ハナラフ也」などの俗語訳を付している点である。宣長にとっての古代中国語の理解も、俗語訳を介して行われていたことを示す記述であると言える。そして最後に最も重要なのは、俗語訳という方法への態度として、景山において示唆されていた、直読での理解の不可能性を宣長がはっきりと言明している点である。「此方ノ人ハ。イカホドヨク學問シテモ。訓讀ナラデハ義理通ゼズ」と述べており、また和邇による漢籍の伝来という歴史的時点においても、同様の事態が妥当すると考えられていることから、「漢国」と「此方」との根本的相違に、その根拠を想定していると言うことができるだろう。さらに古文辞学派そのものを指すと思われる「近世儒者ノ説」に対して、「ヨク漢籍ニ熟シ唐音ニ達シヌレバ。訓讀ニヨラズ。彼國ノ法ノ如ク直讀ニシテモ。ヨク通曉スト云ハ。甚虚妄ノ言也」と断言し、表面上はテクストを中国語音で音読する者も、実は心中では訓読へと変換しているのだとまで述べている。これらの思考は師の景山が「天性の語勢」という根本的な相違に、古代中国語の直読による理解の不可能性の根拠を見出していたことと一致している。

宣長は、古代中国語は直読では理解することができず、訓読によって、さらには俗語訳をすることによって理解が可能になると考えていた。景山同様宣長にとっても、中国語と日本語というシステムを異にすると想定された言語間においては、翻訳が必要だったのである。

第二項　本居宣長の言語思想と俗語訳――荻生徂徠との比較を通して――

次に宣長の言語思想の考察に移るが、その際二つの主張を踏まえる必要がある。一つは、自らを契沖・真淵の系譜に連ね、古言を古言によって解釈するとする古典解釈における文献学的実証主義の立場である。もう一つは、『直毘霊』で主導されていく「言・事・意」の一体的把握という立場である。共に「古の道」に至るための方法論であり、古文辞学が体得的一体化を理想とした「先王の道」、及びそれが言語的に表現されている古代中国語という両項を、そのまま「古の道」と古代日本語へとパラフレーズしたものであるとも考えられる。本項では、まず宣長の言語思想を支える上記二つの立場の理論的意義を考察し、徂徠との比較を行う。

村岡典嗣は、近世における古学の発生の由来と、その意義を述べる論考[36]において、近世以前の学問に混淆的性質と伝襲的性質を認めた。混淆的性質とは外国文明の輸入と模倣であり、特に仏教と儒教の影響を受けた牽強付会の注釈を特徴としていた。また伝襲的性質とは、学問が師説の保守を目的とし、秘伝の形で相伝されたことを特徴とする。宣長が自らの立場を古学として、その学問的態度の批判を向けたのがまさにこのような気風であった。

宣長は最初期の著作である『排蘆小船』において、すでにこれら旧来の学問の混淆的性質、及び伝襲的性質に対して直接の批判を行っている[37]。契沖に端を発する古学が古典テクストの文献学的実証研究に向かったのは、まさにこれら二つの旧弊を脱するための極めて自覚的な方法であったと言える。晩年の著作『うひ山ぶみ』において、宣長は古学の方法とその発生を次のように述べる。

> 古學の輩の、古學とは、すべて後世の説にかゝはらず、何事も、古書によりて、その本を考へ、上代の事を、つまびらかに明らむる學問也、此學問、ちかき世に始まれり、契沖ほふし、歌書に限りてはあれど、此道すぢ

を開きそめたり、此人をぞ、此まなびのはじめの祖《オヤ》ともいひつべき(38)

近世以前の注釈書は儒仏の思想に傾倒し牽強付会な部分があり、また師説の保守に傾くため、そのような注釈書によっては古典テクストやそこに表れている上代の事跡を明らかにすることはできないと考えた。契沖の方法について山崎芙紗子はそれを「文献学的方法」として以下のように説明している。

たとえばある古典の中にあらわれるAということばの意味を吟味したいとする。その古典の中から、Aの用例をすべてとり出し、どの用例にもあてはまる意味を、Aの意味であると推定する。Aの用例がその古典になければ、なるべく近い古典の中から用例を探すのである。〈中略〉契沖は博捜した用例の出典を明記したので、後の人が引用文献の妥当性を追検証することが可能になった(39)。

このような方法を通して、混淆的・伝襲的性質を脱し、古言を以て古言を理解するという古典テクストに対する態度が確立したのである。

宣長の言語思想における第二の要点である「言・事・意」の一体的把握は、この文献学的実証主義の言語思想にとっての理論的な前提になっている。

大御國の古書は、然《シカ》人の教誡《ヲシヘ》をかきあらはし、はた物の理《コトワリ》などを論《アゲツラ》へることなどは、つゆばかりもなくてたゞ古《ヘ》を記せる語《コトバ》の外には、何《ナニ》の隠《カク》れたる意《ココロ》をも理《コトワリ》をも、こめたるものにあらず(40)

宣長が対象としようとする古言とは、教戒や理屈を述べていたり、あるいはその言説から何らかの規範が導き出されるようなものではない。それはただその言葉が発せられた古の事実を記しているのであって、そこに表れた言葉以外には何物も隠れてはいないし、また導き出せもしないのである。それゆえ「すべて意も事も、言を以て傳《フ》るものなれば、書《フミ》はその記せる言辞《コトバ》ぞ主《ムネ》には有ける」(41)というように、古言そのものが特権的な重要性を持つため、後世に行われた注釈などを介さずに直接古典テクストに表された言葉そのものを理解する文献学的実証主義の態度が求められるのである。

それでは、古言はいかにして獲得されるのであろうか。『玉勝間』四二三条「言の然いふ本の意をしらまほしくする事」を見てみよう。

> 物まなびするともがら、古言の、しかいふもとの意を、しらまほしくして、人にもまづとふこと、常也、然いふ本のこころとは、たとへば天《アメ》といふは、いかなる意ぞ、地《ツチ》といふは、いかなる意ぞ、といふたぐひ也、これも學びの一《ツ》にて、さもあるべきことにはあれども、さしあたりて、むねとすべきわざにはあらず、大かたいにしへの言は、然いふ本の意をしらむよりは、古人の用ひたる意を、よく明らめしるべき也、用ひたる意をだに、よくあきらめなば、然いふ本の意は、しらでもあるべき也、そも〳〵萬《ヅ》の事、まづその本をよく明らめて、末をば後にすべきは、論なけれど、然のみにもあらぬわざにて、事のさまによりては、末よりまづ物して、後に本へはさかのぼるべきもあるぞかし、大かた言の本の意は、しりがたきわざにて、われ考へえたりと思ふも、あたれりやあらずや、さだめがたく、多くはあたりがたきわざ也、されば言のはのがくもんは、その本の意をしるることをば、のどめおきて、かへす〳〵も、いにしへ人のつかひたる意を、心をつけて、よく明らむべきわざ也、たとひ其もとの意は、よく明らめたらむにても、いかなるところにつかひたりといふことをしらでは、

何のかひもなく、おのが歌文に用ふるにも、ひがことの有也、今の世古學をするともがらなど殊に、すこしとほき言といへば、まづ然いふ本の意をしらむとのみして、用ひたる意をば、考へむともせざる故に、おのがつかふに、いみしきひがことのみ多きぞかし、すべて言は、しかいふ本の意と、用ひたる意とは、多くはひとしからぬもの也(42)

一般的に古言を理解しようとする際に、その根本的な本義を求めようとする傾向がある事を述べ、宣長はこれに注意を投げかけている。古言の本義を直接捉えようとするのは非常に困難であるため、まずはそれを扱っていた古人がその言葉をどのように用いていたかを理解することに注力するべきであると言う。本義とその用いられた際の意味とは異なることがあるのであって、そのことをわきまえずに和歌や和文を制作すると、的外れな表現になってしまうと言う。

宣長の言語思想とは、古典テクストそれ自体に表れる古言を通して古典テクストを読解し、それを用いた古人と同様に言葉を使いこなすことを理想とするものであった。その言語思想は徂徠の古文辞学が目指したように、古言を通してその言葉が発せられた「先王の道」へと向かい、さらにその言葉を用いることで、その「先王の道」との体得的合一を目指すという志向性を有していると言えよう。

しかし徂徠の古文辞学的言語思想との関係において、宣長の言語思想を捉える場合、百川敬仁が指摘するように(43)、両者の間に決定的な相違があることもまた認めなければならない。徂徠の古文辞学を形容する際、本論では体得的合一という用語を用いてきた。それは、徂徠が「道」に関して述べる際の次のような言明を前提としている。

けだし孔子の時よりして、學者は言語を以て道を求めて、道は言語の能く盡くす所に非ざることを知らず。こ

> れを行事に示せば、則ち道は思ひてこれを得べきなり。故に曰く、「黙してこれを識る」（述而）と、また曰く、「われ言ふことなからんと欲す」（陽貨）と。それと先王の詩書禮樂の教へと、符契を合するがごとし。(44)

徂徠にとって「道」、すなわち先王によって制作された詩書礼楽の教えは、六経や『論語』に表れた言葉を通じてしか接近することはできず、それゆえその言葉の習得を古文辞学という方法を通じて行うのであった。しかし「道」とは最終的には言葉では捉えられないものとして理論化されていたのであった。

> 六経の言表的意味が道ではあり得ないのだから、礼楽と現実との齟齬というような問題はもう存在しない。道にかなった政治を行なうために必要なのはもはや規範ではなく、六経に思いを潜めることで期待される一種の悟りなのである。(45)

徂徠にとっての古言は、「道」との合一のための唯一の通路でありながら、その到達の一歩手前で消失しなくてはならないのである。言語に対するこのような認識は、最終的に言語を介さないような体得的合一を古文辞学が目指していたということの理論的要請でもあり、俗語訳に初学者のための便宜的な方法としての位置付けを与えている根拠でもある。

宣長にとって、しかし、古言は「言・事・意」の一体的把握においては、どこまでも不可欠なものであった。

> 今の世に在て、その上代の人の、言をも事をも心をも、考へしらんとするに、そのいへりし言は、歌に傳はり、なせりし事は、史に傳はれるを、その史も、言を以て記したれば、言の外ならず、心のさまも、又歌にて知《ル》べ

し、言と事と心とは其さま相かなへるものなれば、後世にして、古の人の、思へる心、なせる事《ワザ》をしりて、その世の有さまを、まさしくしるべきことは、古言古歌にある也、さて古の道は、二典の神代上代の事跡のうへに備はりたれば、古言古歌をよく得て、これを見るときは、其道の意、おのづから明らかなり[46]、

当世において古人の言葉や事跡を窺うための径路は、古言古歌をおいて他にないと言う。ここに、徂徠の古文辞学と方法論を一にしながらも、「徂徠が切り離した言葉と存在とは再び直結され[47]」、どこまでも言葉で以て古の世界へと向かう宣長の言語思想を見て取ることができるのである。

以上の言語思想上における相違は、徂徠と宣長との俗語訳に対する態度にどのように表れているのだろうか。まず徂徠における俗語訳の態度として、その方法たる訳文の学はあくまで、初学者に対する便宜的方法であったことをここで想起したい。訳文の学を学び、日本の俗語訳を通じて古代中国語の字義文理に通じ、また崎陽の学を通じて六経その他古文辞学派が古典と定めるテクストを直読し[48]、また自ら古文辞によって文章を書く中で、最終的に言葉を介さない完全に無媒介的な親密さで「道」を悟ること。これこそが、古文辞学が目指す「道」の獲得過程であり、その最終地点では言語が極限まで身体化され、最終的には「道」と合一することが理想とされるのである。この過程を酒井直樹『過去の声』は以下のように記述している。

彼（筆者注：徂徠）にとって、中国の書物の翻訳が学問的企図の最終目標なのではないという点は絶対に記憶しておかなければならない。それは、生徒が踏まなければならない学習段階の一つにすぎないのである。実際、彼は中国の言葉の発音を習得することの重要性を強調し、中国人の内部性を身に着け、問題となっているテクストが由来する「内部」に生きることによってのみ、本来的で真の理解が得られると繰り返し宣言する。荻生

の学習法が全体として目指すのは、生徒を古代中国人という集団的かつ統合された主体へと変形することであって、彼が信じるには、古代中国人という集団的主体がすべての古典の書物を生み出したのである。彼の学習法の核心は、古代中国においてその原初的十全性をもってテクストを生産した、想像された発話行為の主体と模倣的に同一化することにあったのである。(49)

徂徠における中国古典テクスト理解にとっての俗語訳の意義とは、詰まるところ目的と手段の関係であり、目的を達成する一歩手前で、理論的に破棄すべきものとなるのである。なぜなら、徂徠の古文辞学にとって「道」とは言語で以て理解するものではないからである。

一方で、古代世界を古言によって把握するという方法論的立場を崩さなかった宣長にとっても、俗語訳はあくまで文献学的方法を通して古言を以て古言を解するという水準に到るための便宜的方法に止まるのであろうか。

ここで改めて想起したいことは、堀景山の古代中国語の理解における俗語訳の役割である。景山は、徂徠の影響を濃厚に反映する形で、古代中国語読解における和訓の排斥を主張し、日本の俗語訳による理解の必要性を主張した。しかし、徂徠が、訳文の学より重要な方法として位置づけていた崎陽の学の中国語発音による直読直解に関しては否定的な評価を持っており、景山はそれぞれ中国語、日本語で相異なる「天性の語勢」を認め、「語勢」の異なる「日本人」が中国語を理解するためには、日本語への翻訳が不可欠であると考えていた。そして宣長も本節第一項で見たように、「日本人」が中国語を直読直解することは不可能であり、日本語への翻訳が必要であると主張していた。

このような文脈を踏まえると、江戸時代人たる宣長が、日本の古典テクストについて古言を以て古言を理解するとは、景山とともに宣長自身も否定した古文辞学的な方法である中国語で中国語を理解することと同値であると考えられる。ここでまた、第一節で検討した俗語訳の比喩であった「遠鏡」の含意も併せて想起したい。それは、物理的距離と共に時間的距離を消滅させるものとして描かれていたのであった。その場合、古代中国古典のテクストへの態度と同様に、宣長は日本の古典テクスト解釈においても、翻訳がなければ理解できないと考えていたのではないか、という仮説を立てることが許されよう。さらにその翻訳とは、「先王の道」との体得的合一を目指し、最終的には言語を必要としなくなる徂徠のごとく初学者に対しての便宜的方法に止まるのではなく、景山が「日本人」の「中国語」理解のために俗語訳を必要としていたのと同様に、一八世紀に生きる宣長にとっては「言・事・意」の一体的把握を通して古代日本の「古の道」へと至る、ないしは構想するために不可欠な回路であったのではないか。また『漢字三音考』における「近世儒者ノ説ニ。ヨク漢籍ニ熟シ唐音ニ達シヌレバ。訓讀ニヨラズ。彼國ノ法ノ如ク直讀ニシテモ。ヨク通曉スト云ハ。甚虚妄ノ言也。タトヒ口ニハ直讀ニシテモ。心ニハ訓讀セザレバ義通ゼズ。人ニハ右ノ如ク教ル者モ。實ニハ自モ訓讀ノ法ニ依ラザル事ヲ得ズト知ルベシ」と同型の論理が、古言を以て古言を理解するという文献学的実証主義それ自体にも適用されるのではないだろうか。すなわち古言を以て古言を理解すると表面上は述べながら、心中では俗語訳を行っているのではないか。

以上のような仮説は、『遠鏡』「はしがき」における「さとびごとに訳《ウツ》したるは、たゞにみづからさ思ふにひとしくて、物の味を、みづからなめて、しれるがごとく、いにしへの雅言《ミヤビゴト》みな、おのがはらの内の物」となるという記述を、「うひまなび」に限定した方法ではなく、宣長の古典解釈一般における方法として読む可能性を開くことを意味している。

おわりに

以上、宣長における俗語訳に対する態度の特徴を、主に徂徠、景山の系譜を通して論じてきた。最終的に、宣長にとって古典テクストの理解は俗語訳を通して行われる、という仮説を立てた。この仮説は、古言を以て古言を理解するという国学に対する典型的な特徴付けとしての文献学的実証主義の内実について修正を迫るものになる可能性を有していよう。

一方で宣長自身の言葉として、

古語ヲ己《ヲノレ》ガ物ニシテ、ヨクソノ意味ヲ知《ン》事ハ、只イクタビモ〳〵古書ニ眼ヲサラシテ、自然ニソノ意味ヲサトリ得ルヲ最上トス(50)

などの言明と、ここで提起した仮説との整合性をいかにつけるかという課題もある。『古言指南』におけるこの文章の前後は、むしろ俗語訳の必要性を主張している個所ではあるが、この認識自体は第一節の注一〇で示した真淵の「いにしへのこゝろことばの、おのづからわが心にそみ、口にもいひならひぬめり、いでや千いほ代にもかはらぬ天地にはらまれ生る人、いにしへの事とても心こと葉の外やはある」という言明と同様に、俗語訳を介することなく直接的に古言を理解することが最上であることの表明だと読める。

このような論点も踏まえながら、宣長における古典テクスト理解が俗語訳を介して行われていたとする本章の仮説を、理論的かつ実践的な俗語訳の実態に基づいてさらに吟味していく必要がある。第一章と共に、宣長の俗語訳に関する技法論、及び方法論に関する課題は多いが、ひとまず宣長古典解釈における俗語訳に関する議論から離れ、第二部からは宣長の注釈的著作への分析を通して彼の古典解釈の内実に迫りたい。

注

（1）以上の近世俗語訳に関する系譜、及び俗語訳の実態に関しては、宇野田尚哉「「書を読むは書を看るに如かず」――荻生徂徠と近世儒家言語論」（『思想』八〇九号・岩波書店・一九九一年）や、村上雅孝「人情と訓訳――伊藤仁斎から荻生徂徠へ」（『国語学研究』第五十六集・二〇一七年）、藍弘岳『漢文圏における荻生徂徠　医学・兵学・儒学』（東京大学出版会・二〇一七年）、大橋敦「漢字文化圏と翻訳システム――景山・宣長の系譜」（『立正大学国語国文』第四六号・二〇〇七年）などに詳しい。

（2）引用は新編日本古典文学全集『源氏物語①』（小学館・一九九四年）二二一頁

（3）『源氏物語玉の小櫛』第四巻、三三〇頁

（4）『新古今集美濃の家づと』第三巻、三〇二頁

（5）『古今集遠鏡1』十一―十二頁

（6）同、十二―十三頁

（7）田中康二『本居宣長の思考法』（ぺりかん社・二〇〇五年）一二九頁

（8）同、一二二頁

（9）田中康二「俗語訳成立史」（『本居宣長の国文学』ぺりかん社・二〇一五年）二七一―二八一頁

（10）本居宣長における俗語訳の方法論的意義という主題の中で、契沖・真淵ら国学の系譜を見るならば、真淵による「万葉集大考」（『賀茂真淵全集　第一巻』続群書類従完成会・一九七七年、一―二頁）の以下の記述が参考になるだろう。

こゝに古き世の哥ちふものこそ、ふるきよゝの人の心詞なれ、此うた古事記《ふることぶみ》・日本紀《やまとぶみ》らに二百《ふたもゝ》ばかり、万葉集に四千餘《よちゞまり》の數なむ有を、言《ことば》はみやびにたる古こと、心はなほき一つごゝろのみになんありける、かれまづ此よろづのことの葉にまじりてとし月をわたり、おのがよみづることのはも心も、かの中にもよろしきに似まくほりつゝ、顯身《うつそみ》の世の暇あるときは且見且よみつゝ、このなかに遊ばひをるほどに、いにしへのこゝろことばの、おのづからわが心にそみ、口にもいひならひぬめり、いでや千いほ代にもかはらぬ天地《あめつち》にはらまれ生《おふ》る人、いにしへの事とても心こと葉の外やはある、しか古へをおのが心言《ことば》にならはし得たらんとき、身こそ後のよにあれ、心こと

ば、上つ代にかへらざらめや、世の中に生としいけるもの、こゝろも聲もす倍《べ》て古しへ今ちふことの無を、人こそならはしにつけ、さかしらによりて異《こと》ざまになれる物なれば、立かへらんこと何かかたからむ

ここで主に述べられているのは、古言を体得することによって、後世の人も古人へと通ずることができるという点であり、古言の理解という観点からは、俗語訳を介することなく直接的に古言を理解し、古人に通ずるという、以降で見ていく荻生徂徠と同様の発想である。

(11) 『訳文筌蹄』(戸川芳郎・神田信夫編『荻生徂徠全集 第二巻』みすず書房・一九七四年)五四七—五四八頁。戸川芳郎の読下しに従う。

(12) 吉川幸次郎「徂徠学案」(『仁斎・徂徠・宣長』岩波書店・一九七五年)、及び『元明詩概説』(岩波書店・二〇〇六年)の記述に拠る。

(13) 『元明詩概説』二五八頁

(14) 『弁名』(『日本思想大系 荻生徂徠』岩波書店・一九七三年)一七〇頁

(15) 『訳文筌蹄』五五五頁

(16) この文章の直後、「最上乘」に次いで「第二等の法」が提示されている。これは中華音に接することのできない者に対して訓読の使用を部分的に認めた主張であるが、さらにこの「第二等の法」においても日常の話し言葉としての「俚語」、本論で俗語と呼ぶ方法による解説の必要性が説かれている。

(17) 吉川幸次郎「徂徠学案」(『仁斎・徂徠・宣長』岩波書店・一九七五年)九九頁

(18) 小林秀雄『本居宣長(上)』(新潮社・一九九三年)二六〇頁

(19) 同、二六二頁

(20) 『訓訳示蒙(復刻)』(戸川芳郎・神田信夫編『荻生徂徠全集 第二巻』みすず書房・一九七四年)四四五頁。私に句読点を補った。以下同様。なお、『荻生徂徠全集 第二巻』には「三 訓訳示蒙(復刻)」及び「六 訓訳示蒙異本(翻字)」の二編が収められている。同書「解題・凡例」によると、「三 訓訳示蒙(復刻)」は、徂徠の没後、元文三年(一七三八)の刊本を底本とする。同「解題・凡例」では、これは徂徠の生前に刊行された『訳文筌蹄初編』の続編として企図されていた後編部を、蘐園派内部で写本として読み継がれていたものが流出し、剽窃のような形で著者名をも

明示せずに無断で刊行されたものであった。そのような贋作刊行物に対して、蘐園派の中では『訳文筌蹄』の後編にあたる未刊部の稿本を伝写によって保存していた。両者の本文には異同があり、比較対照しても、それぞれに一長一短がある。本来はテクストの恣意的な選択は慎まれるべきであろうが、本論の論旨において適当なテクストを、その理由を付して引用する。本引用では、『訓訳示蒙異本〔翻字〕』の本文が「字義ヲ合点スルコト第一ノ肝要ニシテ殊ノ外骨ヲル、コト也。然レ共骨ヲリテ合点スル程ノ事ハナシ。然レトモ骨ヲリテステヲカハ益ニタツマジ。又人ノ力ラテ合点スルトキハ身ニナラヌモノナリ。」（六三四頁、なお傍点は筆者）となっており、細かい相違もさることながら、傍点を付した一文が加わっており、文意把握が困難であることから『訓訳示蒙〔復刻〕』の本文を用いた。

なお、『訓訳示蒙』は『訳文筌蹄』の後編であると同「解題・凡例」では考えられていたが、黒住真「『訳文筌蹄』をめぐって（『近世日本社会と儒教』ぺりかん社・二〇〇三年）によって、国会本「訳文筌蹄稿本」との関係から『訓訳示蒙』が前半部に、『訳文筌蹄』が後半部に対応することが示されている。

(21) 同、四四一頁

(22) 同、四四三頁。なおここでの記述自体が『訓訳示蒙異本〔翻字〕』には存在しない。

(23) しかしながらこの俗語による訓訳をどのように読ませようとしたのかは判然としない。

(24) 『不尽言』日野龍夫解説五〇六頁参照。なお、『不尽言』の引用や解説への言及は、日野龍夫校注『不尽言』（新日本古典文学大系九九・岩波書店・二〇〇〇年）に拠る。

(25) 『不尽言』以外の景山のテクストから、徂徠からの影響を示した論考として高橋俊和「宣長手沢本『春秋経伝集解』考」（『堀景山伝考』和泉書院・二〇一七年）がある。

(26) 『不尽言』一五二頁

(27) 同、一六九頁

(28) 『訓訳示蒙〔復刻〕』四三九頁

(29) 『不尽言』一四五頁

(30) 同、一四八頁、日野龍夫（注二一）参照「『語勢』は『語順』の意。徂徠は『文理』という。」

(31) 同、一四九―一五〇頁

(32) 前掲大橋、五一頁
(33) 『不尽言』一四九頁
(34) 前掲大橋、五一頁
(35) 『漢字三音考』第五巻、三八九頁
(36) 村岡典嗣「近世の古学」(村岡典嗣著・前田勉校訂『増補　本居宣長2』平凡社・二〇〇六年)
(37) 『排蘆小船』第二巻、十三―十四頁、「〔一七〕附會　傳受」項を参照。
(38) 『宇比山踏』第一巻、十五頁
(39) 山崎芙紗子「近世の古典注釈」(『岩波講座日本文学史　第十巻　19世紀の文学』岩波書店・一九九六年)三二七頁
(40) 『古事記伝』第九巻、三三頁
(41) 同、六頁
(42) 『玉勝間』第一巻、二三七―二三八頁
(43) 百川敬仁「徂徠から宣長へ」(『内なる宣長』東京大学出版会・一九八七年)二一八―二二八頁
(44) 『蘐園十筆』(西田太一郎編『荻生徂徠全集　第十七巻』みすず書房・一九七六年)七〇八頁
(45) 前掲百川、二二五頁
(46) 『宇比山踏』第一巻、一八頁
(47) 前掲百川、二二八頁
(48) 「中華音」による中国古典テクストの直読直解という古文辞学の方法論に対する認識は吉川幸次郎の「徂徠学案」によって示され定着している。しかしこの観点に対しては、いわゆる「看書論」の立場からの有力な批判がある。前掲宇野田、澤井啓一「十八世紀日本における〈認識論〉の探求――徂徠・宣長の言語秩序観」(百川敬仁ほか『江戸文化の変容――十八世紀日本の経験』平凡社・一九九四年)、前掲藍などを参照。また特に田尻祐一郎「〈訓読〉問題と古文辞学――荻生徂徠をめぐって」(中村春作・市來津由彦・田尻祐一郎・前田勉編『「訓読」論――東アジア漢文世界と日本語』勉誠出版・二〇〇八年)は「看書論」からさらに進んで、徂徠にとっての俗語訳の重要性が、本章で主張するような景山・宣長にとっての俗語訳の重要性と同様なものであるという議論を行っている。以上の議論を踏

まえた上で本章における「直読直解」を主張しているとする徂徠の位置付けは、先に見た『漢字三音考』での宣長の認識に沿う形で行ったことを付言しておく。

(49) 酒井直樹著、酒井直樹監訳・川田潤・齋藤一・末廣幹・野口良平・浜邦彦訳『過去の声――一八世紀日本の言説における言語の地位』(以文社・二〇〇二年)三二八頁

(50) 『古言指南』第十四巻、六四五頁

第二部

本歌取論

第一章　『草庵集玉箒』における本歌取歌解釈の諸相

はじめに

第一部において、本居宣長の古典解釈のうち、俗語訳という方法に着目して議論を行ってきた。本章からは、宣長の注釈的著作を対象として、彼の古典解釈の内実を明らかにしていく。

本章の目的は本居宣長の本歌取歌に対する解釈の諸相を、彼の最初の和歌注釈書である『草庵集玉箒』『続草庵集玉箒』（以下、『玉箒』及び『続玉箒』。また特に区別の必要のない場合は、『玉箒』で後者をも含めるものとする。引用は『本居宣長全集　第二巻』（筑摩書房・一九六八年）に拠る）から析出することである。

『玉箒』は頓阿『草庵集』の中から、三五二首の和歌を選び、香川宣阿『草庵集蒙求諺解』（以下、『諺解』）と、その修正を図った桜井元茂『草庵集難註』（以下、『難注』）との注釈を対照比較して、多くはそれらへの批判と共に、宣長自身の解釈を施した注釈書である。

『草庵集』の詠者である頓阿（一二八九—一三七二）は二条派歌学の中興の祖とされる歌人であり、かつ彼の歌集である『草庵集』は二条派和歌の模範として歌詠みの手本とされた。(1)一八歳で和歌に志した宣長が、上京後に入門した有賀長川は二条派の末流に位置する人物であった。[2] 二条派和歌の模範とされる『草庵集』への関心が宣長の中で高まるのは自然の事であったのだろう。

以下に宣長と『玉箒』とに関わる簡便な年譜を付して、当該著作の成立年代を確認する。

宝暦七年（一七五七）二八歳：京都遊学から松坂へ帰郷
宝暦一三年（一七六三）三四歳：賀茂真淵と対面
宝暦一四年（一七六四）三五歳：一月『古事記伝』執筆に着手
　　　　五月―六月：門人稲垣棟隆より『草庵集蒙求諺解』、『草庵集難註』を借用[3]
明和四年（一七六七）三九歳：『草庵集玉箒』巻五まで刊行
明和五年（一七六八）四〇歳：『草庵集玉箒』巻六、巻七成稿[4]
天明六年（一七八六）五七歳：『草庵集玉箒』巻六―巻九、『続草庵集玉箒』巻三まで刊行
寛政三年（一七九一）六二歳：『新古今集美濃の家づと』成稿
寛政七年（一七九五）六六歳：『新古今集美濃の家づと』刊行
寛政十年（一七九八）六九歳：『古事記伝』成稿

年譜に示したように、『玉箒』は二度に分けて出版されており、前編が『草庵集』巻一から巻五までの注釈を付して明和四年に刊行される。後編は『草庵集』巻六から巻九、及び『続草庵集』全三巻の注釈として天明六年に刊行を見る。『続草庵集玉箒』の跋（『本居宣長全集　第二巻』四五九頁）に、

此ころ我物学のおやにます本居老翁のむかしわかくまししし程に、頓阿法師の草の菴の塵はらはむとて物したまへりし玉箒の末半らは、鈴の屋の壁のかたすみにかけすておきたまへる、あまたの年経ぬれは、いたつらに蜘

のすかきにからまれていたくすゝけにたるを、書あき人のせちにこひもとめて櫻木になむうつしゑりたる、かく此箒またくしあれは、今はいよ〳〵彼菴はさらにもいはす、大かたわかの浦路残るくまなくはききよめて、ゆらく玉の緒ゆら〳〵に、萬世まて音高く傳りゆかむとことふきかてらに、村田橋比古も此つたなき言の葉を、松の落葉かきあつめ給へるかたへに、又いさゝか書そへつ、

天明六年丙午秋發行

とあることから推測するに、おそらくは明和四年に刊行された前編に引き続き、明和五年成稿の『草庵集玉箒』巻六、巻七の自筆稿本とともに書き続けたものが、十余年の間、篋底に秘められていたのであろう。『玉箒』巻八以降、及び『続玉箒』巻三までがどの時点で成稿を見たのかは未だ定見を得ないが、「巻八・巻九及び続編は、（筆者注：『草庵集』巻六・巻七より）さらに遅れて成立したことになる。引続き明和五年中ぐらいには脱稿したものであろうか」(5)とする大野晋の推定から大きく外れることはないであろう。

以上のことから、『草庵集』の注釈である『玉箒』と、『新古今和歌集』の注釈である『美濃の家づと』が実際に執筆された間には、刊行年（『玉箒』後編は一七八六年、『美濃』は一七九五年）に見られる以上の時間の経過を想定することが妥当である。すなわち、『玉箒』は、宣長三九歳から四〇歳にかけての注釈であり、後に『新古今和歌集』に対して行った注釈である『美濃の家づと』は、六〇歳を超えてからの著作であると考えられる。この二十年のうちに宣長の和歌解釈に変化があったのか否か、変化があったとすればどのような変化であるのかについては、両注釈書の比較、及びその執筆年代間における諸資料の分析作業を必要とするが、その論点に関しては別稿に譲る。

『玉箒』における本歌取歌解釈を分析するための方法論の設定に際し、『草庵集』の詠者である頓阿には他に歌論『井蛙抄』、『愚問賢注』があり、そこで本歌の種々の取り方に関する整理を行っていることが注目される。両著の

間では、その提示する本歌の取り方の規定に若干の異同があるのだが、本章では、後年に成立し、より整備された規定であると考えられる『愚問賢注』[6]における「本歌のとりやう」に従うことにする。

『愚問賢注』で頓阿は本歌取の五つのあり方を次のように提示している。

（一）本歌の詞をあらぬものにとりなして上下にをけり
（二）本歌の心をとりて風情をかへたる歌
（三）本歌に贈答したる体
（四）本歌の心になりかへりて、しかも本歌をへつらはずして、あたらしき心をよめる体
（五）たゞ詞一つをとりたる歌

本章の『玉箒』における本歌取解釈の分析では、まずはこの頓阿「本歌のとりやう」を導きの糸としながら、それとの共通点および相違点を析出するという方法を取る。その際、久保田淳「本歌取の意味と機能」[7]と『歌論歌学集成第十巻』[8]（以下、『集成十』）所収の『愚問賢注』、『井蛙抄』の注を適時参照しながら、宣長の本歌取歌解釈の実相をより明確に表現し得る項目名を提示していくこととする。

第一節 (A)本歌の詞の意味内容を変容させて新歌に利用する本歌取

『愚問賢注』における第一の本歌取の規定は（一）「本歌の詞をあらぬものにとりなして上下にをけり」であった。久保田はこの項目に関して「本歌の詞を取って心を変え、しかもその位置をも変える場合」と定めており、より具体的には本歌から摂取した詞の意味内容を変えて新歌に利用するものとする例を提出している。なお『玉箒』における宣長評釈中には「上下にをけり」という上の句、下の句の置換に関する言及を見出すことはできないため、結

果的に本章では（一）を「本歌の詞をあらぬものにとりな」すという基準からのみ理解し、「本歌の詞の意味内容を変容させて新歌に利用する本歌取」という項目名とする。

この視点から一首が解釈されているものとして、『玉箒』春上、九五番歌（二五二頁）[9]がある。

湖帰雁

にほのうみや釣するあまの袖ならで波にぞかへる春のかりがね

諺解云。本歌「さゝ波やひらの山風海ふけば釣するあまの袖かへる見ゆ【新古今読人不知】釣する海士ならばこそ。浪にも帰るべきに。さもなきかりのなど帰るぞ。しばしも立とまれかしと也。帰るは波の縁也。○今案。海士ならばこそと注せるはいかなる意にか。海士の家路に帰る事歟。それならば誤也。又本歌の如く袖のかへる心ならば。海士の袖ならばこそといはでは聞えぬ也。かの袖かへるを。あまの家に帰る事と心得たるにや。いぶかし。袖かへるは。風に袖の翻《ヒルガヘ》ること也。又などかへるぞしばしとまれは例の病也。歌の心は。古歌にあまの袖かへると読るうみのうへを。そのあまの袖にはあらで。雁の帰るといへる也。波にかへるとは。波の上を飛《トビ》て帰るさま也。

「諺解云」として最初に引用されている評釈は香川宣阿『草庵集蒙求諺解』を指している。続いて「今案」として宣長『玉箒』の評釈が続いていくことになる。『玉箒』の本歌取歌の認定に関しては、宣長の評釈部によって特に言及がない場合は、『諺解』において挙げられているものを本歌としている。

草庵集九五番歌の宣長の注釈を見ると、本歌では「かへる」のは「海士の袖」であったが、新歌では「雁」が「かへる」となることに注意を促すべきことを述べている。『諺解』は「かへる」における本歌と新歌との間における意味内容の変容については触れておらず、本来「浪にも帰るべき」は「海士」であるのに「さもなき」はずの「雁」が「帰る」という点に一首の趣を見出した解釈を提示している。それに対して宣長は、本歌では「翻る」の意であった「かへる」を、新歌では「帰る」と取りなしている点に、本歌に対する新歌の新味を見出していることがわかる。『諺解』はその意識を有さないゆえ、退けられているのである。

次に秋歌、五三五番歌（三〇二頁）を取り上げよう。

月前薄

露ながら色にうつりて秋の野のを花にまじる月の影哉

諺解云。本歌「秋の野の尾花にまじり咲花の色にやこひん逢よしをなみ【古今】」。尾花にまじるとは。尾花に月のうつりたる体也。月のうつれば光も花の色にそめられ。月のうつりたる露も花の色に染たるやうにみゆるを。露ながら月も花の色に移るといへり。

○今案。諺解の如く見んもあしからねど。今一ッ見様あり。を花にまじる月とは。本歌にある尾花にまじりて咲花にうつりたる月影也。さやうに見るときは此詞いよ〳〵面白し。本歌にても色といふもじが重き《オモ》故に。今は色といふ字に其まじる花をもたせたる物也。かくいはば又例の題がふるといはんか。月前薄なれば月は薄のかたはらにうつる共何事かあらん。

この五三五番歌は月の光が浮かび上がらせる色彩が印象的な歌であるが、『諺解』と『玉箒』では、前景化する色彩の違いが問題となっている。『諺解』では月とそれを反射させる露の光が、尾花の白に染まっているとの解を示している。宣長はその解を認めつつ、他方で別解も提出している。「を花にまじる月の影」を、本歌を踏まえた解釈から、本歌にある「尾花にまじりて咲花」に映る月光と捉えるのである。『諺解』では、月の光は「尾花」に直接映じているものであるとするが、宣長はそれを尾花にではなく、尾花の中に咲く別の花に映ずると見ているのである。本歌である古今集四九七番歌の「尾花にまじり咲花」が具体的に何を指し、従ってどのような色彩を喚起するのかについては古今集注釈史における種々の議論のあるところではあるが、宣長自身は晩年『古今集遠鏡』において賀茂真淵『古今和歌集打聴』の花や色を特定しない次の解を支持している。

此歌によれば萩かと云人あれど萩をみなべしの類いつれにても有ぬべし、亦くさ〴〵の花也といひりんどうならんといふ、すべて序歌はさま〴〵のけしきをかりてよめる例なれば何の花とさゝでもやみぬべし(10)

こうして宣長別解の解釈は、一面を白く染める薄と鮮烈なコントラストを生じさせる種々の花の色彩に、月と露の光が染まっている様を想起させるものとなる。

その上で、「色」という本歌から摂取した詞に対して、「本歌にても色といふもじが重き故に。今は色といふ字に其まじる花をもたせる物也」と述べている。「色といふもじが重」いとは、本歌の「尾花にまじり咲花の色」が、その色彩と共に、作中人物の恋慕の情までも含んだ二重の意味内容を持つものであることを示しているのであろう。このような「色」の作例は例えば小野小町の「色見えでうつろふものは世の中の人の心の花にぞありける」（古今・恋五・七九七）に見られるものである。一方で、「今は色といふ字に其まじる花をもたせる物也」と言うように新歌での「色」は尾花にまじる花の色彩のみを意味内容として持つことを示している。このことから、本歌では色彩と人物の心の顕現という二重の意味内容を持っていた「色」が、新歌では白とのコントラストに映える光の色彩という前者の側でのみ解釈されているといえる。

『玉箒』の本歌取歌に対する注釈においてこの(A)本歌の詞の意味内容を変容させて新歌に利用する本歌取の視点に適合する宣長の解釈は数えるほどで、筆者の分析の限り以上の二首に加え、白居易の詩を本説とする夏歌、三七五番歌（二八六頁）をこれに加えることができる程度である。

草間蛍

秋ちかきこれや蛍の思ひ草葉末の露に影ぞみだるゝ

諺解云。蛍―火乱《ル》―飛《テ》秋既《ニ》近《シ》【白氏】「道のべの尾花が本の思草今さら何の物か思はん【萬葉】「思草葉末にむすぶ白露のたま〳〵きては手にもたまらず【金葉俊頼】是や秋ちかき蛍の思草と云倒句の法也。秋ちかきゆゑ。程なく消ん事を蛍の思ひみだれて。草の葉末の露と同じく影のみだるゝ也。思ひと火の心有ゆゑ。影のみだるゝとつゞけたり云々。

○今案。諺解に。秋ちかき故ほどなくきえん事を蛍の思ひみだれてといへる。大に俗意也。まづ蛍には火の有故に。人のうへになぞらへて思ひにもゆると常に読也。さて今秋ちかきおもひといふも。恋の歌に。人にあかるゝ事を秋くる共秋近き共いふになぞらへて。かの白氏が詩の詞を以て。蛍のうへにいひなせるなり。実に蛍のうへの思ひにはあらず。さて思ひにはさま〳〵の思ひある中に。秋ちかき思ひを出せるは。かの詩の句によりて。影ぞみだるゝといふとかけ合せたる物也。一首の意は。草の葉末の露に蛍の影のみだるゝを見て。是や思ふ人の心の秋ちかきをなげくほたるの思ひならんとよめる也。

まず『諺解』で挙げられている白詩・万葉歌・金葉歌の中で、宣長は白詩のみを三七五番歌の解釈において取り入れていることを確認したうえで、「今秋ちかきおもひといふも。恋の歌に。人にあかるゝ事を秋くる共秋近き共いふになぞらへて。かの白氏が詩の詞を以て。蛍のうへにいひなせるなり」という評釈に注目したい。本説である白詩の「秋」が、草庵集歌において「秋」と「飽き」というオーソドックスな掛詞として取りなされていることを、宣長は重視している様が見て取れる。『諺解』はこの「あき」の掛詞に一切言及しておらず、宣長によって「大に俗意也」と一蹴されている。このことから宣長における本歌の詞の意味内容の変容という本歌取歌解釈における分析的視点が重要な意味を持っていることがうかがえるのである。

この(A)本歌の詞の意味内容を変容させて新歌に利用する本歌取の視点から分析された本歌取歌は、本歌と新歌の間で摂取された詞の意味内容を変えるもの、修辞的には掛詞を介した視点であり、ある意味で形式的なものであると言える。その点が、次に検討する『愚問賢注』「本歌のとりやう」の第二の規定「本歌の心をとりて風情をかへたる歌」における一首の趣意や歌境の根本的な変容に差し向けられる分析的視点との明確な差異となる。

第二節　(B)本歌と同一の歌境を新たな視点から捉える本歌取

『愚問賢注』は第二の本歌取を「本歌の心をとりて風情をかへたる歌」として以下の歌を挙げている。

志賀のうらやとをざかりゆく浪まよりこほりていづるあり明の月（新古今・冬・家隆）

さよふくるまゝにみぎはや氷らんとをざかり行しがのうらなみ（後拾遺・冬・快覚）

久保田はこの本歌取を「本歌の心を取って、趣向を変える場合」として、上記例歌の解説に「本歌は〈中略〉冬夜琵琶湖が汀から氷結してゆくという現象を歌ったものである。藤原家隆はその冬夜の琵琶湖という心はそのまま取って、そこに有明の月を点出したのであった」と述べる。冬夜に氷結する琵琶湖に焦点のあった本歌に対して、それを背景へと退かせて、有明の月を前景とするように詠出されたのが家隆歌であるとするのである。この第二の本歌取の規定に沿う形で解釈すれば、「本歌の心」が冬夜に氷結する琵琶湖であり、「風情をかへたる」部分は有明の月の導入ということになるだろう。

以上を踏まえて(A)本歌の詞の意味内容を変容させて新歌に利用する本歌取との対比を念頭に置きながら定式化すれば、摂取した本歌の詞の意味内容を引き継ぎつつも、新たな視点から詠んだ本歌取とすることができる。まずは頓阿が『愚問賢注』で示していたものと極めて近似した宣長の解釈として、秋歌、六二五番歌（三二一頁）を挙げる。

海邊擣衣

風そよぐあしの葉がくれ音たててこやもあらはにうつ衣かな

諺解云。本歌「蘆のはにかくれて住しつの国やこやもあらはに冬は来にけり【拾遺】」。風の吹ゆゑ蘆の分れて。こやのあらはに見ゆると。又衣うつ音にて小屋有とあらはにしらるゝ也。

○今案。諺解に風のふく故あしの分れてあらはにみゆるといへる。ひが事也。それにては衣うつ音の詮なし。風そよぐは。蘆邊のあしらひ。又衣うつ比のけしきにいへる也。歌の心は。蘆の葉がくれに有て外へ見えぬ小屋なるが。衣うつ音をたつるにて。小屋のある事のあらはにしらるゝと。本歌の心をとりかへてよめる也。

本歌の趣意を確認すれば、蘆の葉に覆い隠れて住んでいた津の国。（蘆が枯れて）小屋があらわになったのは、冬が来たためである、となろう。これに対して宣長の提示する新歌の趣意は、蘆の葉隠れにあって、外には見えない小屋であるが、衣を打つ音を立てているので、小屋がそこにある事があらわに知られる、とされている。そしてこの詠み方を「本歌の心をとりかへてよめる也」と述べるのである。

蘆に覆われて隠れ住んでいる小屋があらわになるという同一の歌境を持ちながら、本歌では冬の訪れにより蘆が枯れ視覚的にあらわになるのに対し、新歌では衣を打つ音によって聴覚的に小屋のあることが知られるという趣向としての解釈を示している。その変化を捉えない『諺解』の解について「ひが事也」と難じるのである。

続いて『続玉箒』からの解釈を挙げよう。春夏、一一九番歌（四二二頁）。

浦暮春

由良のとや霞をわたるうら船の行方《ユクヘ》もしらずくるゝ春かな

諺解云。本歌「ゆらのとを渡る船人かぢをたえゆくへもしらぬ恋の道哉【新古今よし忠】「たれこめて春のゆくへもしらぬまに待し桜もうつろひにけり【古今因香】本歌はかぢを絶てゆくへもしらず。此歌は霞の中ゆゑ船のゆくへもしらず也。さて浦船のゆくへもしらず。又暮行春のゆくへもしらぬ也。もの字両方をかけてよめる詞也。心をつくべし。

○今案。諺解に。もの字両方をかけたるといふはひが事也。浦船のゆくへも春のゆくへもといふもにはあらず。本歌の心。ゆらのとを渡る船人の。かぢを絶たる如くに。ゆくへもしらぬ恋の道也と読る也。今の歌も是と同じ格にて。霞を渡るうら船の如くに。ゆくへもしらずくるゝ春ぞと也。かやうに如くといふ詞を入《レ》て心得る格。恋の歌などに多し。

この解釈で宣長は『諺解』の挙げる二首の本歌のうち、前者の新古今歌のみに言及している。そして宣長の『諺解』

の解に対する批判は「も」の扱いに向けられる。

『諺解』では、「も」を「浦船のゆくへ」と「暮行春のゆくへ」とを並列することばとして解釈している。それは、新歌における「浦船のゆくへ」と「暮行春のゆくへ」とを趣意の比重として同等のものとして捉えていることを意味する。そのことは『諺解』では宣長が採用しないもう一首、古今八〇番歌を本歌として提示していることからもうかがえる。『諺解』による続草庵集一一九番歌の本歌取歌としての解釈は、第一の本歌である新古今歌から「かぢを絶てゆくへもしらず」を新歌において「霞の中ゆゑ船のゆくへもしらず」と取りなし、さらに第二の本歌である古今歌から「春のゆくへ」を趣意の上で摂取して、両本歌から引き継いだ趣意を「も」を介して並列させるものと考えることができるだろう。以上が『諺解』評釈の末尾で「さて浦船のゆくへもしらず。又暮行春のゆくへもしらぬ也。もの字両方をかけてよめる詞也。心をつくべし」と述べていることが意味するところであると考えられる。

一方で宣長の解釈における新歌の「も」は、本歌の「ゆくへもしらぬ」と「同じ格」のことばとして捉えられている。本歌では序詞によって導かれた「ゆくへもしらぬ恋の道哉」が一首の趣意の中心となるが、それと同様に新歌においても、序詞としての上句で描写された情景の「如く」、「ゆくへもしらずくる丶春ぞ」という下句の趣意が一首の中心となるという解釈である。『諺解』が本歌二首におけるそれぞれの趣意の並列として捉えた「も」を、序詞としての上句に対して、一首の趣意の中心をなす下句を添加するものとして「も」を捉えるのが宣長の読みであると言えよう。

以上のように『諺解』と『玉箒』との解釈の対照を整理したうえで、続草庵集一一九番歌に対する宣長の本歌取歌解釈を(B)本歌と同一の歌境を新たな視点から捉える本歌取として位置付け得るのは、当該歌がその本歌と、由良の戸を行方も分からず進んでいくという同一の歌境を共有しながら、序詞によって導かれた「ゆくへもしらぬ（／ず）」ものとしての一首の趣意の中心が「恋の道」から「くる丶春」へと詠み換えられている、という解釈を宣長が示しているためである。宣長による直接的な言及はないものの、春夏の部立に配され「浦暮春」の題のもとに詠まれた新歌は、さらに春の景物としての「霞」を序詞内に詠み込むことで、本歌の歌境を春という季節のもとに再構成しているとも言えよう。

以上二首共に、本歌で詠まれた歌境と同一の場面を設定しながら新たな視点から詠む、という意味で頓阿の言う「本歌の心をとりて風情をかへたる歌」に適合するものとして解釈されているということができるだろう。

第三節　(C)本歌の詩的世界に依拠しつつ展開を加える本歌取

さてここで『愚問賢注』「本歌のとりやう」では第四の規定であった「本歌の心になりかへりて、しかも本歌をへつらはずして、あたらしき心をよめる体」を先取りして検討する。久保田はこの第四の項目に関して「本歌の心を取りつつ、新しい心を添加している場合」であり、「本歌の作者の心になりきり、しかも本歌の枠に拘束されることなく新しい美を創造することをさす」と述べている。この基準は、第二の規定「本歌の心をとりて風情をかへたる歌」と必ずしも明瞭に区別されるようなものではないとも思えるが、こと宣長の評釈に着目すれば、先の(B)本歌と同一の歌境を新たに捉えなおす本歌取との間に有意味な差異を認め得る本歌と新歌との関係を示す一群の本歌取歌解釈を見出すことができる。

先にも示した通り、(B)は本歌の歌境を前提としながら、その捉え方の変更によって新趣を詠み出していたのであったが、一首の詩的世界内の時間的空間的繋がりとしては必ずしも本歌の詩的世界が新歌にとって必須なわけではない。言い換えれば、(B)の本歌取で詠み出される詩的世界は、一首の中で完結して存立しうるのである。一方でここに『愚問賢注』「本歌のとりやう」第四の規定と対応させる形で(C)本歌の詩的世界に依拠しつつ展開を加える本歌取として別立てする本歌取は、新歌の詩的世界が、本歌の詩的世界に依存してはじめて存立するものである。実例を見て検討しよう。冬歌、八三三番歌（三三二頁）。

慶長の比よみ侍し百首に

はつせ山花より雪にながめきて入相のかねに年ぞくれぬる

諺解云。花より雪といへば。春冬をいひて夏秋の景をこめたり。畢竟一年中の風景をこめていへり。冬もくれ十二月晦日の入相に年の暮ぬる事を惜む也。「山寺の入相の鐘の声ごとにけふも暮ぬと聞ぞかなしき【拾遺】本歌は一日の暮をかなしひ。此歌は一年のくるゝを惜む也。「日も暮ぬ今年もけふになりにけり霞を雪にながめなしつゝ【拾遺愚草】此歌より出たるなるべし云々。

○今案。能因法師の「山寺の春の夕暮来て見れば入相の鐘に花ぞ散けるといふを本歌として読る也。まづ春は花をながめくらして。入相の鐘に花の散し事も有し比より。次第に月日のうつりて。つひに雪をながむる比になりて。かの花ぞ散けるとある入相の鐘に。今は年ぞ暮ぬると也。花よりといふに。本歌を思はせて読り。かやうに見ざれば下句意味なし。

宣長の解釈に特徴的なのは、新歌における視点人物が、本歌における視点人物と同一であり、かつ時空間として連続する詩的世界に属するものとして捉えられているという点である。宣長の認定する本歌、新古今一一六番能因歌ではまず、春の夕暮れ時、山寺の入相の鐘に花が散っている時空間が詠みなされている。新歌ではその視点人物がそのまま時を経て、同じ山寺の入相の鐘を見ながら、この時空間では今度は冬の雪を眺めながら年の暮行く様に感じ入っている、とするのが宣長の解釈である。「花よりといふに。本歌を思はせて読り」とは、このような本歌と新歌の繋がりを示している。
一方で『諺解』は、「本歌は一日の暮をかなしひ。此歌は一年のくる、を惜む也」と言うように、一日の終わりと一年の終わりとの対照として、本歌と新歌とを関連付けている。そこには詩的世界の連続性という観点はない。『諺解』の解釈と対照すれば、この宣長の注釈は現在の本歌取研究において「後日談的本歌取(11)」と呼ばれるものに相当するような解釈であると見ることが可能であろう。さらに同様な評釈を示している、冬歌、七三八番歌（三二一頁）を見る。

小倉大納言など人々さそひて宇治にて歌よまれしとき河水鳥
川の瀬にうき水鳥の音をそへて《年をへてイ》すみけん跡を尋てぞとふ

諺解云。「いかでかくすだちけるぞと思ふにもうきみづ鳥のちぎりをぞしる【橋姫巻】。源氏にある宇治の八宮の跡をとふ也。音をそへてとは。今とふ人も水鳥になくねをそへて昔をとふ也。年をへての時は八宮の年をへて住給ひし跡をとふ也。本歌もうき水鳥といふに。うき身をそへてよめり。今此歌も水鳥は八宮をさしてよめり。
○今案。三の句年をへてとある本を用べし。〈中略〉諺解の説無理也。又うき水鳥を八宮の事とするもわろし。八宮の姫君たちをさす也。即かの歌は姫君のよみ給へる也。うきみづ鳥とはみづからこそいふべけれ。人のうへをいふべき詞にあらず。されば今の歌は。昔うき水鳥とよみ給ひし人の。年をへて住給へる跡をとふといふ心也。其歌のぬしをさしおきて。外の人をしかいふべきにあらねば。是は八宮にあらず。姫君をさせる事明らけし。さて川の瀬に浮《ウク》といひかけたり。すむも川の縁。跡も水鳥によしある也。後撰恋四「水鳥のはかなき跡に年をへてかよふばかりのえにこそ有けれ。

本歌の詩的世界は次のようなものであった。『源氏物語』「橋姫」の帖で、光源氏一族が栄華を極める時期にあたって、桐壺院の第八皇子である八宮が、光源氏須磨配流の際に弘徽殿女御によって立坊を画策されていたことから零落し、宇治に下っていた。北の方との間に、大君、中君の二女を授かるが、中君出生後に、北の方は逝去する。そのような不遇を八宮が姫君たちに向かって詠んだ「うち棄ててつがひさりしに水鳥のかりのこの世にたちおくれけん」への返歌として大君によって詠まれたものが本歌である。この歌が交わされた数年後、八宮の邸宅は焼失してしまうのであるが、年を経てその跡を、作中主体が訪ねるというのが新歌の趣意である。

新歌の解釈に移れば、これは「うき水鳥」が作中主体に重ねられた歌であるが、その作中主体を誰に定位するかで『諺解』と『玉箒』の説は割れている。前者は八宮（「八宮の年をへて住給ひし跡をとふ也」）とし、後者は八宮の姫君（「うき水鳥を八宮の事とするもわろし。八宮の姫君たちをさす也〈中略〉今の歌は。昔うき水鳥とよみ給ひし人の。年をへて住給へる跡をとふといふ心也」）とする。宣長の理解では、本歌を詠んだのは八宮の姫君であり、また「うき水鳥」は自らの身の上について用いる詞である。そしてここでの新歌は、本歌で「うき水鳥」と詠んだ人、すなわち八宮の姫君が、年を経て以前住んでいた邸宅の跡をとう、という内容のものと考えるのである。宣長のこの解は、本歌の詩的世界の時間的連続としての後日談を詠んでいる歌であることを明瞭に示している。

このように本歌の詩的世界を時間的に進めた時点を、新歌が詠んでいるという意味で明確に本歌の詩的世界に依存する本歌取歌解釈とともに、本歌の詩的世界が、新歌における既成的現実となってその詩的世界の背景的文脈を構成している、というような本歌取の解釈をも(C)本歌の詩的世界に依拠しつつ展開を加える本歌取に含めることができるだろう。夏歌、三八三番歌（二八七頁）。

野蛍を
宮城野の木下闇にとぶほたる露にまさりて影ぞみだるゝ
諺解云。本歌「みさふらひ云々（筆者補：みさぶらひ御笠と申せみやぎのゝ木下露は雨にまされり【古今・東歌・一〇九一】）。木下やみ故蛍もよくてらしみだるゝ也。露もみだるゝ物なれど。木下闇ゆゑ露にもまさりて影のみだるゝ也。
○今案。歌の心は。宮城野の木下は。雨にもまさるほど露のしげくみだるゝ所なるが。その露よりも猶とぶ蛍の影のしげくみだるゝと。蛍の多き事をいふ也。かやうに見てこそ名所の詮もあるなれ。諺解に木下やみゆゑ露にもまさりてといへるは。宮城野の心にそむけり。木下闇といふに。くらき故に蛍の影のことによく見ゆる心も。少しはあるべけれど。それはかたはらの義にて。趣意にはあらず。

宣長の解釈は、本歌の、宮城野の木の下は、雨にも勝るほど露の多い所である、という詩的世界を新歌の世界の背景として、その露にもいっそう勝って、乱れ飛び、光を放つ蛍が多い、という点を新歌の趣向として強調している。

ここで興味深いのは、『諺解』の示す解は、先に検討した(B)本歌と同一の歌境を新たな視点から捉える本歌取に近いものとして位置づけ得ることである。宮城野の雨にも勝る露が繁る木の下、という同一の歌境の中で、その木の下の闇と蛍の光とのコントラストに焦点を当てた解釈が『諺解』である。この解釈は、本歌には表れない「闇」と「蛍の光」に新歌の眼目を見出している点で、本歌の詩的世界から新歌の詩的世界が比較的独立していると言える。

一方で、宣長の解釈における一首の眼目は蛍の多さにあり、それが露の多さを眼目とする本歌の詩的世界との対照によって、際立たされているのである。『諺解』と『玉箒』の解釈をこのように整理すれば、本歌に対する新歌の関係性について、前者は独立的かつ一首内での完結性を保っている一方で、後者はよりその依存度が高いと言うことができるだろう。そのことが、本章で宣長の本歌取解釈の分析的視点に(B)本歌と同一の歌境を新たな視点から捉える本歌取と(C)本歌の詩的世界に依拠しつつ展開を加える本歌取とを別立てで措定することの有意味性をも担保しているといえよう。

第四節　(D)本歌に応和する本歌取

ここで翻って『愚問賢注』「本歌のとりやう」第三の規定「本歌に贈答したる体」に対応する宣長の本歌取解釈を検討する。この本歌取は久保田によれば「本歌に応和するような詠み方を試みている場合」であり、典型的には本歌に対する返歌として新歌が詠まれるものとされる。しかし、返歌の形式以外にも、『和歌用意条々』で「古歌に贈答したる体あるべし。有りといふに無しといひ、見るといふに見ずといへる、是也」(12)と述べられているように対立する意味への言い換えもここに含めて良いだろう。また久保田が上記の規定に付け加えている、本歌の疑問文に対する新歌での返答という形式もここに加えることができよう。

以上を確認した上で、冬歌、七四三番歌（三二二頁）をまずは検討する。

金蓮寺歌合に

風ふけばたかしのはまのあだ波をつばさにかけて千鳥なく也

諺解云。本歌「音にきく高師の濱のあだ波はかけじや袖のぬれもこそすれ【金葉】。あだ波はたゞ波迄也。

本歌はあだ名とうけて読り。風ふけば波の高きとうけたり。風吹ば高く立波を翅にかけて鳴也。○今案。諺解の如く見るもよし。但し本歌のあだ波をあだ名の心にとる説はわろし。名といひかけたるにはあらず。あだなる人をあだ波とたとへていへる也。さて今の歌今一ッ見様あり。本歌にあだ波はかけじとよめるに。千鳥はそのあだ波を翅にかけて啼《ナク》といひて。其啼《ナク》は本歌の袖のぬれもこそすれといふへあて見る也。餘は諺解の如し。

これは疑問文に対する返答として見ることのできる解釈である。宣長は『諺解』の解を肯定しつつも、別解を提出しているが、その解釈では本歌の、高師の濱の高く立ち騒ぐあだ波がかかって袖の濡れることがないだろうか、という疑問に対して、新歌において千鳥はそのあだ波を翅にかけて啼く、という応和を行っているという読みを示している。

次いで本歌に対して、『和歌用意条々』で述べられた対立する意味への言い換えでもって応和している歌として、恋下、一〇四三番歌（三六二頁）。

宰相典侍歌合に寄花恋

うつりゆく心の花のはては又色みゆるまでなりにけるかな

諺解云。変恋也。本歌「色見えでうつろふ物は世中の人の心の花にぞ有ける【古今小町】人の心の花のそろ〳〵とうつり行も。始はそれとさだかにもなきやうに有しが。はては又物の色合様体にてたしかに見ゆるやうに成しは。たとへば花の始わづかにうつるは。いつと色にも見えずして。終りには又かはる色の深くみゆる如くなるとなり。

○今案。三の句の又は。上をうけて。それもまたといふ意にて。漢文なれば亦《ノ》字をつかふ所也。一首の心は。本歌に人の心の花は色見えずしてうつろふといへるに。それも又次第にうつり行てのはてには。色の見ゆるほどになれるといふ趣意也。もと色の見えぬはづの物なるに。色のみゆるほどになれるといひて。人の心のうつれる事の甚しきをなげく也。諺解の如く見ては。又の字も穏ならず。且《ツ》本歌に色見えでうつろふと有をとりたる詮もなく。何の味もなきえせ歌になる也。たとへばといへるより下はいよ〳〵ひが事也。

宣長の評釈が強調する『諺解』との差異は、先に(C)本歌の詩的世界に依拠しつつ展開を加える本歌取の項目で見た三八三番歌と同様の対照を示している。『諺解』は、「人の心」の変化を花の色付きに擬えて、次第に花の色彩が濃くなっていく過程を、「人の心」が次第に顕わになっていく過程と重ねている。宣長の『諺解』評に従えば、「又」の字は本歌と新歌を繋ぐ詞であるが、『諺解』はそれを捉えそこなっており、本歌における「色見えずしてうつろふ」との対照が不鮮明になっているという趣旨を述べる。このように宣長によって解釈された『諺解』の解は、我々の整理では(B)本歌と同一の歌境を新たな視点から捉える本歌取のように、歌境を共有しながら視点を変え、かつ本歌との関係は比較的独立しているような新歌の解釈であると言えよう。

宣長にとっては『諺解』のような見方をすれば「本歌に色見えでうつろふと有をとりたる詮もなく。何の味もなきえせ歌になる」ことが最大の問題なのである。宣長の解釈では、本歌にある、人の心の花は色に見えずに移ろう、という趣意に対して、新歌では、それもまた次第にうつりゆくと、色が見えるほどになる、という新味が詠み出されていることになる。その解釈の核にあるのが「もと色の見えぬはづの物なるに。色のみゆるほどになれるといひて」と述べるように、本歌では「見えぬ」ものが新歌では「みゆる」ものとなったという関係の重視である。本章の趣旨に沿って換言すれば、本歌の否定表現を新歌では肯定表現による応和として詠み換えているのであり、以上の理路に従ってこの歌が、(C)のように本歌の詩的世界に依拠した新歌における展開として、『諺解』との差異が強調されるのである。

第五節　(E)心中の歌境を詠出するため本歌の詞を利用する本歌取

『愚問賢注』が提示していた最後の「本歌のとりやう」は「たゞ詞一つをとりたる歌」であった。「本歌の僅かな詞だけを取る場合」とする久保田に対して、『集成十』は『井蛙抄』において対応する規定であった「本歌の只一ふしをとれる歌」の注を参照する形で「本歌の詞を新歌の表現内容の一部に利用する歌」とする。具体的な内容をつかむために『愚問賢注』における頓阿による説明を参照することとする。

よしさらば散るまではみじ山桜花のさかりを面影にして（続古今集・春下・藤原為家）
陸奥の真野のかや原遠けども面影にしてみゆといふものを（万葉・巻三・笠女郎）
此哥、詞より案じたる哥にあらず。花のちる程まではみじ、さかりの面かげをのこして身にそへむとおもへる、めづらしくおもしろき風情を案じて、この心のよみがたきを「面かげにして」といふ本哥にてつゞけられたるなり。

『愚問賢注』の頓阿による解説部分の趣意は、「この歌は、詞から考え出されたものではない。花が散るまでは見まい、花盛りの面影を残して身に添えようと思うことの、素晴らしく美しい風情を案じて、この心の詠み出し難いのを、『面影にして』という本歌の詞を用いて、詠み続けているものである」となろう。該当箇所における久保田の解説は次のようである。

頓阿によれば、満開の花が無残に散るまでは見まい、満開であった時の美しい有様を幻影としていつまでも身に添え、心の裡で偲んでいようというのは、桜花を愛惜する「めづらしくおもしろき風情」なのである。そして、作者はまずその風情を考え出し、それを表現するにふさわしい詞として、万葉歌から「おもかげにして」の句を取ったのであると言うのである。

以上を踏まえると、ここで取り上げられている本歌取は、必ずしも摂取する詞の分量に関わらず、心中に浮かんだ歌境を詠み出すためのいわば梃子として、本歌の詞を部分的に使用するものということができるだろう。しかし以上の基準は、詠草者の作歌意識やその過程に即したものであるため、明確にこれと指定することは容易ではない。宣長自身の記述を頼りに析出を試みよう。『続玉箒』、秋冬、二六一番歌（四三五頁）。

暮秋月

あかずして秋やくれぬる《なんイ》朝日影にほへる山に残る月影

諺解云。本歌「朝日影にほへる山にてる月のあかざる君を山ごしにおきて【万葉】。〈後略〉

（『難注』評釈省略）

○今案。〈中略〉歌の意は。九月下旬のさまにて。朝日の影の映《エイ》じたる西の山の端に。有明の月の残りたるけしきの面白きを見て。思へるやう。かくのごとくにては。晦日をかぎりに秋の暮行とき。さぞあかずのこりおほからんと。かねて思ひやれる意を。本歌の詞にてしたてたり。あかずは我心にあかず思はん也。

〈後略〉

抄出箇所の大意は「歌の心は、九月下旬のさまで、朝日の光が映ずる西の山の端に、有明の月の残っている景色が美しくあるのを見て思う所、ここまで美しいと、晦日を最後に秋が暮れていくとき、さぞや満ち足りず、心残りに思うことが多くなるであろうと、先の事が思い遣られる気持ちを、本歌の詞でしたてたのである」となろう。

新歌における詞の摂取は「たゞ詞一つ」とは言えず、それどころか本歌から詞を大量に摂取している以上、本歌と内容面での類似性は免れない。しかし宣長が指摘する本歌取への視角は、あくまで心中の歌境を「本歌の詞にてしたてたり」とする点にある。この観点を確保したうえで、秋歌、四七八番歌（二九四頁）を見る。

等持院贈左大臣家にて蟲

秋くれば何をおもひのたねならん山のいはねの松むしの声

諺解云。本歌「種しあれば岩にも松は生にけり恋をしこひばあはざらめやは【古今】〈後略〉

〇今案。〈中略〉歌の心は。すべて蟲は夜鳴《ル》ものなる故に。人の物思ひてなくになぞらへてよむ事つね也。松蟲は名につきて。人を待てなく事にもよむ事なり。今の歌はまつ心にはあらね共。物思ひてなくにとりなして。さてそれは何事が思ひの種にはなりたるぞと。本歌の種と松とを取合せて。松蟲の事にしたてたる物也。

先の例とは対照的に、本歌の詞の摂取は極めて断片的である。共通する詞は「種」、「岩」、「松」のみであるが、それでも明示的に「本歌」という術語が用いられているため、宣長はこのような摂取をも本歌取と認定していたと見なさねばならない。

宣長は「本歌の種と松とを取合せて。松蟲の事にしたてたる物也」と述べる。「松」から「松蟲」が導かれ、「種」から「松蟲」への「したて」は、宣長の評釈によれば、蟲は夜間に鳴くことから、人の物思いに擬えられ、一方で「種」とは人の物思いの「種」のことであるから、それらが相まって、「本歌の種と松とを取合せて。松蟲」が仕立てられると言うのである。この評釈では、「松蟲」の「したて」のために、本歌の「松」と「種」とが「取合せ」られているという表現に、先の『続玉箒』二六一番歌の「本歌の詞にてしたてたり」に類似した視角を見出すことができよう。

以上で『愚問賢注』に提示された五つの「本歌のとりやう」に即した宣長の本歌取解釈の諸相を整理し終えた。以降は『愚問賢注』の提出する視点には包摂されないような本歌取解釈を見ていくことにする。

第六節　(F)本歌の詞を同系統の別の詞に置き換える本歌取

これは先行する本歌取言説においては、『八雲御抄』、『悦目抄』などで提示される本歌の取り方である。『八雲御抄』の「古歌をとる事」において「心ながらとりて物をかへたる」歌として次のように述べられている。

心をとりて物をかふとは、例へば古今の歌に「月夜よしよゝしと人につげやらば」とよめるは、萬葉に「我宿の梅咲きたりとつげやらばこてふに似たり散りぬともよし」といへるをとれり。これは心も詞もかへずして、梅を月にかへたるばかりなり。(13)

また『悦目抄』においても、

花の歌を本文として紅葉の歌にあらため、雪の歌を取りて霰の歌によみなどしたるを見れば、題目はあらねども、心詞すべて本にかはる所なし。(14)

と述べるように、詞の置き換えによる本歌取を指摘しながら、両者ともに本歌と新歌の間に新味を認めていない。『八雲御抄』、『悦目抄』共に否定的な評価であったこのような本歌取に対して、宣長が「かやうに本歌をとるも一の様也」と述べている、春上、一〇八番歌（二五四頁）を見よう。

入道前太政大臣家三首春月

春のよの月のかつらに咲花も空に《雲とイ》見えてや猶かすむらん

（『諺解』評釈省略）

○今案。〈中略〉古今忠岑「久かたの月のかつらも秋は猶紅葉すればやてりまさるらん」。此歌より出て。秋を春にとりなほして。紅葉を花にかへ。てりまさるをかすむにかへたる也。かやうに本歌をとるも一の様也。まづかの本歌の心は。天上の月の桂は。此界の草木のやうに。もみぢするなどいふ事はあるまじきわざなるに。それも秋はやはり此界のごとく紅葉すればにやてりまさるとよめる也。今の歌も其心にて。天上の月の桂に咲花も。やはり此界の花のごとく。雲と見ゆればにや。かくのごとく春はかすみて見ゆらんと。かすめる月をさしてよめる也。雲と見えてかすむとは。此界の花の。遠山などに咲るが。雲と見え

てかすむ物なる故に。月の桂の花もやはりその如くと也。〈後略〉

ここでは一方を省略したが、宣長は二種の解を提示している。一方は本歌に依らない解であり、もう一方は宣長自身が示す本歌に依る解である。今、後者のみ検討する。それは古今、秋上、一九四番、壬生忠岑歌を本歌として、本歌の詞を言い換えた新歌であると見る解である。「秋」を「春」に、「紅葉」を「花」に、「てりまさる」を「かすむ」と詠みなすことで、本歌の、紅葉しないはずの天上の月の桂が、秋になり地上と同じように紅葉したために、月が照り冴えているのだろうか、という趣意から、新歌では、天上の月の桂に咲く花も、地上と同様に雲のように見えるために、やはりこんなにも春には霞んで見えるのだろうか、という新味が詠出されている。照り冴える月と霞んで見える月の対照を、季節と季節を彩る花を軸にして反転させた所に、この一首の読み所を見出した解であると言えよう。

次に挙げる一首は『和漢朗詠集』所収の詩を本説とするものである。雑下、一三九〇番歌（四〇〇頁）。

如法経かき侍しとき懺法悲嘆の声を聞て
ひばらふく風ならねども杉のほらかなしむ声の名残をぞきく

（『諺解』評釈省略）

○今案。此歌は朗詠故宮の詩に。深‐洞聞《ケハ》レ風《ヲ》老‐檜悲《ム》といふ句につきて読り。かの深洞に杉《ノ》洞をあはせ。老檜に杉の字をたゝかはせ。悲《ノ》字に悲嘆《ノ》声をあはせたり。一首の意は。檜原を吹風ならばこそ。かの深洞老檜の風の声の悲しかりしなごりをも聞べき事なれ。今は檜原の風にはあらねども。杉の洞の辺の如法堂のせんぼうの声のいと物がなしければ。かの老檜悲《ム》とある昔の名残を。今杉の洞の懺法の声にきくと読る

也。〈後略〉

『玉箒』の評釈のみを参照するが、そこで宣長は、本説の「深洞」に新歌では「杉洞」を、「老猹」に「杉」を、「悲」には「悲嘆声」をそれぞれ「あはせ」、「たたかはせ」ているとする。その上で一首の意として、檜原をふく風であるからこそ、あの『朗詠』で詠まれた深洞老猹の風の音が、悲しく感じられた名残が聞こえるようだ。今は檜原の風ではないが、杉の洞の辺りの如法堂の懺法の読経が大変物悲しく聞こえるので、あの「老猹悲」とある昔の名残を、今は杉の洞の懺法の声に聞く、という解釈を提示している。

上記二首はどちらも共に、(C)本歌の詩的世界に依拠しつつ展開を加える本歌取として解釈され得る側面を持っていることも付け加えておく。

第七節 (G)本歌を二首取る本歌取

本歌を二首取るものについては『愚問賢注』は項目を立てていないが、『井蛙抄』では独立した一項として提示されている。『玉箒』での実例として恋上、九〇二番歌（三四五頁）。

御子左大納言家旬十首に

とにかくにこひしねとてやよもすがら夢には見えてことつてもせぬ

諺解云。本歌「恋しねとするわざならしうば玉のよるはすがらに夢に見えつゝ」【古今】。始は夢にも見えぬをなげきて。恋死ぬべきと思ひしに。此比夢に見ゆるまゝ。かくては逢事やあらんと思ひしに。ことつてさへなければ。又思ひわびて。としてもかくしても恋死ねといふ事にてやあらんと也云々。

○今案。此歌は本歌二首をとり合せて読り。其一首は諺解に引り。今一首は万葉十一又拾遺恋五に「こひしなば恋もしねとや玉ぼこの道行人にことつてもなき」是也。夢にみゆるとことつてもなきと。二ッながら本歌に恋死ねといふ事に読たれば。今夢に見えてことつてもせぬは。どちらへしても恋死ねといふ事にやと読る也。とにかくにとは。夢に見ゆるとことつてもせぬとの二ッ。何方《イッカタ》へしても也。諺解。一首の本歌を考へもらせる故に。とにかくにといふ詞を解《ゲ》しかねて。始は夢にも見えぬをなげきてなどと。歌にもなき心をつけそへて強言《シヒゴト》せり。又ことつてもせぬといへる事も。うきて聞ゆるはいかに。

『諺解』の挙げる古今歌の本歌に加えて、万葉歌で『拾遺集』にも採られるもう一首の本歌を『玉箒』は追加している。古今歌から「夢に見ゆる」ことを、万葉歌からは「言伝もない」ことを摂取して、両首に共通する「恋死ね」を結節点にして一首の解釈をまとめ上げている。初句の「とにかくに」は本歌二首のそれぞれの条件、すなわち「夢に見ゆるとことつてもせぬとの二ッ」のいずれかでも、という具体的な指示対象を持つ意味として機能しているのであって、『諺解』は本歌の一方を考慮に入れないため、この「とにかくに」を、何をしたとしても、というように具体的な指示対象を持たない漫然とした意味として解釈することを余儀なくされているという。

この一首の趣向は、無論、(B)本歌と同一の歌境に新たな趣向を加える本歌取として捉えることもできようが、ここで宣長は本歌二首のとりなしという観点を重視しているのである。

本歌二首を持つ本歌取として評釈されている歌に、同じ恋上、九三四番歌（三五一頁）。

前藤大納言家にて風声《ノ》催《ニ》恋《ス》

荻の葉の音につけても思ふかな風も吹あへぬ人の心を

諺解云。本歌「秋風のふくに付てもとはぬ哉荻の葉ならば音はしてまし【後撰中務】「櫻花とくちりぬ共おもほえず人の心ぞ風も吹あへぬ【古今つら之】。荻の葉ならばとはるべきと思ひしに。とはぬにつけても。誠に風も吹あへぬといひし如くに。はやくうつりし人の心を思ひうらむると也。

○今案。諺解荻の葉ならばとはるべしと思ひしにといへる。何事とも心得がたし。まづ此歌上句はかの中務が歌をとり。下句は貫之歌をとりて。一首の心は。荻の葉風の音を聞につけて。かの中務が歌をおもひあはせて。荻の葉ならば秋風のふくにつけては。かやうに音すべきに。我中は早くうつりかはりて。音づれもせぬ人の心のうさを思ふ哉とよめる也。風も吹あへぬといへるは。早くうつりかはれる事にて。かの貫之歌の詞をとりて。風は荻によせあれば也。又今此秋風のふきもあへぬさきに早くかはりしといふ心も有べし。二首の本歌を面白く取合せたり。

上句を中務の後撰集歌から、下句を紀貫之の古今集歌から詞を摂取しており、一首の趣意を、荻の葉風の音を聞くにつけて、あの中務の歌を思い合せて、荻の葉であれば秋風の吹くにつけては、このように音がするはずなのに、私の中は早く移り変わって、音づれもしない人の心のうさを思うものよ、としている。中務歌の詩的世界を前提としながら、その上で貫之歌の趣意によって展開をさせている、という点で(C)本歌の詩的世界に依拠しつつ展開を加える本歌取と解釈することもできる歌であるが、この評釈からは、二首の本歌の取りなしの妙という観点からの評価がうかがえるのである。

さて、次項への関連としてここで注目したいのは、「風」と「荻」との間に「よせ」の関係を指摘している点である。「よせ」はより一般的な和歌的術語で言えば、縁語に相当し、和歌的文脈において意味的親和性の高い語同士についていうものである。ここでは詩的世界の基底部を構成する中務歌の「荻」の縁語的連想として、その詩的世界の展開としての貫之歌の「颪」が要請されているのである。このような本歌取の捉え方は、ここまでで示してきた先行する本歌取言説には見出されない解釈法である。この本歌の取り方を次に「縁語的連想による本歌取」として立項する。

第八節　(H)縁語的連想による本歌取

本節で提示する(H)縁語的連想による本歌取としての評釈を示している例をまずは挙げよう。恋上、九三五番歌（三五二頁）。

金蓮寺にて寄月恋

よな〳〵はなくより外のなぐさめになれとや月も袖をとふらん

諺解云。本歌「涙やは又もあふべきつまならんなくよりほかのなぐさめぞなき【後拾遺道雅】「ながむるに物思ふ事のなぐさむは月はうき世の外よりやゆく【拾遺大江為基】。いつにても人の恋しき時はなく也。なければそれにまぎれてなぐさむやうなれども。実にはなぐさまず。さある故。月を見てなぐさめとてやら。月も我をとひて。袖にうつるらんと也。云々。

○今案。本歌。なくより外のなぐさめぞなきとは。人の恋しき時。なぐさむべき方のなきまゝに。ひたすら泣《ナク》より外はなきをいふ也。本歌にはなくより外のなぐさめはなきといへるが。其外にこれも又なぐさめになれとてやらん。よな〳〵月のわが袖にうつりて見すると也。泣《ナク》の縁に袖をとふとよめり。諺解。なけばそれにまぎれてなぐさむやうなれ共。実にはなぐさまずといへる。ひが事也。又此歌。句のかしらにもじ多くて耳かしまし。

『諺解』が二首の本歌を挙げたうち、宣長は一方の後拾遺歌のみを本歌として採用している。内容面での解釈としては、本歌の、泣くよりほかに慰めるものがない、という詩的世界に対して、慰めるものとしての月を配するが、その月もまた袖の涙に宿るのだろうか、という趣向を加えており、(C)本歌の詩的世界に依拠しつつ展開を加える本歌取からも理解し得る歌である。また、本歌「泣くより外のなぐさめぞなき」が新歌では「なくより外のなぐさめになれ」と、対立する意味で取りなされていることに着目すれば、(D)本歌への応和も含んでいるとも言えよう。

その上でここでの着眼点は「泣の縁に袖をとふとよめり」という宣長の言である。本歌から摂取した「泣くより外のなぐさめ」の「泣」の縁語的連想として新歌では「袖」が詠みなされていることの指摘をここでは重視したい。(H)縁語的連想による本歌取は、『美濃の家づと』においてその用例を多く見出すことができる。本章ではこの本歌取の視点を確保した上で、詳細は次章に譲る。

第九節　(I)本歌の趣向を変えない本歌取

本歌取を、模倣を通した創作として定義した場合、そもそもの定義から外れるようなものが(I)本歌の趣向を変えない本歌取である。このような詠み方を本歌取として認定するかどうかは、その解釈者の本歌取観を大きく規定することになる。それゆえ宣長がこのような詠み方をも、本歌取としていることを指摘することは重要だと考えられる。春上、一〇二番歌（二五三頁）。

御子左大納言家三首山春月

をはつせの山のはながらかすむ也伏見の暮に出る月影

諺解云。本歌「菅原やふしみの暮に見渡せば霞にまがふをはつせの山【後撰】本歌は霞にまがふといへば。ほのかに見えたるを。此歌は山のはながらかすみて。山も見えぬ伏見の里のおもしろき空に。月も山のはと同じやうに霞みていづる景也云々。

○今案。諺解に。山のはながらかすみて山も見えぬといひて。月も山のはと同じやうにかすみてといふ事。心得ず。それにては。月も一向見えぬになる也。かすむといへるは。見えぬ事にはあらず。歌によるべし。こゝはたゞ霞へだててうすくほのかなるをいふ也。此歌は。本歌の詞をとれるばかりにて。心をかへて読る例にはあらず。霞にまがふも。かすむも同じ心也。山のはながらとは。俗にいはば。山のはぐるめ。山のはぐち也。出る月のみならず山のはぐちかすむ也。

『諺解』では、本歌にはなく、新歌において詠み出されている「月影」を景の焦点としている。また和歌文学大系の注でも「本歌の初瀬山の夕暮れの霞に、月を配し、朧月を詠む」[15]というように、(B)本歌と同一の歌境に新たな趣向を加える本歌取として整理可能な解釈を施している。

一方で宣長は、明示的に「此歌は。本歌の詞をとれるばかりにて。心をかへて読る例にはあらず」と述べ、「出る月のみならず山のはぐちかすむ也」と、本歌と同様に新歌でも山の稜線が霞んでいる様を景の焦点として解釈している。本歌と新歌でその趣向を一にする、本歌の詞も心も取るようなものをも本歌取として認識していることがうかがえるのである。

おわりに

以上の整理で、宣長が『玉箒』の中で展開している本歌取歌解釈の諸相を、先行する本歌取言説を参照しながらも、宣長自身の評釈の言葉に沿って析出し、網羅できたことと思う。改めてまとめると、

(A)本歌の詞の意味内容を変容させて新歌に利用する本歌取
(B)本歌と同一の歌境を新たな視点から捉える本歌取
(C)本歌の詩的世界に依拠しつつ展開を加える本歌取
(D)本歌に応和する本歌取
(E)心中の歌境を詠出するため本歌の詞を利用する本歌取
(F)本歌の詞を同系統の別の詞に置き換える本歌取
(G)本歌を二首取る本歌取
(H)縁語的連想による本歌取
(I)本歌の趣向を変えない本歌取

以上、九通りの本歌取歌解釈を析出し得たわけである。そのうち(A)から(G)の七つに関しては先行する本歌取言説に含まれるものであったが、(H)「縁語的連想による本歌取」と(I)「本歌の趣向を変えない本歌取」は、宣長の本歌取解釈において特徴的な性格を持つものであると見ることができる。つまり『玉箒』の本歌取解釈は、基本的には伝統的な本歌取言説の方法に依拠しながら、一方で宣長に特徴的な方法をも示している、という概括的評価を行うことができるだろう。

上記のように示した特徴的な本歌取解釈について、(H)「縁語的連想による本歌取」を通して指摘し得る宣長における縁語の重視については、新古今和歌集の評釈である『美濃の家づと』に基づく先行研究においてすでに野口武彦、高橋俊和、渡部泰明らによって指摘されている。(16) 本章で分析した草庵集九三五番歌に対する評釈にみられるような縁語の重視という和歌解釈に関する態度が、さしあたりは本歌取歌解釈という限定的な視点からではあるものの、初期の注釈書である『玉箒』においても指摘し得ることは、宣長和歌解釈の実相を通時的に把握する際に重要性を持つことになるだろう。なお『玉箒』において明確にこの観点から分析し得る本歌取評釈は数えるほどにとどまるが、『美濃の家づと』の本歌取歌への評釈からは、より多くの例を抽出することが可能であることを次章で見ていくことになる。

また(I)「本歌の趣向を変えない本歌取」について、そのような本歌取をも認める姿勢は、後に新古今和歌集の評釈である『美濃の家づと』と石原正明『尾張廼家苞』において一つの対立軸を生むことになり、本歌取とは「心」を取る技法か、あるいは「詞」を取る技法か、という争点に繋がる。本章で分析した草庵集一〇二番歌の宣長評釈が示す、本歌の詞も心も取るという一見本歌取のあり方そのものに反するようにも見える本歌取の方法までも視野に入れることは、宣長の本歌取観の解明にとって重要な意味を持つと思われる。

本章で示した宣長の本歌取歌解釈は、彼の最初期の注釈書である『玉箒』に拠るものであった。次章では、宣長の晩年に近い頃の著作であり、彼が最も重視した歌集『新古今和歌集』の注釈書である『新古今集美濃の家づと』を対象とする。本章で示した本歌取歌解釈の視点を前提にしながら、『美濃の家づと』の評釈に基づいて宣長の古典解釈の内実をさらに明らかにしていく。

注

（1）宣長自身の『草庵集』に対する態度は『続玉箒』春夏、一七一番歌（四二六頁）の注釈中において、香川宣阿『諺解』を難じる文言の中において表明されている。

　此集は。今の代におきて専ら詠格の手本とする書なれば。よく吟味すべき事なるに。かやうに註釋のわろくては。頓阿の歌を損《ソン》ずるのみならず。末代天下の人の歌をこと〴〵く損《ソン》ずる事なれば。其害《ガイ》いと大き也。

（2）有賀長川は父に有賀長伯を持つ。長伯はその師を平間長雅とし、その師である望月長孝は松永貞徳から和歌秘伝書を伝えられる。松永貞徳は細川幽斎に師事し、その系譜はさらに宗祇、東常縁に遡るとされる。宣長の京都遊学中のノートである「和歌の浦」四に「倭歌相傳之事」と題して二条為氏に連なる系譜が示される（筑摩書房版全集第十四巻、六〇八―六〇九頁参照）。

（3）『石上稿』（筑摩書房版全集第十五巻所収）「宝暦十四年甲申詠和歌」中の五月二五日と六月十一日の間に詠まれた一首の詞書に「草庵集の注をかりて見けるにはか〳〵しうことの心をもしらぬ人のしける物にて中〳〵に歌の心をもてそこなひつへき事共のみおほかりけるかへすとて」（一八五頁）とある。

（4）『本居宣長全集　第二巻』（筑摩書房・一九六八年）の大野晋解題、三十頁参照。本居清造『鈴屋翁略年譜補正』には宝暦六年（一七五六）の条に「五月一四日、草庵集玉箒（前編六冊）の稿ナル」とある。これは村岡典嗣『本居宣長』の『玉箒』宝暦年間成稿説を念頭に置き、自筆稿本奥書にある「子ノ年」を宝暦六年と定めたことによる。しかしながら、佐藤盛雄「『石上私淑言』以前における宣長翁の国学――主として『排蘆小船』と『草庵集玉箒』に就いて」（『国文学』第二二輯・一九二九年）や岩田隆「草庵集玉箒の成立――宝暦六年成稿説の否定」（『宣長学論攷――本居宣長とその周辺』桜楓社・一九八八年）の考証、並びに筑摩書房版全集作成時における大野晋『草庵集玉箒』巻六、巻七自筆稿本の調査によって、実際は「子ノ年」は宝暦六年から干支が一回りした明和五年（一七六八）であることが示された。

（5）『本居宣長全集　第二巻』「解題」三十頁

（6）文弥和子「本歌取りへの一考察――定家以後の歌論における」（『立教大学日本文学』二九・一九七二年、四八頁）は、『井蛙抄』における本歌取分類の第二項目「本歌にかひそひてよめり」と第三項目「本歌の心にすがりて風情を建立したる歌、本歌に贈答したるすがたなど、ふるくいへるも此すがたのたぐひなり」が、『愚問賢注』では第二項目「本歌の心をとりて、風情をかへたるうた」へと統合され、さらに『井蛙抄』上記第三項目から『愚問賢注』第三項目「本歌に贈答したる体」が取り出されたと指摘する。

(7) 『中世和歌史の研究』(明治書院・一九九三年)所収。以下の引用は同書一一六―一二三頁参照。

(8) 佐々木孝浩・小川剛生・小林強・小林大輔校注『歌論歌学集成　第十巻』(三弥井書店・一九九九年)。本論の『愚問賢注』・『井蛙抄』の引用は同書に拠る。

(9) 歌番号は『新編私家集大成』に従う。なお本章が基づく筑摩書房版『本居宣長全集　第二巻』の『玉箒』には歌番号の記載がないため、参照の際の便宜のため同書の該当ページも併せて付記する。なお。引用文中の波線は、筆者が本歌との対応個所を示したもの。

(10) 『賀茂真淵全集　第九巻』(続群書類従完成会・一九七八年)二四七頁

(11) 君嶋亜紀「本歌取分類論の試み――藤原良経の歌を題材として――」(『平安文学研究　生成』笠間書院・二〇〇五年)参照。

(12) 「塵をこそすゑじとせしかひとりぬるわがとこ夏は露もはらはず」(秋篠月清集・八二九、院第三度百首・夏)なども、「すゑじとせしか」と直接体験の助動詞「き」を用いて、「妹」のいない今は塵どころか涙の露も置くと嘆息しており、「塵をだにすゑじとぞ思ふ咲きしより妹とわがぬるとこ夏の花」(古今集・夏・一六七・凡河内躬恒)の後日談的な例である。(四九九―五〇〇頁)

(13) 『日本歌学大系　第四巻』(風間書房・一九五六年)一二四頁

(14) 『日本歌学大系　第三巻』(風間書房・一九五六年)八三頁

(15) 『日本歌学大系　第四巻』(風間書房・一九五六年)一四九頁

(16) 酒井茂幸・齋藤彰・小林大輔『草庵集・兼好法師集・浄弁集・慶運集』(明治書院・二〇〇四年)十九頁

野口武彦氏「本居宣長における詩語と古語」(『江戸文林切絵図』冬樹社・一九七九年)、高橋俊和「和歌の『したてやう』」(『本居宣長の歌学』和泉書院・一九九六年)、渡部泰明「本居宣長と『新古今集』」(『中世和歌史論　様式と方法』岩波書店・二〇一七年)。いま特に渡部の言を引く。

宣長には、言葉の秩序に対する強い志向が感じられる。一回的な統語の上でも、また伝統との呼応の点でも、相互に必然化されているような言葉の秩序が必ずやあって、言葉との苦闘の果てに、そこに我が心が吸収されていくとき、宣長はそこにある種の理想的な状態を垣間見たのではないだろうか。

本居宣長の『新古今集』理解は、当然ながら彼自身の思想に染められている。言葉の秩序の存在を前提とするというフィルターが掛かっている。だからこれを、『新古今集』の言葉の実態と同一視するわけにはいかない。しかしまた、無関係ではもちろんない。彼の和歌観そのものが、中世和歌への深い沈潜から生成したものにほかならないからである。(四四八—四四九頁)

第二章　『新古今集美濃の家づと』における本歌取歌解釈の諸相

はじめに

本章は、前章に引き続き本居宣長が本歌取という和歌の一技法について、具体的にいかなる解釈態度を持っていたのかを明らかにしていく。さらにその解釈態度は彼の古典解釈全体の中でいかなる意味を持つのかを究明することを目的とする。そのために『新古今和歌集』への注釈書である『美濃の家づと』(1)（以下『美濃』）において本歌取歌として解釈されていると認め得る一七二首から本歌取解釈の諸相を析出することを試み、さらにその解釈の諸相が持つ意味を考察する。

本居宣長の本歌取歌解釈の特徴に関して、高橋俊和は「本歌の詞を本歌の中の意味・情を含んだものとして採用するという本歌取りの態度(2)」であると述べている。具体的な検討は本論に譲るとして、このような規定は確かに宣長の評釈中における言葉に如実に表れている。

「かの朝臣（筆者注：在原業平）の心にてよめる歌」（春上・藤原家隆・四五）

「古歌に〈中略〉とあるを、心にもちて」（春上・藤原俊成・五九）
「本歌のごとく」（春下・俊成卿女・一四〇）
「本歌の下句の意をもちて」（雑下・藤原家隆・一七六一）

右のような評釈が示す通り、宣長の本歌取歌解釈は大枠では、本歌の意味内容を新歌に積極的に読み込んでいくものであると言うことができよう。このような本歌取歌解釈に対して、宣長門弟である石原正明は『尾張廼家苞』(3)（以下『尾張』）において、対立する見解を表明している。いま寺島恒世の言を借りれば正明にとって「本歌取りは詞をとる方法である」(4)。以上の規定の妥当性は同様に『尾張』の評釈中に見られる正明自身の言葉からもうかがえる。

「本歌は詞計をとるなり」（春下・俊成卿女・一四〇）
「本歌は詞ばかりをとれり。取のこしたる詞は此哥に用なし」（夏・後鳥羽院・二三六）
「古歌をとるは古哥の詞をとる也」（秋上・俊成卿女・三九一）
「古哥はたゞ詞ばかりをとれるなり」（秋下・式子内親王・五三四）

このように異なる二つの本歌取観を「心を取る本歌取」と「詞を取る本歌取」という対立軸として提起しておきたい。無論本章の主題は宣長の本歌取論であるので、「心を取る本歌取」を重視するとみなされる宣長の本歌取論は、具体的にはどのような内実を有しているのか、ひいてはその内実を明らかにした上で、宣長の本歌取に対する態度として「心を取る本歌取」という規定が妥当か否か、が問われることになる。

本章の概観と結論をあらかじめ述べる。第一節において宣長の本歌取論の内実を記述し、前章『玉箒』に基づいて析出した本歌取歌解釈の分析的視点から(E)心中の歌境を詠出するため本歌の詞を利用する本歌取とみなせる解釈が無くなり、一方で『玉箒』には見られなかった(J)摂取されていない本歌の詞を読み込む本歌取が見出されたことを示す。また『玉箒』では(I)本歌の趣向を変えない本歌取と項目名を定めていたものが、『美濃』では(I)本歌の詩句と変わらない本歌取とすべき評釈の表現に変わっていることを示す。次いで第二節では第一節の分析を踏まえ、宣長の本歌取論が彼の古典解釈においていかなる意味を持つのかを考察する。第二節第一項では、宣長の古典解釈態度に対する、論理的一貫性と柔軟性という先行研究上における評価について検討する。第一節で示したように計九種に及ぶ多様な本歌取歌解釈の分析的視点を駆使していること、及び石原正明との解釈上の対立軸である「心を取る本歌取」と「詞を取る本歌取」という観点から、宣長は(I)本歌の詩句と変わらない本歌取という「詞を取る本歌取」側の解釈も認めていることから、本章での分析からは宣長の解釈の柔軟性という古典解釈上の側面を見て取ることができることを示す。同第二項では、一方で宣長の古典解釈態度に対して与えられている詞の秩序の重視という観点から、第一節で析出した(C)本歌の詩的世界に依拠しつつ展開を加える本歌取、(J)摂取されていない本歌の詞を読み込む本歌取、及び(H)縁語的連想による本歌取という本歌取歌解釈の分析的視点に、本歌と新歌は表面上の詞のみの共通性だけではなく、和歌的世界の秩序において内在的に連なっているという読みの姿勢が強く表れていることを指摘する。

さて、本論を始めるにあたってもう一つ整理しておかなければならない事柄がある。それは本歌取に関する宣長以前の伝統的な歌論歌学書における諸言説である。宣長の本歌取論は当然、彼単独で成立してきたものではないこと、さらに先行言説との対比を通じて、宣長本歌取論の特徴をより鮮明に提示し得ること、この二点を考慮したとき、先行する本歌取言説をあらかじめ整理しておく必要がある。とはいえ和歌的伝統における本歌取言説の全面的な整理は本章の目的を逸脱している。ここでは、宣長の蔵書を通覧できる筑摩書房版全集第二〇巻所収の「宝暦二年以後購求謄写書籍」及び「書目」中に見える歌論、歌学書のうち、本歌取に特に言及しているものから、本歌取言説に関する内容を抽出したものを図表化して示すにとどめる。(5)

上下の句の置換	無、井、愚、悦、庭、手、近、毎
詞の同系統の語句への言い換え	八、悦
字句の伸縮	悦、庭
本歌の明示	無、庭、手、毎
摂取量の上限	八、詠、庭、耳、毎
部立の変更	詠、手、毎
本歌の心を変えない	八、耳
序詞・枕詞を含む句の摂取	詠、近
主題・構想の中心の詞は取らない	無、八、詠、手、近、毎
本歌取可能な時代	庭、東、耳、近
本歌の詞の意味内容を変える	井、愚
本歌に贈答する歌	井、愚
本歌にすがって風情を建立する	井、愚、耳
本歌の作者になりきって新たな趣向を詠む	井、愚
本歌の詞の一部を利用する	井、愚
本歌二首を取る	井

右図のように先行する本歌取言説を見ると、大きく分けて本歌取の形式的な規定と、内容に即した規定のあるこ

とがわかる。ここであらかじめ述べておけば、『美濃』における本歌取解釈を通覧すると、本歌取解釈に関しては内容的な規定に関する言及が主である。[6] そして本歌取に関する先行言説を見ると、頓阿による『井蛙抄』『愚問賢注』が、本歌取の内容的な規定に重点を置いていることがわかり、実際に宣長の本歌取解釈を大きく規定している。結果として前章で論じたように、頓阿『草庵集』に対する注釈書『玉箒』における本歌取解釈を分析すると、以下のような本歌取解釈の諸相を抽出することが可能となったのであった。

(A)本歌の詞の意味内容を変容させて新歌に利用する本歌取
(B)本歌と同一の歌境を新たな視点から捉える本歌取
(C)本歌の詩的世界に依拠しつつ展開を加える本歌取
(D)本歌に応和する本歌取
(E)心中の歌境を詠出するため本歌の詞を利用する本歌取
(F)本歌の詞を同系統の別の詞に置き換える本歌取
(G)本歌を二首取る本歌取
(H)縁語的連想による本歌取
(I)本歌の趣向を変えない本歌取

これらの分析的視点は頓阿『愚問賢注』における「本歌のとりやう」を主要な参照軸としながら、『玉箒』における本歌取解釈の内実に即して得られたものである。本章ではまずこの視点を基準として、その適応可能性を見極めつつ、『美濃』における本歌取解釈の内実を記述していきたい。

なお、あらかじめ注意しておくべきことは、以下で示される本歌取解釈の諸相を、いわゆる本歌取分類と見なすべきではないという点である。分類というと、特定の基準によって対象を相互に重なりを持たない対立的な枠組へと腑分けしていく操作が想起される。しかし宣長の本歌取解釈を具体的に見れば、一首の本歌取歌の解釈に、重層的な本歌取の視点を見出していることがわかる。それゆえ宣長の評釈の内に見出し得る本歌取解釈は、本歌取の分類基準として見るのではなく、本歌取歌を解析するための分析的視点として理解するべきである。

第一節　『美濃の家づと』における本歌取解釈の諸相

(A)本歌の詞の意味内容を変容させて新歌に利用する本歌取

(A)として立項したものは、本歌から摂取した詞の意味内容を変えて新歌に利用するものである。この規定に沿う本歌取解釈を示している用例を挙げよう。引用は筑摩書房版『本居宣長全集　第三巻』に拠るが、便宜上、新歌である新古今歌の直後に本歌を掲載する。傍線は筆者。

五十首歌奉りし時

さくら花夢かうつゝかしら雲のたえてつれなき峯の春風（春上・藤原家隆・一三九）

【本歌】

風ふけば峰にわかるる白雲のたえてつれなき君が心か（古今・恋二・壬生忠岑・六〇一）

めでたし、本歌云々しら雲のたえてつれなき君が心か、たえては、上よりは、白雲の絶たる意につゞけきて、たえてつれなきは、俗言に言語道断のつれなき風ぞ、といふ意にて、つれなく花をちらしたることを、深く恨みたる也、二の句、一夜のほどなどに、俄に散たるさまなり、さて又、しらずをしら雲へいひかけ、又峯の花は、白雲と見ゆる物なれば、白雲の絶るは、散たるよし也、されば白雲の絶てといへるは、本歌の詞なるを、本歌になき趣を、かくさま〴〵こめられたるほど、いとたくみなり、

この評釈において「本歌の詞の意味内容を変容させて新歌に利用する」というのは、具体的には、本歌の「白雲」が、新歌では「しらず」の掛詞として摂取されていることを意味することになる。試みに本歌である古今六〇一番歌の宣長による解釈を『古今集遠鏡』[7]（以下『遠鏡』）の俗語訳から確認すれば「上サテ〴〵ルヰ《類》モナイケシカラヌキヅヨイ君ガ心カナ」となっている。「上」という記号は『遠鏡』では序詞や枕詞が一首の中で顕在的な意味内容を持たない、いわゆる「無心の序」であることを示すものである。すなわち、本歌における「白雲」は「たえて」を導く序詞の一部として解釈されていることがわかる。一方で『美濃』の解釈においては「しらずをしら雲へいひかけ」と言うように、新歌の「しら雲」には、「しらず」が言い掛けられ、「絶て」には、「しら雲」に見立てられた「さくら花」が散ってしまうという景が読み込まれる。それを「されば白雲の絶てといへるは、本歌の詞なるを、本歌になき趣を、かくさま〴〵こめられたるほど、いとたくみなり」と述べるのである。

同様な解釈を示しているものをもう一首挙げよう。

更衣

散はてて花のかげなき木本にたつことやすきなつ衣かな（夏・慈円・一七七）

【本歌】

けふのみと春をおもはぬ時だにも立つことやすき花のかげかは（古今・春下・凡河内躬恒・一三四）

めでたし、本歌けふのみと春を思はぬときだにもたつことやすき花の陰かは、三の句、木本はといふべきを、にといへるは、夏衣をたつ方をむねとせればなり、はといひては、衣のかたにうとし、四の句は、本歌の意とむかへて、今はたつことやすきなり、さて又月日のはやくうつりて、夏になれる意をも、かねたるべし、本歌にては、たゞ花の陰の、立さりがたき意のみなるを、かくとりなして、三ッの意をかねたるは、此集のころのたくみのふかきなり、

まずは和歌の内容面の解釈を見ると、「本歌の意とむかへて」と言うように、時間を春から夏へと進めて、春には立ち去りがたかった「花の陰」も、夏になった今では容易に立ち去ることができる、という解釈である。本歌における春の日の立ち去りがたい花陰という詩的世界から、時間の経過を通して「たつことやすき」という新歌の詩的世界との連なりを示す解釈で、後に(C)本歌の詩的世界に依拠しつつ展開を加える本歌取として立項する分析的視点としての解釈を示している。

その上で本項目における重要な視点は本歌における「立つ」に加えて、新歌では時が「経つ」と衣を「裁つ」との、三つの意を「たつ」が兼ねている、と見ている点である。以上を踏まえて「本歌にては、たゞ花の陰の、立さりがたき意のみなるを、かくとりなして、三ッの意をかねたるは、此集のころのたくみのふかきなり」という言葉が示すように、この種の本歌取のあり方を意識的に解釈の視点として有していると見ることができる。

(B)本歌と同一の歌境を新たな視点から捉える本歌取

次に(B)本歌と同一の歌境を新たな視点から捉える本歌取として立項するものは、摂取した本歌の詞の意味内容を引き継ぎつつも、新たな視点から詠んだ本歌取と言えるようなものである。

水無瀬恋十五首歌合に

草枕むすびさだめむかたしらずならはぬ野べの夢のかよひ路（恋四・藤原雅経・一三一五）

【本歌】

よひよひに枕さだめむ方もなしいかにねし夜か夢に見えけむ（古今・恋一・読人しらず・五一六）

上句は、本歌よひ〳〵に枕さだめむかたもなしいかにねし夜か夢に見えけむ、とある四の句は、いづ方にいかに枕をして寐たりし夜かといへる意也、こゝの意は、今までねならはず、方角もしらぬ野べなれば、枕を定むべき方もしられずと也、結句は、故郷の夢を見まほしく思ひての歌なれば也、通路、野べによし有、歌のおもては、たゞ旅宿の意なれ共、本歌によりて恋にはなる也、三の句いうならず、

本歌である古今五一六番歌の宣長による解釈を『遠鏡』の俗語訳を通して見ると、

イツゾヤ恋シイ人ヲ夢ニ見タコトガアツタガ　其夜ハドチラ枕ニドウシテ寝《ネ》タ時デアツタヤラ　思ヒダシテミレド覚エヌ　ソレデ此ゴロモ毎晩〳〵ドウゾ又夢ニ見ヤウト思ヘド　ドチラ枕ガヨカラウヤラ定メウヤウガナイ

のように、恋人を夢に見るために枕をその方角へと向けようとする趣意である。新歌では、故郷の夢を見るためにその方角へ枕を向けようとする趣向へと、本歌の恋人から視点が変更されている。なお、恋部に配列されているこ

ともあり、「歌のおもては、たゞ旅宿の意なれ共、本歌によりて恋にはなる也」と述べているように、本歌の恋という主題も引き継いでいると考えられている。

ここで、宣長の「本歌によりて恋にはなる也」という解釈を、『尾張』の石原正明は新古今一三一五番歌を羇旅歌であると想定し、「一首のさま、めでたき羇旅歌にて、恋にはうとき心地するは、正明がいたり浅きにや。古歌は詞ばかりをとる物なれば、それによて恋の歌とならん事心えず」と反論している。すなわち、正明にとって本歌取とは「詞ばかりをとる物」であるため、本歌において恋が詠まれていようとも、新歌ではその内容を引き継がないと考えているのである。

同様の解釈を示している例として、次の歌を見る。

夏のはじめのうた

をりふしもうつればかへつ世の中の人のこゝろのはなぞめのそで（夏・俊成卿女・一七九）

【本歌】

色見えでうつろふ物は世中の人の心の花にぞ有りける（古今・恋五・小野小町・七九七）

世中の人の心は花ぞめのうつろひやすき色にぞありける（古今・恋五・読人しらず・七九五）

めでたし、本歌うつろふ物は世の中の人の心の花にぞ有ける、世中の人の心は花染の云々、初二句は、人の心のかはりやすきことは、男女の中のみならず、をりふしのうつるにも、うつりかはるよといへるにて、花染衣をすてて、夏衣になれることをいへる也、

『美濃』は本歌で詠まれる男女の仲の移ろいやすさを思いつつ、新歌では一転、その視点を季節へと向けて、季節の変化とともに「花染衣をすてて、夏衣になれる」という点に一首の趣向を見出している。

『尾張』との対照を見れば、『美濃』は「初二句は、人の心のかはりやすきことは、男女の中のみならず」というように、本歌に詠まれる男女の仲をも新歌に読み込んでいたが、この評釈の部分に正明は「此一句不用也。本歌の如く云ゝと説るゝ、うつりにて、むつかしく、入ほがなり」として、宣長による本歌の趣向を新歌に読み込む姿勢を否定している。そして『尾張』では新歌の趣意を「折ふしのおしうつれば、世中の人心迄がおしうつりて、花染の袖を、夏衣にかへたと也」として、本歌の趣向であった男女の仲を読み込まない解釈を打ち出している。この点を見ると、宣長の「心を取る本歌取」に対して、本歌の趣向を新歌には読み込まない正明の「詞を取る本歌取」という解釈態度が明確に対立していることがうかがえる。

(C)本歌の詩的世界に依拠しつつ展開を加える本歌取

(C)本歌の詩的世界に依拠しつつ展開を加える本歌取は、新歌の詩的世界が、本歌の詩的世界に依存してはじめて存立するものということができる。言い換えれば、一首の詩的世界内の時間的空間的繋がりとして本歌の詩的世界を必要とする本歌取である。

千五百番歌合に

今こむと契りし事は夢ながら見し夜ににたる有明の月（恋四・源通具・一二七六）

【本歌】

今こむといひしばかりに長月のありあけの月をまちいでつるかな（古今・恋四・素性・六九一）

めでたし、下句詞めでたし、本歌今こんといひしばかりに云々、とよめる時の意にて、有明の月をまち出て見てよめる意也、かやうに見ざれば、初句の詮なし、夢ながらとは、跡もなく夢の如くになりぬれどもといふ意也、見し夜とは、逢し夜といふ意なるを夢の縁の詞にて、見しといへる也、

「本歌……とよめる時の意にて」というように、『美濃』の解釈では、本歌が詠まれたときに作中主体が見ていた有明の月を、後日再び見ながら詠んでいるものとする。この解釈において重要な点は、本歌の詩的世界の時間的空間的延長線上に新歌の詩的世界が成立しているという点であり、いわゆる後日談的な本歌取としての解釈であると言えよう。この解釈に対して正明は「本歌は詞をとるもの也。それを詮とてかくむつかしくとる物にはあらず」と執拗に自らの「詞を取る本歌取」の論理を対置している。

また、次の俊成歌も新歌が本歌と詩的世界を共有しているものとして解釈されている。

刑部卿頼輔が歌合し侍けるに、よみてつかはしける

きく人ぞなみだはおつるかへるかりなきてゆくなる明ぼののそら（春上・藤原俊成・五九）

【本歌】

なきわたるかりの涙やおちつらむ物思ふやどの萩のうへのつゆ（古今・秋上・読人しらず・二二一）

めでたし、下句詞めでたし、初二句、よのつねならば、きく人も涙ぞおつるとよむべきを、かくよめる、ぞもじはもじのはたらきに心をつくべし、四の句は、うちひらめなる詞なれ共、此歌にてはめでたく聞ゆ、

すべて同じことも、いひなしと上下のつゞきからによりて、よくもあしくもなるわざぞかし、古歌に、鳴わたる鴈のなみだやおちつらんとあるを、心にもちて、今は鳴て別れゆく鴈なる故に、聞人ぞかなしくて、其涙はおつるとなり、

本章冒頭でも宣長における「心を取る本歌取」の評釈中の用語の例として示したように、この評釈部分で『美濃』は「古歌に……とあるを、心にもちて」という表現を使う。秋に北方より飛来した雁が涙を流していたのだろうかとする本歌の詩的世界の時間的連続として、春にまた北方へと飛び立つ雁が鳴くのを聞く人もまた本歌で雁が流していたのと同じように涙を流す、という解釈である。

これに対して正明は「古歌とは、鳴わたる雁の涙や落つらん物おもふ宿の萩の上の露とみえたる也。それを心にもつとは、泪といふもじ、啼といふもじの似たる故にや。なく物に泪をよむ事は、一向平生の事にて、いづれの歌によれりといふべきほどの事にはあらず」と述べ、古今二二一番歌をそもそも本歌として認めない立場を取る。

(D)本歌に応和する本歌取

(D)本歌に応和する本歌取とは具体的には、本歌に対して新歌が返歌として詠まれているもの、また本歌の疑問に対して新歌で答えているもの、さらには『和歌用意条々』における「古歌に贈答したる体あるべし。有りといふに無しといひ、見るといふに見ずといへる、是也」のように本歌に対立する意味へ言い換えているものである。

題しらず

今こむとたのめしことをわすれずは此夕暮の月やまつらむ（恋三・藤原秀能・一二〇三）

【本歌】

今こむといひしばかりに長月のありあけの月をまちいでつるかな（古今・恋四・素性・六九一）

あしひきの山よりいづる月まつと人にはいひて君をこそまて（拾遺・恋三・柿本人麿・七八二）

本歌今こむといひしばかりに長月の云々、こゝの歌は、本歌をうちかへして、こなたよりたのめおきしことと聞ゆ、さるはちかきほどに参らむとたのめおきつれども、さはり有て、えゆかぬにつきて、こよひなどは、其人の必我を月出ば来むとまちて、月の出るをまちやすらむと、おもひやれる也、又結句は、月まつと人にはいひて云々の意によりて、たゞに我をまちやすらんの意にもあるべし、たのめしを、あなたよりたのめたるにしては、下句おだやかならず、

第一の本歌である古今六九一番歌が女の立場から、契を交わした男の訪れを待つ歌であったのに対し、新歌では、「こゝの歌は、本歌をうちかへして」と言うように、その約束した男が女のもとへ行こうとしても、行けない状況の中で、自分を待っているであろう女に、思いを寄せる歌として、いわば本歌への返歌として解釈されている。

正明はこの新古今一二〇三番歌について『美濃』の解を基本的には支持しているものの、やはり先に挙げた『美濃』の「こゝの歌は、本歌をうちかへして」に対して、「かくむつかしくいはずとも、本哥はたゞ詞ばかりをとれる也」という主張をしている。すなわち本歌と新歌の間に贈答歌としての関係を認めない解を取っており、新歌をあくまで本歌から「たゞ詞ばかりをとれる」のみで、一首を単独で解釈しようとする姿勢を示している。

次は、本歌に応和するとした中で、本歌の詞を対立する意味へと詠み換える場合を見よう。

百首歌奉りし時

聲はして雲路にむせぶほとゝぎすなみだやそゝくよひの村雨（夏・式子内親王・二一五）

【本歌】

声はして涙は見えぬ郭公わが衣手のひつをからなむ（古今・夏・読人しらず・一四九）

本歌こゑはしてなみだはみえぬほとゝぎす云々、このうたにては、初句のはもじは、こゝろなし、たゞ本歌の詞によれるなり、雲路、むら雨によせあり、むせぶは、なみだのむせぶにて、むせぶほとゝぎすのなみだといふつづきなり、一首の意は、本歌には、なみだは見えぬとあれ共、此むら雨は、其涙のそゝくにやあらんと也、

ここでは一首の意に、宣長の本歌取解釈のありようが直接的に示されている。「本歌には、なみだは見えぬとあれ共」と言って、新歌における村雨は、本歌では泣いていなかったほととぎすが注いだ涙ではないのだろうか、という解釈である。すなわち本歌では「涙は見えぬ」と否定詞を伴っていた詞が、新歌では「なみだやそゝく」と疑問詞を伴いながらも、「涙」の存在を前景化するものへと詠み換えられているのである。

この本歌に応和する本歌取は、本歌に対する返歌である場合や、また本歌の否定に新歌では肯定で応える場合など、本歌と新歌の間に詩的世界の共有が想定されやすいものであり、(C)本歌の詩的世界に依拠しつつ展開を加える本歌取としての解釈と親和性が高い点を付言しておく。

(E)心中の歌境を詠出するため本歌の詞を利用する本歌取

前章で『玉箒』に基づき立項したこの本歌取は頓阿『愚問賢注』の「本歌のとりやう」で第五に掲げられている「たゞ詞一つをとりたる歌」と対応させて考えることができ、宣長の解釈中では具体的に『続草庵首玉箒』の秋冬部、二六一番歌においてなされていたようなものである。心中に浮かんだ歌境を詠み出すためのいわば梃子として、本歌の詞を部分的に使用するとでも言える本歌取であるが、管見の限り『美濃』の評釈中にはこの種の本歌取解釈を見出すことはできない。そして第二部第四章でこの視点が、宣長手沢本『新古今和歌集』への書入の段階では残存していたものの、『美濃』を書くにあたって、本歌の認定を変更することで、その見方を放棄したとみなし得る例を確認する。

(F)本歌の詞を同系統の別の詞に置き換える本歌取

前章『玉箒』春上、一〇八番歌の解釈に典型的に見られるような詞の置き換えによるものを(F)本歌の詞を同系統の別の詞に置き換える本歌取として立項する。いま改めて『玉箒』の例を見る。

入道前太政大臣家三首春月
春のよの月のかつらに咲花も空《雲とイ》に見えてや猶かすむらん（草庵集、春上、一〇八）
（『諺解』評釈省略）
○今按。〈中略〉古今忠岑「久かたの月のかつらも秋は猶紅葉すればやてりまさるらん」。此歌より出て。秋を春にとりなほして。紅葉を花にかへ。てりまさるをかすむにかへたる也。かやうに本歌をとるも一の様也。まづかの本歌の心は。天上の月の桂は。此界の草木のやうに。もみぢするなどいふ事はあるまじきわざなるに。それも秋はやはり此界のごとく紅葉すればにやてりまさるとよめる也。今の歌も其心にて。

天上の月の桂に咲花も。やはり此界の花のごとく。雲と見ゆればにや。かくのごとく春はかすみて見ゆらんと。かすめる月をさしてよめる也。雲と見えてかすむとは。此界の花の。遠山などに咲るが。雲と見えてかすむ物なる故に。月の桂の花もやはりその如くと也。

「秋」を「春」に、「紅葉」を「花」に、「てりまさる」を「かすむ」と詠みなすことで、本歌の、紅葉しないはずの天上の月の桂が、秋になり地上と同じように紅葉したために、月が照り冴えているのだろうか、という趣意から、新歌では、天上の月の桂に咲く花も、地上と同様に雲のように見えるために、やはりこんなにも春には霞んで見えるのだろうか、という新味が詠出されている。照り冴える月と霞んで見える月の対照を、季節と季節を彩る花を軸にして反転させた所に、この一首の読み所を見出した解であった。「かやうに本歌をとるも一の様也」と述べるように、宣長自身は明確にこの種の本歌取を一つの類型として位置付けていることがわかる。

『美濃』においてこれと対応する解釈を示している例が次の歌である。

題しらず

うらみずや《よイ》うきよを花のいとひつゝさそふ風あらばと思ひけるをば（春下・俊成卿女・一四〇）

【本歌】

わびぬれば身をうき草のねをたえてさそふ水あらばいなむとぞ思ふ（古今・雑下・小野小町・九三八）

めでたし、本歌わびぬれば身をうき草の根をたえてさそふ水あらばいなんとぞおもふ、〈中略〉二三の句は、本歌のごとく、世をうき物に思ふ我心を以て、花の心をも思ひやりて、早く散行をも、うき世をいとひて

の故と、おもひなだめて、恨みざる、一首の趣をあらはしたり、四の句、本歌の水を風にかへたる、おもしろし、

本歌では、浮草が、水の流れに乗って流れて行く様が描かれている。新歌においてはその浮草を流す水が、「四の句、本歌の水を風にかへたる、おもしろし」というように花を散らす風に詠み換えられ、風が吹けば花が散るのは理であるので、恨まないのである、という読みを示している。

『尾張』ではこの種の本歌取も認めていないようで、「本歌は詞計をとるなり。此説、いとむつかし。二三の句は、本歌のことばにあらず。本歌は、たゞさそふ風あらば一句なり。すでに、本歌に拠なし。いかでか本歌のごとく云ヽと、とく事をえむ。すべて、この先生の本歌を、とりたる歌をとかるゝなん、あやしく煩はしき」と述べ、宣長の本歌取解釈に対する全体的な批判にまで及んでいる。

『玉箒』の例を見ても明らかなように、この本歌の詞を同系統の別の詞に置き換える本歌取は、本歌の詞を取るという以上に、その対応する表現と新歌を関連付ける姿勢がなければ生じようがない解釈である。正明が「本歌は詞計をとる」と言って一首を単独で解釈しようとする姿勢を宣長へ対置していることから、反照的に宣長が本歌と新歌は詞のみの摂取を越えて内在的に連なっているという解釈を行う姿が浮かび上がるだろう。

(G)本歌を二首取る本歌取

(G)本歌を二首取る本歌取はすでに(B)項の一七九番歌、(D)項の一二〇三番歌において見られたものであるので、ここではもう一首を載せるにとどめる。

千五百番歌合に

なげかずよ今はたおなじ名取川瀬々のうもれ木くちはてぬ共（恋二・藤原良経・一一一九）

【本歌】

わびぬれば今はたおなじなにはなる身をつくしてもあはむとぞ思ふ（拾遺・恋二・元良親王・七六六）

名とり河せぜのむもれ木あらはれば如何にせむとかあひ見そめけむ（古今・恋三・読人しらず・六五〇）

二三四の句は、今はた同じ難波なる云々と、瀬々の埋木あらはれば云々とを、とり合せ玉へり、さて今はた同じとは、今も既にうき名をたてられたれば、朽はてたるも同じことぞといふ意なり、然れば此うへたとひくちはつとても、歎きはせずとなり、

本歌二首を「とり合せ」ることによって、世間に浮名が流れてしまったこと（古今歌）、それは朽ち果てたも同然であること（拾遺歌）が詩的世界の背景状況として設定される。それを新歌では朽ち果てても歎くまい、と本歌の状況を前提とした心情を読み込んでいる。この一首に対して宣長は本歌を二首取っていることを評言中で明確に指摘しながら、解釈の次元では(C)本歌の詩的世界に依拠しつつ展開を加える本歌取として読んでいると言える。

(H)縁語的連想による本歌取

前章でも述べたように、(H)縁語的連想による本歌取は先行する本歌取言説にも見出されない、宣長の本歌取に特徴的な解釈法であると考えられるものであった。いま『美濃』において、その本歌取歌解釈がどのように展開されているかを見よう。

土御門内大臣家にて梅香留袖
散ぬればにほひばかりをうめの花ありとや袖に春風のふく（春上・藤原有家・五三）
【本歌】
折りつれば袖こそにほへ梅花有りとやここにうぐひすのなく（古今・春上・読人しらず・三二）
めでたし、詞めでたし、二の句のをもじ、なる物をといふ意なり、散ぬればとは、手折て持たる梅花の散しをいふ、さやうに見ざれば、袖にといふことよせなし、心をつくべし、手折持たることは、詞に見えねども、本歌にをりつれば袖こそとあるにて、おのづからさやうに聞ゆ、かゝる所、此集のころの歌のたくみなり、本歌のとりざまおもしろし、

宣長が縁語関係を読み込んでいる詞に二重傍線を私に付した。『美濃』は、「袖」に対する「よせ」として、本歌から「手折持たる梅花の散し」という景を新歌の「散ぬれば」に重ねることで、縁語関係を想定しようとする。つまり、新歌には摂取されていない本歌の詞である「折つれば」を、新歌解釈にあえて読み込むことで、「梅花」を手で折って持っているという景を構成するのである。そして新歌初句「散りぬれば」とは、その手で折って持っている梅花が散ってしまったのだ、という解釈を行っているのである。新歌内では詞に表れていない縁語関係を本歌の詞から想定する技巧に関して、「かゝる所、此集のころの歌のたくみなり、本歌のとりざまおもしろし」とその本歌取の巧みさに評価を与えている。

以降の例は、本歌から摂取した詞と新歌において新たに詠み出された詞との間に縁語関係が成立していると見る

ものとなるが、この五三番歌における縁語関係を読み込む本歌取は、新歌には表れぬ本歌の詞でも、縁語関係を成立させ得るという宣長の特徴的な解釈態度が示されている。以上のことを念頭に置いて、次の例を見よう。

被忘恋

露はらふ寐覚は秋の昔にて見はてぬ夢にのこるおも影（恋四・俊成卿女・一三二六）

【本歌】

涙河ながすねざめもあるものをはらふばかりのつゆやなになり（後撰・恋三・読人しらず・七七一）

いのちにもまさりてをしくある物は見はてぬゆめのさむるなりけり（古今・恋二・壬生忠岑・六〇九）

いとめでたし、詞めでたし、露はらふは涙にて、露といへるは、秋の縁なり、秋の昔とは、秋は人にあかれたる今のことにて、其今よりいへば、いまだ人のかはらで、逢見しことは、昔なるよしなり、然らばたゞむかしにてとのみいひてもよかるべきに、秋のといへるは、いかにといふに、此歌にては、秋のといふことなくては、逢見し事は昔にて、今はあかれたる意、あらはれがたければ也、一首の意は、人にあかれ忘られたるころ、夢に又逢と見たるが、見はてもせず、早くさめたる時によめる意にて、其夢さめたれば、もとのあかれたる時にて、夢に見たる逢事は、昔のことにて、たゞ其夢の面影のみ残りて、涙をながすとなり、此歌を、契沖が、女の歌めかずといへるは、いと心得ず、【後撰はらふばかりの露や何なり、古今見はてぬ夢の覚る也けり、】

これは、先行注において指摘されなかった歌を本歌とする例である。ここでの縁語的連想というのは、宣長の考える本歌取歌の生成過程という観点から考えると良い。「被忘恋」という題の下に詠まれる俊成卿女歌は、本歌である後撰歌で「涙」を意味していた「露」が摂取され、その縁語として新歌で「秋」が詠み込まれる（「露といへるは、秋の縁なり」）。その「秋」が「飽き」と掛かり、「秋／飽き」が来る前の昔のことを夢に見たが、最後まで見終わる前に目が覚めて、夢が昔の事であったことを悟り、涙を流すという解を導くのである。縁語は多く掛詞として表れるわけであるが、その縁語の特性が本論では(A)本歌の詞の意味内容を変容させて新歌に利用する本歌取とした方法と共起して、一首を形成しているのである。

本歌から摂取した詞に縁語関係を結ばせるために、新歌の詞が選択されていくとみなしている評言の例をさらに見よう。

五十首歌奉りし時

暮てゆく春のみなとはしらねども霞におつる宇治のしば船（春下・寂蓮・一六九）

【本歌】

年ごとにもみぢばながす竜田河みなとや秋のとまりなるらむ（古今・紀貫之・秋下・三一一）

春のみなととは、春のゆきとまる所をいふ、みなとや秋のとまりなるらむより出たり、船に縁あることなり、下句は、川瀬も何も見えず、立こめたる霞の中へ、くだりゆく柴舟の、ゆくへもみえぬを、くれてゆく春によそへて、ながめやりたる意なるべし、

「みなと」を本歌の詞から切り出して、新歌において「宇治のしば船」を詠み込むことで縁語関係を成立させよう

とする解釈である。さらに次の歌にも同様の解釈が見られる。

七夕のうた

たなばたのとわたる船のかぢのはにいく秋かきつ露の玉づさ（秋上・藤原俊成・三二〇）

【本歌】

あまのがはとわたるふねのかぢのはにおもふことをもかきつくるかな（後拾遺・秋上・上総乳母・二四二）

初二句は、題の事を、すなはち序にしたる也、露の玉、梶の葉に縁あり、後拾遺に、天川とわたる船のかぢのはに云々、

本歌における「梶の葉」という詞を摂取した上で、その縁語となるべき「露の玉」を詠み込んだとする評釈であると言えよう。

ここで、逆の側から、この縁語的連想による本歌取を立項すべき例を見ることとする。

百首歌奉りし時

夏衣かたへすゞしくなりぬなり夜やふけぬらん行合の空（夏・慈円・二八二）

【本歌】

夏と秋と行きかふそらのかよひぢはかたへすずしき風やふくらむ（古今・夏・凡河内躬恒・一六八）

本歌夏と秋と行かふそらの通路は云々、本歌とれる詮なし、たゞ夏衣といへるのみ、かはれる、その夏衣も、縁の詞だになければ、いたづらごとなり、

「本歌とれる詮なし」と述べ、「夏衣」と言うならせめて縁の詞を配置すべきであるという注文をつけている。この評釈からは本歌から摂取した詞に、新歌で縁語を配することで「本歌とれる詮なし」とはならないような本歌取歌が成立し得る、という理路を宣長が想定していることが見て取れるだろう。

(I)本歌の詩句と変わらない本歌取

前章で『玉箒』における本歌取歌解釈を分析した際には「本歌の趣向を変えない本歌取」という項目を立てていた。本章の分析においては正明の「詞を取る本歌取」という重要な観点が追加されるので、「本歌の趣向を変えない本歌取」と「本歌の詞のみを取る本歌取」を一つの項目として(I)本歌の詩句と変わらない本歌取を立てる。

この規定は、仮に宣長が「心を取る本歌取」を重視すると考えると、およそ認められ得ないような本歌取である。先に述べたようにここに含まれる本歌取は一つには「本歌の趣向を変えない本歌取」であり、もう一つは正明が再三述べるような「本歌の詞のみを取る本歌取」である。これまで見てきた通り宣長のように「心を取る本歌取」であれば必然的に本歌と新歌の間で、詩句レベルまたは一首のレベルにおいて意味変化が生じるものである。本歌取という技法を、模倣を介した創作であると考えた場合には、詞だけを取り、「本歌の趣向を変えない本歌取」はそもそもの本歌取の規定から外れるようなものでもある。そのような本歌取に対して宣長がどのような態度を示しているのかを把握することは、彼の本歌取観全体にとって極めて大きな意味を持つはずである。

まずは詞のみを取る本歌取についてその例を見よう。

山家松

今はとてつま木こるべき宿の松千代をば君となほいのるかな（雑中・藤原俊成・一六三七）

【本歌】

すみわびぬ今は限と山ざとにつまぎこるべきやどもとめてむ（後撰・雑一・在原業平・一〇八三）

住わびぬ今はかぎりと山里につま木こるべきやどもとめてむといふを本歌にて、詞ばかりをとりて、意は、これは既に山住しての歌也、我《ガ》よはひも老て、末のほどなければ、屋戸の松も、残しおきて用なければ、今はつま木にこるべきなれども、さはせず、猶のこしおきて、此松の千世を、君がよはひにと祈るとなり、

ここで宣長は「詞ばかりをとりて」と、詞だけを取る、ということを明言している。その本歌取としての意味するところは評釈のみからは必ずしも分明ではないが、視点の変更や詩的世界の連続という観点のない解を示していることは確かである。これに対して『尾張』は、「すべて古哥をとるは、古歌の詞ばかりを取ものなる事、つぎ〳〵いへるがごとし」と述べ、これこそが本歌取の方法であることを再度主張している。『尾張』の認識としても明らかに詞だけを取っている例である。

また本歌の趣向を変えない本歌取についてはどうであろうか。

千五百番歌合に

言の葉のうつりし秋も過ぬれば我身しぐれとふる涙かな（恋四・源通具・一三一九）

【本歌】

今はとてわが身時雨にふりぬれば事のはさへにうつろひにけり（古今・恋五・小野小町・七八二）

今はとて我身しぐれとふりぬればことの葉さへにうつろひにけり、といふ歌をとれり、然るにたゞ涙をいへるのみにて、其外は本歌にさのみかはることもなきは、いかにぞや、そのうへ秋も過ぬればしぐれとふるといふこと、時節の次第はさることなれども、たとへたる恋の意のかたは、過ぬればといへるは、なにのよしぞや、上句言の葉もうつろふ人の秋ふけて、などこそあらまほしけれ

古今七八二番歌を本歌として取っているが、「涙」を加え、詞だけを変えただけで、趣意を変えないことが本歌取の技法として批判されている。なお、本歌の古今歌の解釈は『遠鏡』を参照すると、

ワシガフルウナツタレバ　モウイヤト思召テ　マヘカタオツシヤツタ御約束ノ御詞マデガチガウテ参ツタワイナ　　時雨は、ふりといひ、又ことのはうつろふといはむ料なり、

とあり、老いて変わった自分を見捨てたあなたが昔私に約束した言葉も変わってしまった、という趣意としての解釈である。

さらに「秋が過ぎてしまった」という「秋」で「恋」を譬えているが、「恋も過ぎぬれば」という言い方を「なにのよしぞや」と批判している。その上で、「言の葉もうつろふ人の秋ふけて」という改作案まで提示している。

この改作では、本歌の「うつろふ」が用いられ、また「秋」に「飽き」が掛けられた上で、それが「ふける」と改変することで「恋」との互換を必要とせずに、恋が終わったことを表す表現となっている。

改作を提案している以上、宣長は本歌の趣向を変えない本歌取には否定的な態度を持っていたと考えるべきだろう。しかしながら、少なくともこの新歌が本歌取歌であるということそれ自体は認めているわけである。正明が自らの「詞を取る本歌取」に適合しないような、本歌との連続性を見出すことではじめて本歌取歌であると認定できるような歌（例えば(C)本歌の詩的世界に依拠しつつ展開を加える本歌取の項で取り上げた五九番歌を見よ）を、そもそも本歌取歌として認めない姿勢とは根本的に異なっていると言わねばならない。すなわち、宣長における本歌取歌の認定とその解釈の幅は、正明のものより広くかつ、柔軟なのである。

(J)摂取されていない本歌の詞を読み込む本歌取

本章で最後に立項するものは、『玉箒』における本歌取の分析からは見出されなかったタイプのものである。本歌からは摂取されていない詞が、新歌において積極的な意味作用を見出される本歌取解釈であって、「心を取る本歌取」という規定に非常に良く適合するようなものであると言える。具体例に即して見てみよう。

河霧

明ぼのや川せの波のたかせ船くだすか人のそでの秋霧（秋下・源通光・四九三）

【本歌】

あけぬるかかはせのきりのたえだえにをちかた人のそでのみゆるは（後拾遺・秋上・源経信母・三二四）

めでたし、下句詞めでたし、二三の句は、船をくだせば、船にあたる波の音の高きをいふ、人の袖の秋霧とは、経信卿母の歌に、明ぬるか川せの霧のたえ〳〵に遠方人の袖の見ゆるは、とあるをとりて、花やかによみなせる也、されば此句は、袖のたえ〳〵に見ゆる意なるを、其詞をば、本歌にゆづりて、人の袖のといふ詞にて、本歌を思はせたる物なり、然るを或抄に、袖は霧にかくれてあるといふことなりと注せるは、いとをさなし、一首の意は、波の音高く聞え、又霧に人の袖のたえ〳〵見ゆるにつきて、高瀬舟をくだすにやと思へるさまなり、

「其詞をば、本歌にゆづりて」と表現しているように、直接は摂取されていない本歌の詞を読み込んでいることを示す評釈である。本歌の詞である「人の袖」と詠むことで、新歌では詞としては表れない「たえ〳〵見ゆる」が連想され、そのまま新歌の意味内容として読み込まれるのである。宣長は新歌を、波が船に当たる音を聴覚的に捉え、また霧の合い間から時折見える袖を視覚的に捉えたことから、高瀬舟が下っていることを推量する歌とする。

大神宮に奉り給ひし夏歌の中に

ほとゝぎす雲井のよそに過ぬなりはれぬ思ひの五月雨の比（夏・後鳥羽院・二三六）

【本歌】

秋霧のともにたちいでてわかれなばはれぬ思ひに恋ひや渡らむ（古今・離別・平元規・三八六）

本歌秋ぎりのともに立出てわかれなばはれぬおもひに恋やわたらむ、四の御句は、五月雨のはれぬをかねて、本歌のこひやわたらんの意をもたせて、よそに過ゆきし時鳥を、こひやわたらむとなり、

本歌第四句の「はれぬ思ひ」は、「五月雨」が「はれぬ」を兼ねながら、結句の「恋やわたらむ」を連想させ、その意味内容が、「よそに過ゆきし時鳥を、こひやわたらむ」のように読み込まれる、と解釈するのである。これに対して『尾張』は「本歌は詞ばかりをとれり。取のこしたる詞は此哥に用なし」と述べ、一首の趣意を「五月雨の比、はれせぬ物おもひをしてをれば、時鳥が遠かたを啼て過行となり」とすることで、『美濃』が読み込んだ「恋やわたらむ」を拒否する。「心を取る本歌取」と「詞を取る本歌取」とが明確に対立する評釈であり、(J)摂取されていない本歌の詞を読み込む本歌取が、宣長の本歌取歌解釈を特徴づける分析的視点であることを示してもいる。

千五百番歌合に

久かたの中なる川のうかひぶねいかにちぎりてやみをまつらん（夏・藤原定家・二五四）

【本歌】

久方の中におひたるさとなればひかりをのみぞたのむべらなる（古今・雑下・伊勢・九六八）

一二の句は、久かたの中におひたる里なれば云々の意にて、桂川なり、此川は、月の中なる川にて、その光をのみ頼むと、本歌によめるに、うかひぶねは、いかなる契にて、闇を待てかふぞと也、四の句は、俗にいかなる因縁にてといふ意なり、

本歌の「久方の中」から下句「ひかりをのみぞたのむべらなる」がまず連想される。新歌ではそのことが前提となって、それにも関わらず「うかひぶねは、いかなる契にて、闇を待てかふぞ」と解釈されるのである。この宣長

の読みに対して正明は、一首の趣意には同意しつつ、本歌の取り方に関しては「本歌のとりやうむつかし。本歌はたゞ一二ノ句の出所也。さて三ノ句の下に月の光をたのむべきをと云詞をそへてみるべし。本哥によりてしかるにはあらず。下の句より出来る趣なり」とやや苦しい主張をしている。ここに至ると正明こそが「詞を取る本歌取」に固執しているように思われる。

小結

以上見てきたように、『美濃』における宣長の本歌取歌の解釈方法は多様であり、それを本章では以下のように分節化してきた。

(A)本歌の詞の意味内容を変容させて新歌に利用する本歌取
(B)本歌と同一の歌境を新たな視点から捉える本歌取
(C)本歌の詩的世界に依拠しつつ展開を加える本歌取
(D)本歌に応和する本歌取
(F)本歌の詞を同系統の別の詞に置き換える本歌取
(G)本歌を二首取る本歌取
(H)縁語的連想による本歌取
(I)本歌の詩句と変わらない本歌取
(J)摂取されていない本歌の詞を読み込む本歌取

次節では、本居宣長の古典解釈態度を明らかにするという目的において、この本歌取歌解釈の内実がいかなる意味を持ち得るのかを論じていく。

第二節　本居宣長本歌取論の古典解釈一般に占める位置

第一項　過度な論理的一貫性という評価への反例——心と詞の対立軸から——

第一部第一章「『古今集遠鏡』と本居宣長の歌論」において、宣長の古典解釈態度に関する評価には、過度の論理的一貫性を主張する立場と、解釈上の柔軟性を主張する立場の対立が存在することを指摘した。しかし圧倒的多数派は前者の評価を以て宣長の古典解釈態度ないし思考法を位置付けるものであった。改めて本章の主題に近い研究からその評価を一瞥すると、野口武彦による、

われわれが見出すものは、一方における宣長の言葉の論理的運用への特殊な執着であり、他方における「景気」への無感覚なのである。(8)

や日野龍夫の、

常識や慣例よりも論理に従うという宣長の面目が躍如とするのは、過去の助動詞が用いられていない表現に対して、文脈上すこしでも現在の出来事と解する余地があれば、たとえ歌の情趣を損おうとも、現在の出来事と解してしまおうとする姿勢である。(9)

などが挙げられよう。また『遠鏡』の俗語訳の分析から宣長の注釈態度一般の性格を探ろうとした田中康二も、

人は物を見るとき、多少なりとも対象を歪めて見ている。おそらくそれが理解するということの本質であろう。したがって、宣長の『古今集』理解が誤解を含むのは必然である。むしろ問題なのは、常にぶれない虚像を映そうとする宣長の信念である。それは『遠鏡』に限らず、宣長の注釈に常に付きまとう問題である。(10)

という評価を下していた。

しかしながら『美濃』の本歌取歌解釈という観点から多様な解釈の諸相を抽出してきた本章の評価は当然ながらこれらとは異ならざるを得ない。本章の冒頭で本歌取歌解釈の大枠として示した宣長の「心を取る本歌取」と正明の「詞を取る本歌取」という対立軸にさしあたり依拠するとしても、『美濃』における宣長の「心を取る本歌取」の方法には、(J)摂取されていない本歌の詞を読み込む本歌取を最も象徴的な方法としながら、(A)本歌の詞の意味内容を変容させて新歌に利用する本歌取、(B)本歌と同一の歌境を新たな視点から捉える本歌取、(C)本歌の詩的世界に依拠しつつ展開を加える本歌取、(D)本歌に応和する本歌取、(F)本歌の詞を同系統の別の詞に置き換える本歌取、といった多様な解釈の視点が見出された。むしろこれらに対してその都度「詞を取る本歌取」という画一的な解釈を主張している正明の解釈態度がより、過度な論理的一貫性を本歌取歌解釈において当て嵌めようとしていると言わねばならない。

さらに先の対立軸において「詞を取る本歌取」の側の解釈をも宣長は認めていることが特に(I)本歌の詩句と変わらない本歌取を評釈中に見出せることで示された。確かに宣長の大部分の本歌取歌解釈は「心を取る本歌取」という規定に包摂されるものであると言え、その意味では本歌取の本質理解に関する主張を一貫させているという評価が可能となりそうである。しかしながら正明との解釈上の対立としてあった一方の「詞を取る本歌取」を宣長は排除しているわけではないのであり、本論ではこの宣長の姿勢に解釈の柔軟性という評価を与えようとするのである。

例えば(G)本歌を二首取る本歌取それ自体は形式的な規定としての本歌取であって、内容面で本歌の解釈を規定するものではないが、『美濃』において指摘される最初の本歌取歌としての、

百首ノ歌奉りし時

谷川のうち出る波も聲たてつうぐひすさそへ春の山かぜ（春上・藤原家隆・十七）

【本歌】

谷風にとくるこほりのひまごとにうちいづる浪や春のはつ花（古今・春上・源当純・十二）

花のかを風のたよりにたぐへてぞ鶯さそふしるべにはやる（古今・春上・紀友則・十三）

めでたし、下句詞めでたし、本歌谷風にうち出る浪や云々、風のたよりにたぐへてぞ鶯さそふしるべにはやる、波もこゑたてつるほどに、鶯をもさそひて、聲たてさせよと、山かぜにいへるこゝろなり、

について『尾張』では、「梅が香を風の便にたぐへてぞ云ゝ、といふは本歌の詞ばかりをとれり。これつねの事也。先生は本歌の如く云ゝといはるゝ例なるに、こゝは然らず」と述べているように、「詞を取る本歌取」として宣長が家隆歌を解釈していると（少なくとも正明によっては）考えられている評釈もある。その意味で、少なくとも正明の「詞を取る本歌取」に固執する姿勢との対比からすれば、宣長の本歌取歌解釈には柔軟な側面がより備わっていると言うことができる。

第二項　詞の秩序の重視——心を取る本歌取と縁語的連想による本歌取を通して——

本章における『美濃』の本歌取歌解釈の内実の検討が宣長の古典解釈一般に対して持ち得る意味の第二は、先行研究でも頻繁に言及される宣長における詞の秩序の重視という側面である。先にも引いた野口による宣長の定家歌改作問題における論考の中で述べられる「言葉と言葉との呼応」を重視するというを主張を見よう。まず新古今四〇番歌とその改作例を挙げる。

大空は梅のにほひにかすみつゝくもりもはてぬ春の夜のつき（春上・四〇）
　或人の云、大ぞらはくもりもはてぬ花の香に梅さく山の月ぞかすめる

宣長が「梅」を朧月夜のたんなる点景としかとらえず、いわば嗅覚的想像力のはたらきを非常に貧しいものにしてしまっていることは明らかだろう。宣長がこの注釈の中でもっとも力を入れているのは、言葉と言葉との呼応であって、言葉の感覚性は二の次にされている、とさしあたりは言っておくことができるように思われるのである。(11)

またさらに冒頭で挙げた高橋にも「詞のつづけがら」という表現で宣長における詞の秩序に関する重視という評価が見られる。

和歌の論理的構成に必要条件とされるテニヲハや縁語等の「詞のつづけがら」に注意しさえすれば、そこに風雅な景気をもった和歌が成立すると宣長は考えていたのではないか。(12)

そして『美濃』の縁語表現に着目した研究として宣長の解釈態度に関する評価を導いた渡部泰明が、最もその評価を鮮明に主張する。

宣長には、言葉の秩序に対する強い志向が感じられる。一回的な統語の上でも、また伝統との呼応の点でも、相互に必然化されているような言葉の秩序が必ずやあって、言葉との苦闘の果てに、そこに我が心が吸収されていくとき、宣長はそこにある種の理想的な状態を垣間見たのではないだろうか。

本居宣長の『新古今集』理解は、当然ながら彼自身の思想に染められている。言葉の秩序の存在を前提とするというフィルターが掛かっている。だからこれを、『新古今集』の言葉の実態と同一視するわけにはいかない。しかしまた、無関係ではもちろんない。彼の和歌観そのものが、中世和歌への深い沈潜から生成したものにほかならないからである(13)。

本章で見出したものは大枠で言って「心を取る本歌取」としての宣長の本歌取歌解釈の態度であり、また特に宣長に特徴的な解釈としての(H)縁語的連想による本歌取や(J)摂取されていない本歌の詞を読み込む本歌取、という解釈方法であった。

「心を取る本歌取」が示しているのは、本歌取歌としての新歌が、和歌的伝統において先行する本歌の網目の中にしっかりと位置を占めているという宣長の意識であろう。本歌と新歌は表面上の詞のみの共通性を有しているというだけではなく、内在的に連なっているという読みが、特に(C)本歌の詩的世界に依拠しつつ展開を加える本歌取と(J)摂取されていない本歌の詞を読み込む本歌取という分析的視点に如実に表れていた。

中でも(H)縁語的連想による本歌取を本歌取歌読解における有意味な方法論として宣長の解釈の中から引き出し得たことは、先に引いた諸先行研究における「言葉と言葉との呼応」や「詞のつづけがら」、すなわち詞の秩序においても縁語が決定的な役割を果たしていることを思うとき、宣長における詞の秩序の重視という解釈態度を本歌取論という領域から傍証し、かつその内実をより詳細に解明し得ることに繋がるであろう。

右の結論を具体的に支持する宣長の評釈を見よう。

和歌所にてをのこども旅の歌つかうまつりけるに

袖にふけさぞな旅ねの夢もみじ思ふかたよりかよふ浦風（羇旅・藤原定家・九八〇）

【本歌】

恋ひわびてなく音にまがふ浦波は思ふかたより風や吹くらん（源氏物語・須磨）

めでたし、さぞなとは、夢もえ見ざらむことを、かねておしはかりていふなり、さて夢の見えんにこそ、風をもいとふべけれ、とても夢は見ゆまじければ、思ふかたより吹来る風なれば、我袖にふけとなり、浦といへる、縁なきがごとし、山にても野にても同じ事なれば也、但し須磨巻に恋わびてなくねにまがふ浦なみは思ふかたより風やふくらむ、とあるにより玉へるなるべし、

宣長は評釈の中でまず一首の意を本歌によらず、完結したものとして説いた後に、「浦」に縁がないことに疑念を示している。源氏須磨巻中の「恋わびてなくねにまがふ浦なみは思ふかたより風やふくらむ」を本歌として要請することで、新歌の「浦」は「本歌」からは直接摂取されていない「波」との縁語関係を獲得し、問題は解消され

ると見ているようである。すでに、一首の意は、本歌に拠らずに説かれているために、この本歌の詞は、単に縁語関係を成立させるためだけに要請されているとみるべきであろう。以上の解釈は、本論で立項してきた本歌取歌解釈の分析的視点からすると、(J)摂取されていない本歌の詞を読み込む本歌取が、(H)縁語的連想による本歌取のために用いられていると表現することができよう。このような複雑な経路を経て、宣長はこの九八〇番歌に詞の秩序を見出そうとするのである。

おわりに

本章では『美濃』の評釈中に見出せる本歌取に対する多様な解釈の内実を記述するとともに、そのことが宣長の古典解釈において持つ意味を考察してきた。ここで最後に注記しておきたいことがある。今まで本章では宣長の本歌取に解釈の柔軟性を見出す方向で議論を進めてきた。それは第一部第一章、及び本章第二節第一項でも述べたように、これまでの先行研究における宣長の古典解釈に対する評価が過度の論理的一貫性という性格規定に大きく傾いており、そのことへの反例を示すためであった。しかしながら本論が向かうべき目標は、宣長の古典解釈を柔軟性という側のみで捉えるということではない。すでに述べたように、宣長の本歌取歌解釈は大枠としては「心を取る本歌取」という論理で読み解くこともできるからである。それゆえ以上の議論を踏まえて問われるべきは、宣長の古典解釈において論理的一貫性と柔軟性とを共に見出した上で、その両者がどのようにして導き出されているのか、両者はどのような関係にあるのかである。すなわち、宣長の古典解釈態度を論理的一貫性か柔軟性かの一方に帰属させるという水準に止まるのではなく、その両者を含み込むものとして宣長の古典解釈を捉えるための視座の獲得を目指す必要がある。

また本章第二節第二項で論じたように、宣長の本歌取歌解釈の分析を通じて、「心を取る本歌取」と「縁語的連想による本歌取」が彼に特徴的な本歌取歌に対する解釈態度であったことをみた。この議論をさらに精緻にするために、次章では宣長手沢本『新古今和歌集』の書入本歌の翻刻資料を掲載し、続く第四章ではその書入本歌と『美濃の家づと』における本歌認定の異同を比較分析することで、定量的観点も導入しながら、宣長の本歌取歌解釈の特徴をさらに明らかにしていく。

注

（1）『本居宣長全集　第三巻』（筑摩書房・一九六九年）に拠る。なお歌番号は『新編国歌大観』に拠る。
（2）高橋俊和「和歌の『したてやう』」『本居宣長の歌学』（和泉書院・一九九六年）八五頁
（3）『新古今集古注集成　近世新注編２』（笠間書院・二〇一四年）に拠る。
（4）寺島恒世「気韻の和歌　新古今注『尾張廼家苞』の要諦」（鈴木健一編『江戸の「知」――近世注釈の世界』森話社・二〇一〇年）二三一頁
（5）調査の対象とした歌論、歌学書は以下の通りである。鴨長明『無名抄』、順徳天皇『八雲御抄』、藤原定家『詠歌大概』、偽藤原基俊『悦目抄』、二条為世『和歌庭訓』、頓阿『井蛙抄』、『愚問賢注』、東常縁『東野州聞書』、細川幽斎口述、烏丸光広筆録『耳底記』、偽藤原定家『和歌手習口伝』。なお、「宝暦二年以後購求謄写書籍」及び「書目」には見えないものの、本歌取言説において最重要の位置を占める、藤原定家『近代秀歌』、（偽）藤原定家『毎月抄』における言説も、参考のために付す。図表における各歌論歌学書の略省記号は、先に掲げた順に無、八、詠、悦、庭、井、愚、東、耳、手、近、毎、とする。また、依拠したテクストは、順に、『歌論歌学集成　第七巻』、『日本歌学大系　第参巻』、『新編日本古典文学全集87　歌論集』、『日本歌学大系　第四巻』、『歌論歌学集成　第十巻』、同上、同上、『歌論歌学集成第十二巻』、『日本歌学大系　第六巻』、『日本歌学大系　別巻第三巻』、『新編日本古典文学全集87　歌論集』、同上、である。
（6）「本歌二首を取る」はまずは形式的な規定ではあるが、『井蛙抄』において言及されていることを鑑みて、本章では立項する。また「句の伸縮」という形式的な規定については、二四〇番歌（「古歌の詞二句を一句につゞめてとれる」）、及び二八一番歌（「本歌のさしおほひといふ詞を、つゞめたる」）に摂取した句の縮約に関する言及があるものの、この二首のみであるので本章では立項しない。

（7）今西祐一郎校注『古今集遠鏡　1・2』（平凡社・二〇〇八年）に拠る。
（8）野口武彦「本居宣長における詩語と古語」（『江戸文林切絵図』冬樹社・一九七九年）八四頁
（9）日野龍夫「宣長と過去の助動詞」（『江戸文学』第五号・一九九一年）六頁
（10）田中康二『本居宣長の思考法』（ぺりかん社・二〇〇五年）一四八頁
（11）前掲野口、七八頁
（12）前掲高橋、八九頁
（13）渡部泰明「本居宣長と『新古今集』」（『中世和歌史論　様式と方法』岩波書店・二〇一七年）四四八―四四九頁

第三章　本居宣長手沢本『新古今和歌集』における本歌書入

はじめに

本章は、本居宣長の本歌取解釈に関する総合的な研究の基礎的作業としての位置を占めている。内容は、本居宣長記念館所蔵の宣長手沢本『新古今和歌集』において書入がなされている事項の部分的な翻刻である。宣長による新古今歌に対する注釈書である『美濃の家づと』は、『新古今和歌集』から六九六首を抄出し、評釈等を付したものであるが、そのうち宣長が本歌取歌とみなしていると考えられるものは一七二首を挙げることができる。ここで翻刻するものは、その一七二首について宣長手沢本『新古今和歌集』において書入が行われている和歌、及びその他のコメントや引用文である。やや異例な方法ながら翻刻が部分的である理由を述べれば、紙幅の関係もさることながら、『美濃の家づと』において指摘された本歌と、手沢本『新古今和歌集』に書入れられた和歌の異同を調査することで、宣長の本歌取解釈をより実証的に記述することを目的としているためである。また管見の限り宣長手沢本『新古今和歌集』の内容に具体的に言及した論考は見当たらず、まずは部分的にでも手沢本における書入の実態を報告することが必要であると考えるためでもある。

あらかじめ宣長手沢本の書入の特徴を述べれば、その大部分が契沖による『新古今和歌集』への書入の引き写しである。数字で示せば、今回収集した宣長手沢本における本歌、及びその他の書入は合計二二七項目に及ぶが、そのうちの実に一九一項目が契沖による書入と一致している。それゆえ宣長手沢本『新古今和歌集』は、第一義的には契沖書入のメモという事になる。この手沢本がそれだけの意味しか持たないのならば、わざわざ契沖書入と大部分が一致しているものを翻刻する必要はないだろう。しかし、この手沢本に書入れられた契沖由来の本歌を、『美濃の家づと』で宣長が本歌として認定したものと照合することで、以下のような結果を得ることができた。すなわち、契沖書入と宣長手沢本の書入において一致する一九一項目の内、四六項目を『美濃の家づと』では採用していない、あるいは異なる本歌を挙げて解釈を行っていることが判明したのである。この結果から我々は宣長と契沖の本歌認定に対する差異を具体的に把握し得る端緒を得ることができる。それゆえ宣長の本歌取解釈の特徴を実証的に記述する上で今回の調査は不可欠な作業であるということができる。

宣長が手沢本とした版本書誌については、すでに本居宣長記念館より過不足のない情報が提供されているため、それを引用するに止める。

版本　新古今和歌集　　　　　　宣長書入本　　　　　二十巻四冊

源通具等撰。袋綴冊子装。藍布目表紙。縦二七・七糎、横一九・二糎。匡郭、縦二一・八糎、横一三・五糎。十二行。墨付（一）六十四枚、（二）五十二枚、（三）四十六枚、（四）六十七枚。外題（題簽・墨書）「新古今歌集」。内題「新古今和歌集巻第一」。柱刻「新古一、（丁数）」。小口「一、春夏秋、新古」等。蔵書印「鈴屋之印」。

【序】「仮名序」「真名序」。

【刊記】「貞享二乙丑年九月中旬、田中庄兵衛梓」。

【参考】『宝暦二年以後購求謄写書籍』宝暦八年十月条に「一、新葉集、三、三匁、同、一、新古今集、三、四匁」と記される。宣長が使用した『新古今集』には「廿一代集」本もあるが、日条《ママ》では版型も大きな本書を使用したか。朱や墨で夥しい校合や書き入れ、付箋などが施される。匡郭は中央に境無く両面に通じる。[1]

最後に宣長の新古今研究について簡便な年譜を付す。
宝暦七年（一七五七）：京都遊学から松坂へ帰郷（二八歳）
宝暦八年（一七五八）：新古今集購入（二九歳）
明和三年（一七六六）：第一回新古今集講義開始（三七歳）
明和六年（一七六九）：第一回講義終了（四〇歳）
天明七年（一七八七）：第二回新古今講義開始（五八歳）
寛政二年（一七九〇）：門人大矢重門に新古今集の抄を送る（六一歳）
寛政三年（一七九一）：正月以前に『新古今集美濃の家づと』成稿か。十月、第二回講義終了（六二歳）[2]

翻刻

凡例

一、『美濃の家づと』で本歌が指摘されている歌の番号をすべて挙げ、その直下に書入の翻刻を掲げた。
二、漢字・仮名の区別、仮名遣、送仮名、振仮名などは底本通りとした。

三、朱墨の別は全て（朱）（墨）として注記した。
四、契沖書入と一致しないものには「▼」を、また『美濃の家づと』と一致しないものには「＊」をそれぞれ注記した。
五、平仮名、片仮名とも通行の字体に統一した。[3]
六、『美濃の家づと』では本歌が指摘されているものの、手沢本では本歌等の書入の無いものについては「記載なし」と記した。
七、歌番号は『新編国歌大観』に拠った。なお、筑摩版『本居宣長全集　第三巻』、及び岩波版『契沖全集　第十五巻』に付されている歌番号は旧編の『国歌大観』の歌番号に従うため、それらのテクストとは一部番号の齟齬が生じることを断っておく。

翻刻

17 （朱）古今
（墨）本歌谷風ニ（朱）トクル氷ノヒマゴトニ
（墨）花ノカヲ（朱）風ノタヨリニタクヘテゾ
37 （墨）キミヲ、キテ（朱）アタシコ、ロヲワカモタバ
40 （墨）テリモセス
45▼（墨）月ヤアラヌ
46 （墨）月ヤアラヌ
（朱）古（墨）色ヨリモ（朱）カコソアハレト

52＊（朱）拾雑春　管万　こちふかはにほひおこせよ梅花あるしなしとてはるをわするな
53（墨）オリツレハ袖コソニホヘ梅ノハナアリトヤコ、ニウクヒスノナク
59　記載なし
82（朱）古今　（墨）オモフトチハルノ山ヘニウチムレテソコトモシラヌタヒネシテシカ
91（朱）万九　長歌　白雲のたつたの山の瀧のうへのをくらのみねに咲をせる桜の花は云々
93（朱）万十一　いはねふみかさなる山にあらねともあはぬ日おほく恋わたるかも
96（朱）後撰　（墨）イソノ上フルノ山ヘノサクラハナウヘケントキヲシル人ソナキ
98（朱）万四　朝日かけにほへる山にてる月のあかさる君を山こしにおきて
▼＊（朱）壬二集　花さかりひかりのとかに出る日につれなくきえぬよものしら雪
126（朱）古今　みても又またもみまくのほしけれはなる、を人はいとふへらなり
128（朱）万　拾　沙弥満誓　よの中をなに、たとへん朝ほらけこき行ふねのあとのしらなみ
134（朱）古今　（墨）ケフコスハ（朱）アスハ雪トソ
135　記載なし
136　記載なし
139（朱）古今　た、みね　（墨）風フケハ峯ニ別ル、シラクモノタエテツレナキキミカコ、ロカ
140（墨）ワヒヌレハ（朱）ミヲウキクサノ
144（朱）古今　（墨）アカテコソオモハン中ハハナレナメソヲタニ後ノワスレカタミニ
149▼（墨）クレカタキ夏ノ日クラシナカムレハソノコト、ナクモノソカナシキ
169（朱）貫之集

＊（朱）今までにのこれる岸の藤なみは春のみなとのとまりなりけり
＊（朱）なこりをは松にかけつゝ百とせの春のみなとにさけるふちなみ
171（朱）後撰恋一　よみ人しらす　うちかへし君そ恋しきやまとなるふるのわさたの思ひ出つゝ
177（墨）ケフノミト春ヲ思ハヌトキタニモタツコトヤスキ花ノカケカハ
179＊（朱）花そめとは月草の花にてそむるをいへり花の色にそめしたもとゝよめるはその心桜色なれは今のつゝけやう似たる事にて誤れり
▼（墨）色ミエテウツロフ物ハ
201（朱）楽天詩　（墨）蘭省花時錦帳下廬山雨夜草庵中
207（墨）後拾（朱）夏　アツマチノオモヒテニセンホトヽキスオヒソノモリノヨハノ一コヱ
（朱）此歌の事平家物語にみえたり
209（朱）たゝみね　あり明のつれなくみえしわかれよりあかつきはかりうきものはなし
214（朱）拾遺　人丸　（墨）タノメツヽコヌヨアマタニナリヌレハマタシトオモフソマツニマサレル
215（朱）古今　（墨）コヱハシテナミタハミエヌホトヽキスワカコロモテノヒツヲカラナン
216（朱）古今　（墨）ホトヽキスナカナク里ノアマタアレハナヲウトマレヌオモフモノカラ
232（朱）万十一　（墨）コヒシナハコヒモシネトヤ玉ホコノミチユキ人ニコトツテモセヌ
＊（朱）新勅雑一　みしまえの玉えのまこもかりにたにとはてほとふるさみたれの空
236（朱）古今　秋きりのともに立出てわかれなははれぬ思ひにこひやわたらん
240（朱）いにしへのしつのをたまきくりかへしむかしを今になすよしもかな
254（朱）古今　いせ　（墨）久方ノ中ニオヒタル里ナレハヒカリヲノミソタノムヘラナル

＊（朱）あやなくもくもらぬよひをいとふ哉しのふの里の秋のよの月　為仲

255（朱）伊勢（墨）ハル、ヨノ（朱）ホシカ川ヘノ蛍カモ

256＊（朱）万十九　家持　わかやとのいさゝむら竹ふく風に声のかそけきこの夕かも

（朱）風生竹夜窓間臥　月照松時臺上行[4]

258＊（朱）あさか山影さへみゆる山井のあさき心は吾思はなくに

右歌古今両序小町集にあさくは人を思ふ物かはとあり後世かく誤れり

（墨）ムスフテノ（朱）シツクニ、コル山井ノ

281（朱）古今（墨）オフノウラニ（朱）カタエサシオホヒ

282（朱）古今　みつね（墨）夏ト秋トユキカフソラノカヨヒチハカタヘス、シキ風ヤフクラン

（朱）本歌をはなれては行あひの風すこしたしかならぬにや

289（墨）詞花　清胤僧都　キミスマハトハマシモノヲツノクニノイクタノモリノアキノハツカセ

293（朱）伊勢

＊（朱）野とならはうつらとなりて鳴をらんかりにたにやは君はこさらん

（朱）今そしるくるしき物と人またん里をはかれすとふへかりけり

296（朱）後拾秋上　恵慶　まくす原玉まく葛のうら風のうらかなしかる秋はきにけり

（朱）万十　鳫かねの寒くなくより水くきの岡のくす葉も色付にけり

297（朱）後撰雑　我ならぬ草葉もものはおもひけり袖よりほかにおけるしら露

301（朱）万八　衣手にみしふつくまてうゑし田を引板われはへまもれるくるし

＊（朱）文治六年　五社百首　早苗　ふしみつやさはたのさなへとるたこは袖もひたすらみしふつくらん

320　記載なし
349▼＊（墨）今ヨリハウヘテタニ見シ花ス、キホニイツルアキハワヒシカリケリ
（朱）拾恋二　勝観法師　しのふれはくるしかりけりしの薄秋のさかりになりやしなまし
363▼＊（朱）愚　花鳥のにほひもこゑもさもあらはあれゆらのみさきの春のひくらし
▼（朱）源氏明石に　はる〳〵ともの、と、こほりなき海つらなるに中々春秋の花紅葉のさかりよりはた、そこはかとなく春かいに花鶯の山よりも霞はかりの塩かまのくしけれるかけともなまめかしきに云々(5)
▼＊（朱）紫式部日記　花鳥の色をも音《ネ》をも春秋に行かふ空のけしき月の影霜雪をみてその時来にけりとはかり云々
364（朱）伊勢　思ひあらはむくらの宿にねもしなんひしき物には袖をしつゝも
366（朱）古今　春の色のいたりいたらぬ里はあらしさけるさかさる花のみゆらん
＊（朱）秋風はいたらぬ袖もなき物を　順徳院
368＊（朱）上に　吹むすふ風はむかしの秋なから有しにもあらぬ袖の露かな
380（朱）古今　素性　いつくにか世をはいとはん心こそ野にも山にもまとふへらなれ
＊（朱）新勅　相模　いかにして物思ふひとのすみかには秋より外の里をたつねん
389（朱）古　草も木も　（墨）ナミノハナニソ秋ナカリケル
391（朱）古今　久かたの月のかつらも秋はなほもみちすれはやてりまさるらん
393（朱）古今　宮城の、もとあらの小萩露をおもみ風をまつこと君をこそまて
397（朱）古　（墨）月ミレハチ、ニモノコソ（朱）カナシケレ
412　記載なし

420（朱）古今　さむしろ（墨）に（朱）衣かたしきこよひもや我をまつらんうちのはしひめ

473（朱）源氏　すゝむしの声のかきりをつくしてもなかきよあかすふるなみたかな

478＊（朱）古今　里はあれて人はふりにし宿なれや庭もまかきも秋の野らなる

（朱）月やあらぬ春やむかしの春ならぬ

484　記載なし

487（朱）したりをにとはなか〳〵しよにとくなり

493＊（朱）夫木十三　忠定　はれゆくかまきの嶋風色見えてやそうち人の袖の朝きり

＊（朱）建永元年寄合　後久我太政大臣　くれはまたいつくにやとをかりのなくみねにわかる、袖の秋きり

515（朱）箒木に　うちはらふ袖も露けき床夏にあらし吹そふ秋もきにけり

＊（朱）続千秋下　山家月　入道二品親王道助　とふ人もあらし吹そふみ山へに木葉分くる秋のよの月

517▼（墨）なけや〳〵蓬かそまのきり〳〵す過行秋はけにそかなしき

522　記載なし

532▼（墨）クサモ木モイロカハレトモワタツウミノナミノハナニソアキナカリケリ

534（墨）ワカヤトハミチモナキマテアレニケリツレナキ人ヲマツトセシマニ

537（朱）古今　つらゆき　白露もしくれもいたくもる山はした葉のこらす色付にけり

562▼＊（朱）六二　わか恋は大えの山の秋風の吹てし空の声にそ有ける

566（朱）拾冬　僧正遍昭　から錦枝にひとむらのこれるは秋のかたみをたゝぬなりけり

581＊（朱）上に引次の万よふの歌をとらせ給へり(6)

614▼（墨）須磨巻云枕ヲソハタテ、ヨモノアラシヲキ、タマフニナミタ、コ、モトニ立クルコ、チシテナミタオツ

トモオホエヌニマクラモウクハカリニナリニケリ
（朱）冬の夜のなかきをおくるほとにしもあかつきかたのつるの一こゑ
615（朱）万二　人丸　さゝの葉はみ山もさやにみたれとも我は妹思ふわかれきぬれは
617（墨）花宴巻オホロ月夜　ウキミヨニヤカテキエナハタツネテモクサノハラヲハトマシトヤ思フ
▼（墨）サコロモ　タツヌヘキクサノハラサヘシモカレテタレニトハマシ道シハノツユ
635（朱）源氏槿　とけてねぬねさめさひしき冬の夜にむすほほれつる夢のみしかさ
＊（朱）六百番　定家　とけてねぬ夢ちも霜にむすほゝれまつしる秋のかたしきの袖
639（朱）後拾　（墨）サヨフクルマヽニミキハヤ氷ルラントヲサカリユクシカノウラナミ
＊（朱）恵慶法師　拾冬　天原空さへさえやわたるらんこおりとみゆる冬のよの月
652＊（朱）万十一　行水にかすかくことときわか命妹にあはんとうけひつるかも
（朱）古今　行水に数かくよりもはかなきは思はぬ人をおもふなりけり
671（朱）万三　くるしくもふりくる雨かみわかさきさのゝわたりに家もあらなくに
719（墨）ヌレテホス――
737（朱）古今　素性　ぬれてほす山路の菊の露のまもいつかちとせをわれはへぬらん
玉くしはさか木に木綿かけたるをいふと延喜式に見えたり日本紀に八十玉籖といへり伊勢にはかきるへからす
740▼（墨）高砂の松もむかしの友ならなくに
746（朱）わかいほは都のたつみしかそすむ世をうち山と人はいふなり
＊（朱）補陀洛の南の岸に堂たてゝ今そさかえんきたの藤なみ
829＊（朱）後拾哀　実方　うたゝねのこのよの夢のはかなきにさめぬやかての命ともかな

＊（朱）千恋三　小侍従　みし夢のさめぬやかてのうつゝにてけふとたのめしくれをまたはや

（朱）源氏若菜　みてもまたあふよまれなる夢のうちにやかてまきるゝわかみともかな

835 （朱）拾哀　藤原為頼　よの中にあらましかはと見し人のなきかおほくもなりにけるかな

891 （朱）もとすけ　ちきりきなかたみに袖をしほりつゝ末のまつ山波こさしとは

932 （朱）後拾夏　重之　夏かりの玉江のあしをふみしたきむれゐる鳥のたつ空そなき

934 （朱）古今　君をおもひおきつの濱になくたつのたつねくれはそ有とたにきく

947 （朱）万一　君か世もわかよもしれやいはしろの岡のかやねをいさむすひてん

958 （朱）なりひら　しなのなるあさまのたけにたつけふりをちこち人のみやはとかめむ

959 （朱）古恋一　（墨）ユフクレハクモノハタテニ物ソ思フアマツソラナル人ヲコフトテ

964 記載なし

968 （朱）立わかれいなはの山のみねにおふる松としきかは今かへりこん　行平

970 （朱）源氏うきふね　波こゆるころともしらす末のまつ待らんとのみおもひける哉

973 （朱）万十一　難波人あし火たくやはすしたれとおのかつまこそとこめつらしき

すゝろは煤によせたり

＊（朱）月清集　蚊火　すゝろなるなにはわたりのけふり哉あし火たくやにかひたつる比

980 （朱）源氏　須磨　恋わひてなくねにまかふ波の音は思ふかたより風やふくらん

982 記載なし

987 （朱）古今　年ことに花のさかりは有なめとあひみんことはいのちなりけり

1031 （朱）いせ　うつせみの羽におく露の木かくれてしのひ〳〵にぬるゝそてかな

1032 （朱）後夏　かつらのみこの蛍をとらへてといひ侍りけれはわらはのかさみの袖につゝみて
つゝめともかくれぬものは夏むしの身よりあまれる思ひなりけり　大和物語異説あり
▼（墨）夕サレハ蛍ヨリケニモユレトモ
1033 （朱）後恋六　思ひつゝへにける年をしるへにてなれぬるものはこゝろなりけり
1036 （朱）古今　わか恋は人しるらめやしきたへのまくらのみこそしらはしるらめ
▼（墨）枕ヨリ又シル人モナキコヒヲ
1073 （朱）よしたゝ　ゆらのとをわたる舟人かちをたえ——
▼＊（朱）春庵曰　しら波の跡なき方に
＊（朱）本歌丹後掾にて述懐をかぬれは此ゆらは丹後のゆらなるへし
1074 （朱）古今　しら波のあとなきかたにゆくふねも風そたよりのしるへなりける
1084 （朱）万葉寄藻　しほみては入ぬるいその草なれやみらくすくなくこふらくのおほき
此草といふはすなはち藻なり
1106 （朱）古今　夕くれは雲のはたてに物そおもふあまつ空なる人をこふとて
1108 （朱）古今　すまのあまの塩やき衣をさをあらみまとほにあれや君か来まさぬ
（朱）十寸《スギ》　板もてふける板めのあはさらはいかにせんとかわかねそめけん
＊（朱）十寸板とかけるを今の本にもすき板と点せるは杉板なり但彼集中に十をすとよめる例なし只そとのみよ
めれはそき板にて今もいふそきなり殺板とかくへし
1117 ＊（朱）後恋三　みつね　いせの海に塩やくあまの藤衣なるとはすれとあはぬきみ哉
▼（墨）ナレユクハウキヨナレハヤスマノアマノシホヤキ衣マトホナルラン

1118 ▼（墨）古　ミチノクニアリト云ナル名取川ナキナトリテハクルシカリケリ

1119 （朱）後五拾　元良親王　わひぬれは今はた同しなにはなるみをつくしてもあはんとそおもふ

（朱）古今　名取川せゝのうもれ木あらはれはいかにせんとかあひみそめけん

＊（朱）拾遺愚下　せきわひぬ今はた同しなとり河あらはれはてぬせゝのうもれ木

＊（朱）為家卿本歌は今はた同し名とつゝけたるにはあらぬをのたまへり

1128 （朱）伊勢　秋かけていひしなからもあらなくに木葉降敷えにこそありけれ

1135 （朱）古今　わか恋はゆくへもしらすはてもなしあふをかきりとおもふはかりそ

1138 （朱）有明のつれなくみえしわかれより

（朱）大かたは月をもめてしこれそこの

1141 ▼（墨）和泉式部　モノオモヘサハノ蛍モ我身ヨリアクカレイツル玉カトソミル

（墨）貴布禰明神御返　オク山ニタキリテオツルタキツセノ玉チルハカリモノナ思ヒソ

1145 （朱）拾恋一　いかにしてしはしわすれんいのちたにあらはあふよのありもこそすれ

1153 （朱）万九又一　河島皇子　山上憶良　（墨）シラナミノ（朱）ハマヽツカエノ

（朱）此集には皇子の歌とす

1201 （朱）後拾雑上　松《マツ》かせは色やみとりに吹つらん物おもふ人のみにそしみける

1203 記載なし

1204 （朱）古今　君こすはねやへもいらしこむらさきわかもとゆひに霜はおくとも

▼（墨）君ヤコン我ヤユカンノイサヨヒニ

1272 （朱）拾　直幹　わするなよほとは雲ゐになりぬとも空行つきのめくりあふまて

1273 (朱)拾恋四　いせ　はるかなるほとにもかよふこゝろ哉さりとて人のしらぬものゆゑ

▼(墨)恋すれは我みはかけと成にけりさりとて人にそはぬ物故

1275 (朱)狭衣歌上のことし

1276 1277 ＊ (朱)二首素性哥を取

1281 記載なし

1284 (朱)古今　君をおきてあたし心をわかもたは末のまつ山なみもこえなん

1285 ▼(墨)ワカ宿ヤト《(ママ)》ハ道モナキマテアレニケリツレナキ人ヲマツトセシマニ

1286 (朱)後拾雑三　和泉式部　物をのみ思ひしほとにはかなくてあさちか末によはなりにけり

＊(朱)新続恋二　保季　跡たえてはてはあさちになりぬともたのめし宿のむかしわするな

1287 (朱)拾恋三　人丸　たのめつゝこぬよあまたになりぬれはまたしと思ふそまつにまされる

1288 ＊(朱)夕顔　ほのかにも軒はのをきにむすはすは露のかことを何にかけまし

▼(朱)蓬生　尋ねてもわれこそとはめ道もなく深きよもきのもとのこゝろを

1292 (朱)古今　風ふかは峯にわかるゝ白雲のたえてつれなき君かこゝろか

1300 記載なし

1305 (朱)古今　(墨)ワキモコカ衣ノスソヲ吹カヘシウラメツラシキ秋ノハツ風

1312 (朱)拾恋四　(墨)手枕ノスキマノ風モサムカリキ身ハナラハシノ物ニソアリケル

1313 (朱)夫木十五光明峯寺摂政家六百歌合　範宗卿　露しくれいくよをかけて染つらん尾上宮の秋のもみちは　万

廿依興各思高圓離宮處作歌五首　高圓の野のうへの宮はあれにけりたゝし、君か御世遠そけは　家持次今城真人

歌次の歌は高圓《タカ》の野とよめり然れは高圓宮本名にてそれを野の上の宮ともをのへの宮ともよめるなり
(朱)此尾上の宮は万廿に高圓のをのへの宮はあれぬともたゝしき君のみなわすれめやこれにや此外尾上宮とい
へる宮み及はす
1315 ▼(墨)ヨヒ〳〵ニ枕サタメン方シラネ《モナシ》イカニネシヨカ夢ニミエケン
1317 ▼＊(朱)紫式部　めくりあひてみしやたれともわかぬまに雲かくれにしよはの月かな
1319 (朱)古今　小町　今はとて我身しくれに《(墨)と》ふりぬれはことの葉さへに色かはりけり《(墨)うつろひにけり》
1320 (朱)六
(朱)人しれぬ思ひするかのくにゝこそ身をこからしのもりは有けれ
＊(朱)君こふとわれこそむねをこからしのもりとはなしにかけになりつゝ
1322 (朱)万十一　わかせこをわかこひをれはわかやとの草さへ思ひうらかれにけり
1324 ＊(朱)後拾恋二　さねかた　わすれすよまたわすれすよかはらやの下たくけふり下むせひつゝ
(朱)同恋四　長能　わかこゝ《コヽ》ろかはらんものかはらやの下たくけふり下ゝ
1326 ＊(朱)此歌の詞つかひ女の歌にかなはすかへす〳〵まなふへからす
1327 (朱)古今　こひしくはとふらひ来ませわか宿はみわの山本杉たてるかと
1328 ▼(墨)色みえてうつろふ物は云々
1331 ▼(墨)明石巻　ヒトリネハ君モシリヌハ《ママ》ツク〳〵トオモヒアカシノ浦サヒシサヲ
1332 ▼(墨)シノフ山シノヒテカヨフ
▼＊(朱)和泉式部　塩のまによものうら〳〵尋ぬれと今は我身のいふかひもなし
(朱)源氏須磨　いせの海《しま》や塩干のかたにあさりてもあ《(墨)い》ふかひなきはわか《(墨)うき》みなりけり

（付箋）（朱）万四　おうの海の塩干のかたのかた思ひに思ひやゆかん道のなかてを

＊（付箋）（朱）後撰恋三　長谷雄朝臣　塩のまにあさりするあまもおのかよゝかひありとこそ思ふべらなれ

1333 ▼（墨）拾　ムネハフシ袖ハ清見か関ナレヤ煙モ波モタヽヌ日ソナキ

1334 （朱）伊勢　（墨）秋カケテイヒシナカラモアラナクニコノハフリシクエニコソアリケリ《(朱)レ》

1336 （朱）万十二　白妙の袖のわかれをかたみしてあら津のはまにやとりするかも

（朱）同　しろたへのそての別はをしけれと思みたれてゆるしつるかも

（朱）六帖　吹く《(墨)ヨ》れはみにもしみける秋風を色なきものとおもひけるかな

1455 ＊（朱）新勅春下　信實　山さくら咲ちるときの春をへてよはひは花の陰にふりにき

＊（朱）続古　定家　さくら花うつろふ春をあまたへて身さへふりぬる浅ちふの宿

＊（朱）此歌の事春さそはれぬ人のためとやの所にあり

1466 記載なし

1469 ＊（朱）拾玉集　もろこしの人に見せはやから崎にさゝなみよするしかのけしきを

＊（朱）千　範綱　さゝ波やなからの山の峯つゝき見せはや人に花のさかりを

▼（墨）コヽロアラン人ニ見セハヤ云々

1519 ▼（墨）今コントイヒシハカリニ

1522 （朱）古今　木まよりもりくる月の影見れは心つくしの秋はきにけり

＊（朱）狭衣　なけきわひぬる夜の空にゝたる哉　下句同

1547 （朱）六帖　天の戸をおし明かたの月みれはうき人しもそこひしかりける

天児屋命のはからひにて天窟の明し心なり

1623 (朱) 古今　山さとは物のさひしきことこそあれよのうきよりはすみよかりけり
1637 (朱) なりひら (墨) 住ワヒヌ今ハカキリトオタ山《ヤマ里》ニツマ木コルヘキヤトモトメテン
1646 (朱) 後雑一　行平　(墨) サカノ山ミユキタエニシ芹川ノチヨノフル道アトハアリケリ
＊ (朱) 三代実録四十二紀伊郡芹川野トアリせり川のちよのふる道といへり誤といふへし

1659 ▼ (墨) コレタカノミコ　夢かとも何かおもはんうき世をはそむかさりけんほとそくやしき
1661 記載なし
1668 (朱) 古今　君しのふ草にやつるゝふるさとはまつむしの音そかなしかりける
1672 (朱) 古今　友のり　ふるさとは見しこともあらすをのゝえの朽し所そこひしかりける
1725 (朱) 伊勢物語にむかし男狩の使より帰りけるに大よとのわたちにやとりていつきの宮のわらはへにいひかけゝる　みるめかる方やいつこそさをさしてわれにをしへよあまのつりふね　むかし男伊勢国にゐていきてあらんといひけれは女　大よとの濱におふてふみるからに心はなきぬかたらはねとも　といひてましてつれなかりければ男　袖ぬれてあまのかりほすわたつみのみるをあふにてやまんとやする

1758 (朱) 古今　秋の夜の露をは露とおきなから雁のなみたやのへをそむらん
1759 (朱) 古今　(墨) カタイトヲ (朱) コナタカナタニ
1760 (朱) 古今　ふしておもひおきてかそふる万代は神そしるらむわかきみのため
1761 (墨) ワタツウミノオキツシホアヒニウカムアハノキエヌモノカラヨル方モナシ　(朱) 古今雑上
1766 (朱) 古今雑　しかりとてそむかれなくにことしあれはまつなけかれぬあなうよの中
1803 ＊ (朱) 文選　欲隕之葉无所假烈風　将墜之泣不足繁哀響
(朱) 橋姫に　山風にたえぬ木葉の露よりもあやなくもろきわかなみたかな

▼＊（朱）六　貫之　いくひさゝ我ふりぬれや身にそへてなみたももろくなりにけるかな
＊（朱）葵に　宮は吹風につけてたに木葉よりけにもろき御涙はましてとりあへ玉はす
1932 （朱）古今恋一　素性　音にのみきくの白露よるはおきてひるは思ひにあへすけぬへし
1939 ＊（朱）往生要集云（題「快楽不退楽」の右傍）第五

注

（1）『重要文化財　本居宣長稿本類並関係資料追加指定目録』（本居宣長記念館・二〇〇一年）二八頁

（2）以上の年表は『本居宣長全集　第三巻』大久保正解題を参照して作成。

（3）参照、照合のために用いたテクストは、『美濃の家づと』では『本居宣長全集　第三巻』（筑摩書房・一九六九年）、契沖書入では『契沖全集　第一五巻』（岩波書店・一九七五年）を中心に、適時『新古今集古注集成　近世新注編1』（笠間書院・二〇〇四年）も参照した。

（4）二五六番「窓ちかき竹の葉すさふ」歌に頭注として記されている二つの詩歌は、契沖書入では二五七番「窓ちかきいさゝむら竹」歌に付されたものである。その上で『新古今集古注集成　近世新注編1』は次のように記す（同書三三頁参照）。

257　まどちかきいさゝ

「万十九、家持……此夕かも。」は、256「窓近き竹の葉すさぶ」の頭部に記されている。

（5）新編日本古典文学全集『源氏物語②』（小学館・一九九五年、二四一頁）の当該部分は、「はるばると物のとどこほりなき海づらなるに、なかなか春秋の花紅葉の盛りなるよりは、ただそこはかとなう茂れる蔭どもなまめかしきに」となり、「たゝそこはかとなく」と「しけれるかけとも」との間に「春かいに花鶯の山よりも霞はかりの塩かまのく」という藤原家隆の歌集『壬二集』七一一番歌「はるよいかに花鶯の山よりも霞むばかりのしほがまのうら」に酷似する文言が混入している。その理由不詳。

（6）次の五八二番「時雨の雨」歌に対して契沖書入が記す万葉一八六九、二二一六番歌を指す。どちらも『美濃』では本歌に採用されない。『美濃』が採用する本歌は万葉二一九六歌。

〔付記〕

本章執筆にあたり、本居宣長記念館の吉田悦之元館長には、貴重な資料の閲覧、及び撮影の許可を頂きました。謹んで御礼申し上げます。また撮影機材の協力を頂いた稲吉亮太氏にも感謝申し上げます。

第四章　宣長の新古今集注釈における本歌認定
――手沢本『新古今和歌集』書入と『美濃の家づと』の相違に着目して――

はじめに

本居宣長の本歌取歌解釈については、高橋俊和が「本歌の詞を本歌の中の意味・情を含んだものとして採用するという本歌取りの態度[1]」と規定した。本書ではこれまでこの指摘を受け継ぐ形で『草庵集玉箒』及び『美濃の家づと』（以下、『美濃』）を対象に宣長の本歌取歌解釈のより細かな分析的視点の諸相を次のように析出してきた。

(A)本歌の詞の意味内容を変容させて新歌に利用する本歌取
(B)本歌と同一の歌境を新たな視点から捉える本歌取
(C)本歌の詩的世界に依拠しつつ展開を加える本歌取
(D)本歌に応和する本歌取
(E)心中の歌境を詠出するため本歌の詞を利用する本歌取
(F)本歌の詞を同系統の別の詞に置き換える本歌取
(G)本歌を二首取る本歌取

(H)縁語的連想による本歌取

(I)本歌の趣向を変えない本歌取／本歌の詩句と変わらない本歌取

(J)摂取されていない本歌の詞を読み込む本歌取

この結果を踏まえ、特に石原正明『尾張廼家苞』(以下『尾張』)における本歌取解釈を、寺島恒世の「本歌取りは詞を取る方法である」(2)という宣長とは相対立する性格規定を参照し「詞を取る本歌取」としたうえで、宣長の本歌取歌解釈の傾向を「心を取る本歌取」と定めた。また(H)縁語的連想による本歌取を析出したことから、野口武彦・渡部泰明らに指摘されてきた宣長における縁語を通じた詞の秩序の重視を(3)、本歌取歌解釈の実践の中で再度、指摘してきた。

本章では以上を踏まえた上で、本居宣長記念館所蔵宣長手沢本『新古今和歌集』における書入(以下、「宣長手沢本書入」)本歌と、『美濃』における本歌取歌への評釈において認定された本歌の異同についての定量的な分析から始めて、宣長による本歌の選定と、本歌取歌解釈における意味内容の読み込み、及び修辞表現に関する態度の傾向を定性的に分析する。

第一節　本歌認定の定量分析による傾向

まずは「宣長手沢本書入」と『美濃』との本歌認定の関係について定量的な事実を確認しておく。

「宣長手沢本書入」については、『美濃』において本歌取として解釈される新古今歌一七二首に対する書入を翻刻し、その際、「宣長手沢本書入」の大部分が『新古今和歌集』への契沖による書入(以下、「契沖書入」)の引き写しであること、しかし一定数において「契沖書入」の内容と一致しないこと、及び『美濃』における本歌認定とも一定数が一致しないことを前章で確認している。それゆえ、「宣長手沢本書入」と『美濃』における本歌の異同の分析を、事前に析出した本歌取歌解釈の分析的視点を通じて行うことで、「宣長手沢本書入」から『美濃』において本歌認定の変更が行われた際に、どのような分析的視点が採用される傾向にあるのかを明らかにすることができると考えられる。

田中康二が明らかにしたように、[4]『美濃』は、東常縁『新古今集聞書』（以下、『聞書』）・細川幽斎『増補新古今集聞書』（以下、『増補聞書』）の古注、加藤磐斎『新古今増抄』（以下、『増抄』）・北村季吟『八代集抄』の旧注、及び「契沖書入」の新注を批判的に受容して自らの評釈を記述している。その上で「宣長手沢本書入」は先に述べた通り、「契沖書入」の影響が最も強い。

この事実を踏まえて、本章での分析の対象を明確化する。『美濃』は『新古今和歌集』から六九六首を抄出し評釈を加えたものであり、その内、本歌取歌として解釈されている新古今歌は一七二首を数え上げることが出来る。その中から「宣長手沢本書入」・「契沖書入」・『美濃』における本歌の指摘においてそれぞれの組み合わせの中に一つでも異なるものがあるという基準を設けると、計七六首の新古今歌を抽出することができ、これを本章での主要な分析の対象とする。当該七六首の内、「宣長手沢本書入」と『美濃』の評釈との本歌が一致しないものは五四首、「宣長手沢本書入」と「契沖書入」とが一致しないものは三〇首を数える。

分析の対象とした新古今歌七六首と、それぞれに対する「宣長手沢本書入」、「契沖書入」、『美濃』における言及された先行歌を『新編国歌大観』（万葉歌は旧『国歌大観』）の歌番号に基づき、表として示す。さらにそれら先行歌に対して東常縁『聞書』、細川幽斎『増補聞書』、加藤磐斎『増抄』、北村季吟『八代集抄』における言及の有無を、それぞれ「常」「幽」「磐」「季」の略記号で示した。「分析視点」の欄に掲載したアルファベットは前掲の本歌取歌解釈の分析的視点の記号に従う。「B→C」のような表記は、「宣長手沢本書入」の段階では「B」だと解釈されるものが、『美濃』において「CJ」へと移行したことを示す。分析的視点の判断は筆者。

次頁の表で一覧する七六首のうち『美濃』において本歌取解釈についての言及を見出せないものを除き、前掲の本歌取歌解釈の分析的視点に沿って『美濃』における本歌取歌解釈を数量順に列挙すると以下のようになる。

(C)十九首
(B)十四首
(H)十二首
(J)十二首
(G)十首
(A)六首
(I)二首
(F)一首
(D)〇首
(E)〇首

(B)「本歌と同一の歌境を新たな視点から捉える本歌取」に比べて(C)「本歌の詩的世界に依拠しつつ展開を加える本歌取」の解釈が若干ではあるが数的に上回っている点、及び次節で詳しく検討するように「宣長手沢本書入」から『美濃』に至る過程で(B)から(C)へ解釈が変更されたとみなせる歌が三首見出せることは、宣長が本歌取歌を本歌の詩的世界を新歌にも積極的に読み込んで解釈する傾向にあることを示している。次に相対的に優位な数量を示している(H)「縁語的連想による本歌取」十二首、及び(J)「摂取されていない本歌の詞を読み込む本歌取」十二首という結果から『美濃』において、以上の二つの視点を重視していることを見て取ることが出来る。

歌番号	新古今歌人名	宣長書入本歌典拠	契沖書入本歌典拠	『美濃』本歌典拠	その他注釈書	分析視点
973	藤原家隆	万葉 2651	万葉 2651（本）	万葉 2651		A
		月清集 1094	月清集 1094			
982	藤原定家			伊勢 9 段		散文からの摂取
1032	寂蓮法師	後撰 209	後撰 209	後撰 209	季	CJ
		古今 562		古今 562	磐	
1036	式子内親王	古今 504	古今 504	古今 504		本歌との関係の指摘無し
		古今 670		古今 670	季	
1073	藤原良経	新古今 1071	新古今 1071（本）	新古今 1071	常・幽・磐・季	B
		古今 472				
		注釈	注釈			
1117	藤原定家	後撰 744	後撰 744（本）			AB
		新古今 1210		新古今 1210	幽・磐・季	
1118	寂蓮法師	古今 628		古今 628		ABG
				古今 650	季	
1119	藤原良経	後撰 960	後撰 960（本）	後撰 960	季	CG
		古今 650	古今 650（本）	古今 650	季	
		拾遺愚下 2633	拾遺愚下 2633			
		注釈	注釈			
1141	藤原良経	後拾遺 1162		後拾遺 1162	幽・磐・季	ABG
		後拾遺 1163	後拾遺 1163	後拾遺 1163	幽・磐・季	
1203	藤原秀能			古今 691	季	DG
				拾遺 782		
1204	式子内親王	古今 693	古今 693（本）	古今 693	幽・磐・季	本歌との関係の指摘無し
		古今 690		古今 690	常・幽・磐・季	
1273	藤原良経	拾遺 908	拾遺 908（本）	拾遺 908		評釈無し
		古今 528		古今 528	季	
1277	藤原有家	古今 691	古今 691（本）		磐・季	CJ
				拾遺 470		
1281	藤原秀能			拾遺 470		C
1285	俊成卿女	古今 770		古今 770	幽・季	本歌との関係の指摘無し
1286	二条院讃岐	後拾遺 1007	後拾遺 1007	後拾遺 1007		B
		新続古今 1213	新続古今 1213			
1288	源通光	源氏夕顔	源氏夕顔			H
		源氏蓬生		源氏蓬生	幽・（磐）・季	
1300	権中納言公経			古今 645	季	CG
				古今 646	季	
1315	藤原雅経	古今 516		古今 516	幽・磐・季	B
1317	藤原秀能	新古今 1499				CJ
				新古今 1013		
1320	藤原定家	古今六帖 1047	古今六帖 1047	古今六帖 1047		H
		古今六帖 1050	古今六帖 1050（本）			
1324	藤原定家	後拾遺 707	後拾遺 707			本歌との関係の指摘無し
		後拾遺 818	後拾遺 818（本）	後拾遺 818		
1326	俊成卿女	此詞つかひ女の歌に	此詞つかひ女の歌に	契沖が、女の歌めかずといへるは、いと心得ず		GH
				後撰 771		
				古今 609		
1328	式子内親王	古今 797		古今 797	季	C
1331	権中納言公経	源氏明石		源氏明石	季	本歌との関係の指摘無し
1332	藤原定家	伊勢 15 段		伊勢 15 段	幽・磐・季	G
		新古今 1716	新古今 1716（本）			
		源氏須磨	源氏須磨	源氏須磨	季	
		万葉 536	万葉 536	万葉 536		
		後撰 758				
1333	藤原雅経	詞花 213（拾）		詞花 213（拾遺に）	常・幽・磐・季	H
1455	藤原定家	新勅春下 110	新勅春下 110			H
		続古今 1530	続古今 1530			
		注釈	注釈			
				金葉 521		
1466	藤原雅経			新古今 108		本歌との関係の指摘無し
1469	慈円	拾玉 4787	拾玉 4787			本歌との関係の指摘無し
		千載 75	千載 75			
		後拾遺 43		後拾遺 43	季	
1519	藤原良経	古今 691		古今 691	季	J
1522	藤原秀能	古今 184	古今 184（本）	古今 184	磐・季	I
		狭衣	狭衣			
1659	西行	新古今 1720		新古今 1720	常・幽・季	評釈無し
1661	慈円			新古今 1620		H
1803	藤原俊成	文選	文選			本歌との関係の指摘無し
		源氏橋姫	源氏橋姫	源氏橋姫		
		古今六帖 2553	古今六帖 2553			
		源氏葵	源氏葵		幽・磐・季	
1939	寂蓮法師	往生要集	往生要集		季	CJ
				新古今 757	磐・季	

歌番号	新古今歌人名	宣長書入本歌典拠	契沖書入本歌典拠	『美濃』本歌典拠	その他注釈書	分析視点
45	藤原家隆	古今 747		古今 747	磐・季	C
52	式子内親王	拾遺 1006	拾遺 1006			B→CJ
				源氏真木柱	常・幽・磐・季	
59	藤原俊成			古今 221	磐・季	C
98	藤原有家	万葉 495	万葉 495（本）	万葉 495	常・幽・磐・季	BH
		壬二集 2102				
135	後鳥羽上皇			古今 63	磐・季	AB
136	藤原良経			古今 63	磐・季	C
149	式子内親王	伊勢 45 段		伊勢 45 段	季	BH
169	寂蓮法師	貫之集 286	貫之集 286			H
		貫之集 341	貫之集 341			
				古今 311	常・幽・磐・季	
179	藤原俊成	注釈	注釈			BBG
		古今 797		古今 797	磐	
				古今 795	季	
232	藤原定家	万葉 2370	万葉 2370	万葉 2370	幽・磐・季	本歌取歌の否定的評価
		新勅撰 1064	新勅撰 1064			
254	藤原定家	古今 968	古今 968（本）	古今 968	幽・磐・季	J
		新古今 385	新古今 385			
256	式子内親王	和漢朗詠 151	和漢朗詠 151	和漢朗詠 151	磐・季	E の視点の消滅
		万葉 4291	万葉 4291（本）			
258	慈円	古今序	古今序			B
		古今 404	古今 404（本）	古今 404	磐・季	
293	藤原良経	伊勢 123 段	伊勢 123 段			I
		古今 969	古今 969	古今 969	幽・磐・季	
301	藤原俊成	夫木 2530	夫木 2530			C
		万葉 1634	万葉 1634（本）	万葉 1634		
320	藤原俊成		後拾遺 242	後拾遺 242		H
349	式子内親王	古今 242			幽・磐・季	B→CJ
		拾遺 770	拾遺 770	拾遺 770		
363	藤原定家	拾遺愚 1215				本歌との関係の指摘無し
		源氏明石		源氏明石	磐・季	
		紫式部日記				
366	鴨長明	古今 93	古今 93	古今 93	磐・季	本歌との関係の指摘無し
		続古今 472	続古今 472			
368	式子内親王	小町集 95	小町集 95			J（序詞）
				伊勢 32 段	幽・磐・季	
380	式子内親王	古今 947	古今 947	古今 947		B
		新勅撰 225	新勅撰 225			
412	源通光			万葉 1747		H
478	藤原良経	古今 248	古今 248			B→CJ
		古今 747	古今 747	古今 747	常・幽・磐・季	
484	式子内親王			和漢朗詠 345	常・幽・磐・季	本歌との関係の指摘無し
493	源通光	夫木 5376	夫木 5376			J
		夫木 5381	夫木 5381			
				後拾遺 324		
515	俊成卿女	源氏帚木	源氏帚木	源氏帚木	季	本歌との関係の指摘無し
		続千載 501	続千載 501			
517	後鳥羽院	後拾遺 273		後拾遺 273	季	評釈無し
522	寂連			新古今 620	磐・季	H
532	藤原定家	古今 250		古今 250	幽・磐・季	C
562	七條院大納言	古今六帖 915				本歌との関係の指摘無し
				後撰 1240	磐	
581	後鳥羽院	万葉 1869	万葉 1869			CJ
		万葉 2116	万葉 2116			
				万葉 2196	季	
614	後鳥羽院	源氏須磨　注釈		源氏須磨　注釈	幽・磐・季	G
		元真集 189	元真集 189（本）	元真集 189		
617	俊成卿女	源氏花宴	源氏花宴（本）	源氏花宴		G
		狭衣		狭衣	幽・磐・季	
635	藤原良経	源氏朝顔	源氏朝顔（本）	源氏朝顔		本歌との関係の指摘無し
		六百番 461	六百番 461			
639	藤原家隆	後拾遺 419	後拾遺 419（本）	後拾遺 419	幽・磐・季	B
		拾遺 242	拾遺 242（本）			
652	藤原雅経	万葉 2433	万葉 2433			B
		古今 522	古今 522	古今 522	磐・季	
740	寂蓮法師	古今 909		古今 909	磐	CJ
746	藤原良経	古今 983	古今 983（本）	古今 983		AF
		新古今 1854	新古今 1854（本）		幽・磐・季	
829	藤原良経	後拾遺 564	後拾遺 564（本）			C
		千載 835	千載 835			
		源氏若紫	源氏若紫	源氏若紫	季	
964	鴨長明			古今 987	幽・磐・季	本歌の詞の摂取が少ない

以上の定量的な分析結果を前提とした上で、次節以降は「宣長手沢本書入」と『美濃』との本歌認定の相違が認められる新古今歌評釈の定性的な分析に移る。先に示した定量的有意性に鑑みて、第二節では「心を取る本歌取」を代表する(C)本歌の詩的世界に依拠しつつ展開を加える本歌取と(J)摂取されていない本歌の詞を読み込む本歌取の視点から分析できる『美濃』の評釈を対象とし、第三節では縁語に関する(H)「縁語的連想による本歌取」の視点から分析できる『美濃』の評釈を対象とする。第四節ではその他、定量的に有意とは言えないものの、「宣長手沢本書入」という資料を介することで宣長の本歌取歌解釈の特質を浮かび上がらせることが可能となる個別の評釈についての分析を行う。

第二節 「心を取る本歌取」への傾向

『美濃』において見出される宣長の本歌取歌解釈の特徴が、石原正明『尾張』の解釈との対比において「心を取る本歌取」にあることを先に述べた。本節では、その「心を取る本歌取」を代表する(C)本歌の詩的世界に依拠しつつ展開を加える本歌取と(J)摂取されていない本歌の詞を読み込む本歌取が、宣長の本歌取歌解釈において好まれる傾向にあることを、「宣長手沢本書入」と『美濃』との本歌認定の相違の分析を通して明らかにする。まず、新古今四七八番歌（秋下・藤原良経）を参照しよう。

和歌所歌合に月下擣衣

里はあれて月やあらぬと恨みてもたれ淺ぢふに衣うつらん

いとめでたし、詞もいとめでたし、二の句は、かの春や昔の春ならぬ云々の歌の意にて、昔を忍ぶよし也、三の句てもは、常のてもとは意異にして、もは軽くそへたる詞にて、只恨みてといふこと也、此格のもも、例有ことなり、然るを恨みながらもといふ意に注したるは、いみしきひがことなり、一首の意は、里はあれて、浅茅生になりたる宿に、月夜にきぬたの音のするを聞て、誰ならん、さぞ月やあらぬ云々、と恨みてぞうつらんと、あはれに思へるなり、

この良経詠に対して、『美濃』では古今七四七番歌を本歌としており、伝統的な注釈、並びに現代の代表的な注釈もこれに従っている。一方で「契沖書入」では古今七四七番歌と共に古今二四八番歌が掲げられており、「宣長手沢本書入」もこれを踏襲している。今両首を挙げる。

月やあらぬ春や昔の春ならぬわが身ひとつはもとの身にして（古今・恋五・在原業平・七四七）
さとはあれて人はふりにしやどなれや庭もまがきも秋ののらなる（古今・秋上・遍昭・二四八）

「契沖書入」・「宣長手沢本書入」が言及する古今二四八番歌は、里は荒れ、その宿に住んでいる者も年老いて、宿は野のようになった、という趣意を持つ。古今二四八番歌を本歌とすれば、「里はあれて」という同一の歌境を共有しながらも、新歌では男に打ち捨てられた女が衣を擣つという悲哀が主想となっていることがわかる。すなわち、古今二四八番歌を本歌と考える「契沖書入」、及び「宣長手沢本書入」の段階では、良経詠を(B)本歌と同一の歌境を新たな視点から捉える本歌取の視点から、本歌と新歌を関係づけるような解釈があり得たと考えられる。

一方で古今七四七番歌のみを本歌としている『美濃』の注釈に従うならば、「二の句は、かの春や昔の春ならぬ云々の歌の意にて、昔を忍ぶよし也」と述べるように、当該本歌の一部の詞を摂取することで、その歌の全体の趣意を

新歌に読み込む解釈を示している。これは本論で(J)摂取されていない本歌の詞を読み込む本歌取として分析し得る視点である。その上で、一首の趣意として「里はあれて、浅茅生になりたる宿に、月夜にきぬたの音のするを聞て、誰ならん、さぞ月やあらぬ云々、と恨みてぞうつらんと、あはれに思へるなり」と述べるように、男に打ち捨てられた女が荒れた故郷で、古今七四七番歌を呟きながら、砧を打っている様が主想とされている。作中の登場人物が本歌となる歌を口ずさんでいるという情景は、新歌の詩的世界の中に本歌が含まれていることが前提となっていることから(C)本歌の詩的世界に依拠しつつ展開を加える本歌取としての解釈を取っていることがうかがえるのである。

それゆえ当該良経詠において「宣長手沢本書入」から『美濃』への本歌認定の相違を通してうかがえることは、(B)本歌と同一の歌境を新たな視点から捉える本歌取としての良経詠を解釈する方向性を示している「宣長手沢本書入」に対して、(C)本歌の詩的世界に依拠しつつ展開を加える本歌取と(J)摂取されていない本歌の詞を読み込む本歌取という解釈を『美濃』は採用したことを示しているのである。

以上は、古今二四八番歌と古今七四七番歌とのいずれか一方を本歌とした場合に見て取れる解釈の態度変更である。その上で、「宣長手沢本書入」には古今七四七番歌も書き入れられており、文献上の異同として見るならば、『美濃』では古今二四八番歌が削られたということになる。ここで当該新古今歌に対して古今七四七番歌のみを本歌として考える東常縁『聞書』に次のような注釈のあることが注目される。波線は筆者。

月やあらぬとは彼中将の西の台にて后の住給はぬまたの年の春思ひ出て行てみれば、むかしにも似ずあれはてゝ侍るに月独何心なくすめるを見て、月やあらぬと読る心を此茅屋に思合てあれたる里とはうらみながら、又行べきかたも侍らず残りゐて衣をうちたる心かすかにあはれなる哥なり。秋のよのいねがてなる月にむかひゐたる折しもかなしく砧の音のすめるを聞て、西台の事を思ひ出給ひし御心おそろしき事なり。姿詞長高く感情かぎりなき御哥也。

波線を付した箇所で述べられているのは、古今七四七番歌（『美濃』の本歌）に「荒れ果てた」という歌境が含まれているということである。その歌境を引き継ぎながら良経詠では衣を打つ女のあわれさが詠まれているとしている。この常縁の解釈を援用するならば、「里はあれて」という趣意を喚起するのに古今二四八番歌（「宣長手沢本書入」の本歌）を引く必要はなく、古今七四七番歌にその意が含まれているということになる。当該良経詠に関して宣長が『聞書』の解釈をどこまで参考にしたのかは詳らかではないが、仮に『聞書』の解釈を踏まえて古今七四七番歌から「里は荒れて」の趣意を引き出し、詞の上でも摂取しているという意識を持っていたのならば、良経詠「里はあれて月やあらぬと恨みてもたれ淺ぢふに衣うつらん」は(J)摂取されていない本歌の詞を読み込む本歌取として解釈されている色彩がより濃くなると考えることができる。

続いて新古今一二七七番歌（恋四・藤原有家）に関する本歌認定の異同を見よう。

千五百番歌合に
忘れじといひしばかりの名残とてその夜の月はめぐりきにけり
めでたし、わするなよ程は雲井に云々、此本歌の初句も、わするなよ我も忘れじと、たがひにいへる意こもりたれば、それをとりて、わすれじといひても、たがへることなし、二の句のばかりは、月の所へもひゞきて、おのづからその夜の月ばかりはといふ意に聞ゆ、

『美濃』では拾遺四七〇番歌を本歌として認定している。まずはこちらの本歌取解釈から検討しよう。

わするなよほどは雲ゐに成ぬともそら行く月の廻りあふまで（拾遺・雑上・橘忠幹・四七〇）

有家詠について、『美濃』で本歌とする拾遺歌の初句「わするなよ」が新歌では「忘れじと」と取りなされている。この初句の取りなしについて宣長は、本歌の初句「わするなよ」に「わするなよ我も忘れじ」という「たがひにいへる意」が含まれているとしている。つまり有家詠で本歌初句を「忘れじと」と詠みかえたとしてもその一言に、「わするなよ我も忘れじ」という作中主体の相手への願望と自らの決意という趣意が同様に含まれていると宣長は見るのである。[5] 宣長が「此本歌の初句も、わするなよ我も忘れじと、たがひにいへる意こもりたれば、それをとりて、わすれじとといひても、たがへることなし」というのは、そのことを述べているのである。この解釈は明確に(J)摂取されていない本歌の詞を読み込む本歌取を示している。

さらに注釈の後半部では「二の句のばかりは、月の所へもひゞきて、おのづからその夜の月ばかりはといふ意に聞ゆ」と述べる。本歌では「そら行く月の廻りあふ」ように二人もまた再びめぐり逢うことが願われていたが、新歌では「その夜の月ばかり」と解釈されることで、すなわち相手は訪れず、月だけが巡ってきたものとされる。本歌の詩的世界において願望された相手の訪れが、新歌では叶わなかったという趣意として解釈されていることがうかがわれ、(C)本歌の詩的世界に依拠しつつ展開を加える本歌取という視点を見出すことができるだろう。すなわち『美濃』において新古今一二七七番の有家詠は、(J)摂取されていない本歌の詞を読み込む本歌取に基づく(C)本歌の詩的世界に依拠しつつ展開を加える本歌取として解釈されていると考えることができる。

それでは「宣長手沢本書入」の段階では本歌はどう考えられていたのであろうか。「宣長手沢本書入」では「契沖書入」同様に、古今六九一番の素性歌が本歌とされている。いま該当歌を掲げる。

今こむといひしばかりに長月のありあけの月をまちいでつるかな（古今・恋四・素性・六九一）

この本歌の認定は『美濃』に先立つ先行注においては一般的であったもので、磐斎『増抄』では、

増抄、是も素性がいまこむとの歌をおもへるにや。わすれずいまこむといひしは、偽にてきもせず、そのよのなごりには月ばかり、そのごとくにめぐりきにけりと也。

とあり、季吟の『八代集抄』も同様に素性歌を本歌と考える。

是も、〽今こんといひし斗の哥を用てなり。忘れじといひし斗に、其名残とて其逢契りし夜の月ばかりはめぐりきて、其人は影もなきよしなるべし。

本歌取歌としての解釈についても、磐斎と季吟とは同様の見解を示していると認めてよいだろう。磐斎は、本歌で詠まれた「忘れずにすぐに行こう」と言ったのは偽りで、来ることもなく、その約束を交わした夜の名残としての月だけが、その時と同じように巡ってきた、とする解釈を述べている。また季吟も、「忘れることはない」と言った言葉だけで、その名残として会うことを約束した夜の月だけが巡り来て、約束した人は影もない、と自身の解釈を述べる。両解釈共に本歌で約束を交わしたという詩的世界を前提にして、新歌ではその約束が果たされないまま男は訪れず、その夜の月だけが巡ってきたという解釈であり、(C)本歌の詩的世界に依拠しつつ展開を加える本歌取

という視点からの解釈であり、この点は『美濃』のように拾遺四七〇番歌を(C)本歌の詩的世界に依拠しつつ展開を加える本歌取と考えたものと変わらない。

その上で、磐斎と季吟とで異なる解釈上の対立点は、(J)摂取されていない本歌の詞を読み込む本歌取の視点を取るか否かであると見なすことができる。磐斎は「わすれずいまこむといひしは」と述べ、素性歌から有家歌において直接摂取されていない「いまこむと」という意味内容を積極的に読み込んでいる。それに対して季吟は「忘れじといひし斗に」と述べ新古今歌の詞つづきにそのまま沿った記述をしており、「いまこむと」を有家歌の意味内容を記述する詞としては用いていない。解釈の傾向としては(J)摂取されていない本歌の詞を読み込む本歌取という観点を持つ磐斎『増抄』の方が宣長の解釈に近いことになる。そしてこの相違点こそが宣長の本歌取歌解釈においては重要であると言える。

新古今歌の本歌取歌解釈一般において(J)摂取されていない本歌の詞を読み込む本歌取という視点を取るか否かで宣長の解釈は、「詞を取る本歌取」として規定した正明の本歌取解釈と明確な対立を示していた。いま有家歌に対する『尾張』の注釈を見ると、本歌を『美濃』と同様に拾遺四七〇番歌とした上で、宣長の注釈の前半部に対して次のように述べている。

> 本歌はかやうにむつかしく取ものニあらず。忘るといひ、月といひ、めぐりといふが、本哥の詞なり。さて忘るなよをわすれじとよめるは、一首の活用にて、いかやうにも取なす也。一首の意は、月を見て忘れじといひし事のある、其なごりなりとて、かの契し夜の月がめぐり来たる事よとなり。

正明は宣長の本歌取歌解釈について「本歌はかやうにむつかしく取ものニあらず」と述べるように、その解釈を屈折したものに過ぎるという見解を表明している。一首全体の趣意としては季吟に近い解釈を行っていることが容易に見て取れるだろう。ここでさらに着目したいのは、「さて忘るなよをわすれじとよめるは、一首の活用にて、いかやうにも取なす也」と述べている点である。宣長は拾遺四七〇番歌を本歌として「忘れじ」という詞を導き出すために、初句「わするなよ」に「わするなよ我も忘れじ」という「たがひにいへる意」が含まれているという理路をわざわざ設定したのであり、その理路を迂遠だとするのが正明の見解であることが改めて見て取れるだろう。正明にとって有家詠に詠み込まれた「忘れじ」という詞は本歌「忘る」の「活用」であるに過ぎない。この見解の対立が、より一層、宣長にとって(J)摂取されていない本歌の詞を読み込む本歌取という本歌取歌解釈の視点が特異な重要性を持っていたことを浮き彫りにするだろう。

以上を踏まえた上で、では季吟から磐斎へ(6)、そして『美濃』へと至る本歌取歌解釈と本歌認定の異同が、いかなる推移を辿ったのかを考えてみたい。古今六九一番歌を本歌とする季吟は(C)本歌の詩的世界に依拠しつつ展開を加える本歌取という視点のみを読み込む一方で、同じく古今六九一番歌を本歌とする磐斎はそこに加えて(J)摂取されていない本歌の詞を読み込む本歌取の視点を取り入れていた。拾遺四七〇番歌を本歌とする『美濃』は結果的に(C)と(J)の視点から本歌を解釈したわけだが、それではなぜ磐斎的な読み方として古今六九一番歌を本歌としなかったのであろうか。

再び磐斎『増抄』を見てみよう。

増抄、是も素性がいまこむとの歌をおもへるにや。わすれずいまこむといひしは、偽にてきもせず、そのよのなごりには月ばかり、そのごとくにめぐりきにけりと也。

波線を付した「わすれず」は磐斎が本歌とする古今六九一番歌には詞としては現れないもので、有家歌の詞に基づくものである。この詞の由来を強調したのが拾遺歌を本歌とする『美濃』の解釈であると考えることが出来るだろう。宣長の解釈としては「忘るなよ」という詞の中に、「わするなよ我も忘れじ」という作中主体の心中での詞の連なりが含まれているということを強調しているのである。本歌の「忘るなよ」と新歌の「忘れじと」とは作中主体による一連なりの表現であり、詠み出された和歌の詞の表面には表れることはないが、しかし内容としては含み込まれていると考えられる表現を読み込む解釈にこそ(J)摂取されていない本歌の詞を読み込む本歌取という分析視点を持ち込む宣長本歌取歌解釈における傾向があると考えられる。

このような(J)摂取されていない本歌の詞を読み込む本歌取の傾向を「宣長手沢本書入」と『美濃』の本歌異同において端的に示すことのできる例が、第二部第二章でも取り上げた新古今四九三番歌（秋下・源通光）である。

河霧

明ぼのや川せの波のたかせ船くだすか人のそでの秋霧

めでたし、下句詞めでたし、二三の句は、船をくだせば、船にあたる波の音の高きをいふ、人の袖の秋霧とは、経信卿母の歌に、明ぬるか川せの霧のたえ〴〵に遠方人の袖の見ゆるは、とあるをとりて、花やかによみなせる也、されば此句は、袖のたえ〴〵に見ゆる意なるを、其詞をば、本歌にゆづりて、人の袖のといふ詞にて、本歌を思はせたる物なり、然るを或抄に、袖は霧にかくれてあるといふことなりと注せるは、いとをさなし、一首の意は、波の音高く聞え、又霧に人の袖のたえ〴〵見ゆるにつきて、高瀬舟をくだすにやと思へるさまなり、

『美濃』では本歌を次の後拾遺歌に取っている。

あけぬるかかはせのきりのたえだえにをちかた人のそでのみゆるは（後拾遺・秋上・源経信母・三二四）

「袖のたえ〲に見ゆる意なるを、其詞をば、本歌にゆづりて」という評釈からわかるように、(J)摂取されていない本歌の詞を読み込む本歌取の解釈の視点を明瞭に示す注釈である。

さてこの歌に関して「宣長手沢本書入」では「契沖書入」をそのまま引き写し、『夫木和歌抄』掲載歌二首を記すに止まる。また先行注においても『美濃』で引かれているような後拾遺歌に言及するものはない。この歌について正明は、

明の字、川、瀬、霧、人袖と云もじはあれど、かく物遠き哥をとりたりとも思はれず。詞を本歌にゆづるは、山鳥の尾のしだりをのに、永き夜といふ事をゆづり、《ママ》たりとある如く、聞えず。逆の義也。

と述べているように例によって、(J)摂取されていない本歌の詞を読み込む本歌取としての解釈を示す「本歌にゆづる」という本歌取解釈を認めていない。このことが翻って、宣長における(J)摂取されていない本歌の詞を読み込む本歌取という本歌取解釈の視点の重要性を証明することになるだろう。先行注において指摘のない本歌を認定し、後に正明には否定されるような本歌取の視点を読み込むことは、本歌取歌解釈において、(J)摂取されていない本歌の詞を読み込む本歌取の視点を持ち込むことで整合的な解釈としようとする宣長の傾向を見て取ることが出来るのである。以上のような本歌取歌解釈の態度を、宣長における「心を取る本歌取」の重視として規定するのである。

第三節　縁語的連想による本歌取への傾向

前節では宣長本歌取歌解釈における「心を取る本歌取」への傾向として、(C)本歌の詩的世界に依拠しつつ展開を加える本歌取と(J)摂取されていない本歌の詞を読み込む本歌取という解釈を行うあり様を、「宣長手沢本書入」と『美濃』とにおける本歌認定の相違の分析を通して示した。本節では、宣長本歌取歌解釈のもう一つの特徴である(H)縁語的連想による本歌取に関して、同様の手法で見ていくことにする。まずは『美濃』における新古今五二一番歌（秋下・寂蓮）の評釈を見よう。

摂政大将に侍けるとき百首歌よませ侍けるに

かさゝぎの雲のかけはし秋くれてよはには霜やさえ渡るらん

鵲の雲のかけはしとはいかゞ、雲井のといふことなるべきを、さはいひがたき故の、しひごとなるべし、又古歌におく霜の白きを見ればとあれば、其うへをめづらしくいはむこそほいならめ、たゞ霜やさえ渡るらんとのみにては、いとよわく、何の詮もなし、渡るといふ橋の縁のみ也、

【本歌】

かささぎのわたせる橋におくしものしろきをみれば夜ぞふけにける（新古今・冬・大伴家持・六二〇）

まず本歌の認定から確認すれば、この寂蓮歌に新古今六二〇番の家持歌を本歌として設定するのは、「契沖書入」には見えず「宣長手沢本書入」も何れの歌にも言及していない。その他先行注釈においては磐斎、季吟が以下のよ

うに触れるにとどまっている。

増抄云、家持、かさゝぎのわたせるはしにをく霜のしろきをみればよぞ更にける、これをおもへるなるべし。かさゝぎのくものかけはしとは空の事也。

彼、白きをみれば夜ぞふけにける、といふを取て暮秋の夜半のやう〳〵さえわたる空に銀河白く白雲棚引を見渡して、鳥鵲の雲梯も深夜の霜や置けんと想像心也。

寂蓮歌に対する宣長の評価は全体的に厳しい。上記『増抄』の「かさゝぎのくものかけはしとは空の事也」の記述に基づく宣長の判断であろうが、本来なら単に「雲井の」と言うべきところを、字数の関係から強いて「鵲の雲のかけはし」と詠んでいると難じている。そして、本歌との関係については、「古歌におく霜の白きを見ればとあれば、其うへをめづらしくいはむこそほいならめ、たゞ霜やさえ渡るらんとのみにては、いとよわく、何の詮もなし」と述べ、本歌家持詠を踏まえて「めづらしく」歌を詠み出そうとしたものであると考えている。窪田空穂『完本新古今和歌集評釈』[7]（以下、『完本評釈』）では、当該寂蓮歌を『美濃』同様に、新古今に入集した古歌家持詠を本歌とする本歌取と見た上で「事は同じである。ただ、夜のふけるのを、秋の暮れることに変えているだけである」と述べる。仮にこの歌の本歌取歌としての解釈を「夜のふけるのを、秋の暮れることに変えているだけ」と言うのであれば、この観点自体は本章の整理では(B)本歌と同一の歌境を新たな視点から捉える本歌取として捉え得る。しかし宣長は本歌を「めづらしくいはむ」とした寂蓮歌を内容の面では評価していない。「いとよわく、何の詮もなし」なのである。

その場合、本歌はいかに機能しているのかと言えば、宣長の評釈に従う限り縁語関係を導くために要請されているとしか考えらない。寂蓮歌の下句「霜やさえ渡るらん」は「渡るといふ橋の縁のみ」であるという。本歌における「かさゝぎの渡せる橋」における「渡る」と「橋」との関係は、「鵲が渡した橋」と考えられるように論理的な意味の次元で明確な結びつきを持っており、これをふつう縁語関係とは言わない。一方で寂蓮歌では「渡る」は「冴えわたる」の意に詠みかえられる。新歌でいわば補助動詞として用いられる「わたる」は「橋」と論理的な意味の結びつきを持たないことではじめて、寂蓮歌において縁語として機能することになるのである。本歌の詞の摂取としては(A)本歌の詞の意味内容を変容させて新歌に利用する本歌取と捉えられ、それゆえ新歌では「渡る」と「橋」に縁語関係が生まれるのである。宣長による本歌取歌解釈の分析的諸視点を前提にすれば、本歌である家持歌は新歌にとって縁語関係を成立させる典拠として機能していると考えることができる。

以上を本歌認定の相違という観点から捉え直してみる。前述の通り、「宣長手沢本書入」を含め先行注においては寂蓮歌に対して本歌が指摘されることは概してなかった。磐斎『増抄』において家持歌が本歌として言及されるが、それも本歌の指摘と語義の説明に過ぎないものであった。そのような解釈史の中で、宣長がこの寂蓮歌を本歌取歌として解釈をしようとした動機は、内容面での新規性が特にないと判断した歌に対して、本歌を設定することで、本歌の詞「わたる」（これは本歌では縁語としてみなされない詞であった）を新歌において「橋」との縁語関係を結ばせるためであったと考えられるだろう。「宣長手沢本書入」と『美濃』との本歌認定の相違という事実を基にすることで、当該寂蓮歌に対する『美濃』における本歌の設定が縁語関係を結ばせるという動機のもとに行われたことが浮かび上がってくる。

本歌認定の異同が(H)縁語的連想による本歌取の読みに関わっている例として新古今一四五五番（雑上・藤原定家）を見よう。

近衛づかさにて年久しくなりて後、うへのをのこども大内の花見にまかりけるによめる

春をへてみゆきになるゝ花の陰ふりゆく身をも哀れとやおもふ

めでたし、初二句は、春ごとの行幸に供奉して、なれたるよし也、近衛づかさは、必供奉すること也、三の句、陰なるゝといふによし有、さてみゆきといふに、花の雪をかねて、その縁にふりゆくといひて、我身の昇進もえせで、年のふりゆくにいひかけたり、身をもの〳〵じは、わが花の雪とふりゆくをあはれとおもふにつけて、花も又我をあはれとや思ふといふ意なり、もろともに哀とおもへ山ざくら云々。

【本歌】

もろともにあはれとおもへ山ざくらはなよりほかにしる人もなし（金葉・雑上・行尊・五二一）

当該歌に関しては諸注で金葉集歌を引いているものは見当たらず、「契沖書入」や「宣長手沢本書入」にも記載されない。宣長の注釈に沿って当該定家詠を解釈すると、「みゆき」が「行幸」と「み雪」の掛詞となっており、その「みゆき」に落下を象徴する「花の雪」が兼ねられているとする。本歌から摂取された「花」は、定家詠では「花の雪」を含意することで、その縁である「ふりゆく」を導くことになる。「ふりゆく」も掛詞として、花の雪の「降りゆく」を含みながら、年の「古りゆく」へと意味を乗り換え、擬人法的に「花」の視点に立ちながら花自らの落花をあはれと思い、また作中主体が年老いていくのをあはれと思っているのだろうか、という解となっている。

意味や修辞の解釈に関して諸注と大きな齟齬がない中で、あえて『美濃』で金葉集歌を本歌として記載したのは、本歌の意味内容を積極的には引き継いでいない点を鑑みるに、偏に「花」という詞の摂取から、新歌における(H)としての縁語的連想による詞つづきを強調する意図があるものと考えられる。

最後にもう一例、第二部第二章でも扱った新古今一三二六番歌（恋四・俊成卿女）を本歌の異同という観点から見てみよう。

被忘恋

露はらふ寐覚は秋の昔にて見はてぬ夢にのこるおも影

いとめでたし、詞めでたし、露はらふは涙にて、露といへるは、秋の縁なり、秋の昔とは、秋は人にあかれたる今のことにて、其今よりいへば、いまだ人のかはらで、逢見しことは、昔なるよしなり、然らばたゞむかしにてとのみいひてもよかるべきに、秋のといへるは、いかにといふに、此歌にては、秋のといふことなくては、逢見し事は昔にて、今はあかれたる意、あらはれがたければ也、一首の意は、人にあかれ忘られたるころ、夢に又逢と見たるが、見はてもせず、早くさめたる時によめる意にて、其夢さめたれば、もとのあかれたる時にて、夢に見たる逢事は、昔のことにて、たゞ其夢の面影のみ残りて、涙をながすとなり、此歌を、契沖が、女の歌めかずといへるは、いと心得ず、【後撰はらふばかりの露や何なり、古今見はてぬ夢の覚る也けり、】

改めて本歌の全文を示す。

涙河ながすねざめもあるものをはらふばかりのつゆやなになり（後撰・恋三・読人しらず・七七一）

いのちにもまさりてをしくある物は見はてぬゆめのさむるなりけり（古今・恋二・壬生忠岑・六〇九）

該当歌における「宣長手沢本書入」では「契沖書入」同様、本歌の記載はない。先行注においても本歌の記載はなく、この一三二六番歌に対しては宣長が『美濃』において自身の解釈に基づき二首の本歌を付け加えたことになる。久保田淳『新古今和歌集全注釈』(8)（以下、『全注釈』）では参考歌として同二首を掲げるにとどまる。宣長は自身の評釈で「露はらふは涙にて、露といへるは、秋の縁なり」と言っている。このことは、本歌として付け加えた後撰七七一番歌から摂取した「露」に対して本歌では「秋」を詠みなすことで縁語関係を成立させる、という(H)縁語的連想による本歌取の読みを行っていることを示している。

前掲野口や渡部によって宣長の古典解釈態度に関する「縁語」に対する強い志向性が指摘されており、我々もまた本歌取歌解釈の視点として(H)縁語的連想による本歌取を析出していた。その上で、本節では「宣長手沢本書入」と『美濃』とにおける本歌認定の相違の分析を通して、先行注釈における解釈や本歌の認定と異なる見解を提示することで、(H)縁語的連想による本歌取が、単に宣長の本歌取歌解釈における分析的視点の一つにとどまらず、一首に本歌とその詞を想定することで、縁語関係を切り結ばせ、和歌として成立させようとする様を示した。

第四節　分節的解釈と一つの視点の消滅

本節では、まとまった分量ではないものの、「宣長手沢本書入」の段階から『美濃』へと移行するに当たり、本歌の認定が変更されたもののうち、有意義な点を認められるものを取り上げる。まずは、(G)本歌を二首取る本歌取の視点を加えて、本歌と新歌との連なりを、より分節的に捉えるよう解釈の変更を行ったとみなせる例として、第二部第二章で(B)本歌と同一の歌境を新たな視点から捉える本歌取としていた一七九番、俊成卿女歌（夏）を見る。

夏のはじめのうた

をりふしもうつればかへつ世の中の人のこゝろのはなぞめのそでめでたし、本歌うつろふ物は世の中の人の心の花にぞ有ける、世中の人の心は花染の云々、初二句は、人の心のかはりやすきことは、男女の中のみならず、をりふしのうつるにも、うつりかはるよといへるにて、花染衣をすてて、夏衣になれることをいへる也、

【本歌】

色見えでうつろふ物は世中の人の心の花にぞ有りける（古今・恋歌五・小野小町・七九七）

世中の人の心は花ぞめのうつろひやすき色にぞありける（古今・恋歌五・読人しらず・七九五）

当該歌について「契沖書入」では以下のような注釈的記述のみで、本歌の指摘はない。

花ぞめとは、月草の花にてそむるをいへり。花の色にそめしたもとゝよめるは、その心桜色なれば、今のつゞけやう、似たる事とてあやまれり。

「宣長手沢本書入」は、契沖の注釈を引き写した上で、「契沖書入」にはない古今七九七番歌を書き加える。これは磐斎『増抄』において指摘されていたものである。また『美濃』に至ってさらに、季吟『八代集抄』において指摘のあった古今七九五番歌を加えている。

『美濃』は一首の解を、人の心が移り変わりやすいのは、男女の仲だけではなく、季節の移り変わりにも伴うものであり、春衣から夏衣へと移り変ることをも指す、としている。「宣長手沢本書入」において引かれていた古今

七九七番歌にのみ依拠した場合でも、本歌における趣意の中心であった「人の心の花」が、新歌では「男女の仲」へと変更されたと考えられ、(B)本歌と同一の歌境を新たな視点から捉える本歌取と整理できよう。『美濃』では、これに加えて『八代集抄』が指摘した古今七九五番歌が本歌として認定され、花染の移ろいやすさ（本歌では季節の移り変わりとは無関係で、単に褪せやすい染色法による衣の移り変わりやすさを象徴したものである）が織り込まれる解釈となっている。『美濃』の評釈において、新歌に付加された意味内容は「人の心が季節の移り変わりと共に変わること」と「春衣から夏衣へと変わった」という二点である。古今七九七番歌（「宣長手沢本書入」の本歌）における「花」は、見えない心の顕現の象徴であるが、古今七九五番歌（『美濃』で追加された本歌）における「花」は「花染」という詞つづきとなることで「褪せやすいもの」の象徴となっている。「花」が具象化され、それがさらに「褪せやすく移ろいやすいもの」という象徴的観念を想起させるという理路が整えられる。

俊成卿女詠の本歌取歌としての『美濃』の解釈は、本章で採用する分析的視点では(B)本歌と同一の歌境を新たな視点から捉える本歌取の範疇に含まれる。しかし、「宣長手沢本書入」時の本歌であった古今七九七番歌のみに基づいたとしても前述したように(B)本歌と同一の歌境を新たな視点から捉える本歌取として読むことができたのであった。その上で、『美濃』において(G)本歌を二首取る本歌取の視点から古今七九五番歌をも本歌に加えたことにより、解釈の分析的視点としては、本歌と新歌との連なりを、より分節的に捉えようとしている、すなわち「人の心が季節の移り変わりと共に変わること」と「春衣から夏衣へと変わった」という二重の新たな視点を新歌に見出していると言えるだろう。新古今一七九番歌に対する本歌の追加は、宣長の本歌取歌解釈における本歌と新歌との細かな連なりを読み込む姿勢を浮かび上がらせる。

本歌の選定に変更があるものの中で、本章において最後に見ておきたいものとして、(E)心中の歌境を詠出するため本歌の詞を利用する本歌取の視点の消滅を示しているような例を挙げたい。式子内親王の二五六番歌（夏）である。

百首歌奉りし時

まどちかき竹の葉すさぶ風の音にいとゞみじかきうたゝねの夢

朗詠に、風生《ズル》レ竹《ニ》夜窓間《ニ》臥《ス》、初句うたゝねによし有、二の句すさぶといふ詞おもしろし、ひたすら吹にもあらず、をり〳〵そよめくさまにて、夏のよによくかなへり、よのつねならば、そよぐとよむべきを、かくあるにて、殊にけしきあり、一言といへど、なほざりにはよむべからず、心を用ふべきわざなり、四の句はさらでだに夏の夜にてみじかき夢なるにいとゞなり、

「契沖書入」では万葉歌と和漢朗詠の詩が掲げられて、「宣長手沢本書入」も両者に従い、それぞれ「万十九　家持　わかやとのいさゝむら竹ふく風に声のかそけきこの夕かも」、「風生竹夜窓間臥　月照松時臺上行」として書き入れられている。『美濃』においては一転、他の先行注に従い和漢朗詠詩のみを本説とすることとなる。新歌の意味内容に留意した本歌の認定と考えられるが、万葉歌を本歌とした場合はどのような解釈が可能であろうか。

まず指摘しておくべきこととして「契沖書入」における万葉歌の表記が「ふく風に」となっており、「宣長手沢本書入」もその表記に従っていることである。このことから「宣長手沢本書入」が「契沖書入」の引き写しという性格を強く持つことが傍証される。契沖『萬葉代匠記』において当該歌は、「布《フ》久《ク》風《カセ》能《ノ》」[9]となっており、「契沖書入」では「に」、『萬葉代匠記』では「の」という相違を示していることから、そのことがうかがえるのである。当該歌の『萬葉代匠記』の注釈は主に語注であり、一首全体の趣意に及ばない。賀茂真淵『万葉考』では「春風のうら〳〵に音しづかなるにめづるなりけり[10]」と述べる。このことから考えるに当該万葉歌は春愁を思い、春の一日を詠う趣意をもつものである。

万葉歌を本歌とする本歌取としての解釈を進めるなら、両首に共通する詞は「竹」と「風」のみであるが、趣意にまで考えを及ぼすと「自らの邸宅に生える竹に吹く風」及び「その音が幽かである」という内容はここで問題としている新古今二五六番歌と本歌としての万葉歌において一致する。さらにその観点を推し進めると、新歌では下句に、夏の夜の短さが加えられており、(B)本歌と同一の歌境を新たな視点から捉える本歌取の視点として詠みなされていると言える。しかし一方で、万葉歌を本歌と想定した場合、詞の摂取が極めて断片的かつ、わずか二語に留まっている点が注目される。この点を考慮すると当該万葉歌を本歌とした際の本歌取歌解釈の分析的視点は、『草庵集玉箒』の本歌取歌解釈を分析した際に見出し得た(E)心中の歌境を詠出するため本歌の詞を利用する本歌取に符合する。(11)

結局、『美濃』では万葉歌が本歌として認定されることはなかった。そして当該万葉歌が本歌とされた場合に当てはまると思われる(E)心中の歌境を詠出するため本歌の詞を利用する本歌取の解釈が、『玉箒』から『美濃』へと移行する際に、その全体において姿を消しているという事実がある。この事実から推論される事態は以下の二つであろう。一つは、宣長が『新古今集』の手沢本に「契沖書入」を見ながら、相当程度機械的に書き入れを行っていた場合、自身が新古今歌には存在しないと考えていた(E)心中の歌境を詠出するため本歌の詞を利用する本歌取の視点からの本歌取歌解釈となる万葉歌も機械的に書き入れており、『美濃』を執筆する際に自らの新古今歌における本歌取歌解釈の基準に則って、本歌として採用しなかったという可能性。

もう一つには、「宣長手沢本書入」の段階で、自らの判断も相当程度踏まえて本歌の認定を行っていた場合、一度は「契沖書入」を参考にしながら(E)心中の歌境を詠出するため本歌の詞を利用する本歌取の視点として万葉歌を本歌としたが、『美濃』の執筆にあたって考え直し、最終的に本歌としての採用を見送った可能性がある。

手沢本への書き入れがどの程度機械的に行われたかについては、明らかに機械的な部分もあれば、そうでないと思われる部分もあるとしか言えず、当該新古今二五六番歌について明確にどちらであったのかを判断することはできないと言わざるを得ず、それゆえどちらの可能性も積極的に主張することはできない。しかしながら宣長の(E)心中の歌境を詠出するため本歌の詞を利用する本歌取の本歌取歌解釈に関する考察をここまで伸ばすことができたのは、「宣長手沢本書入」と『美濃』との本歌認定を比較することで初めて可能となったことであると言えよう。

おわりに

「宣長手沢本書入」と『美濃』との本歌の認定に関する相違を、本歌取歌解釈の分析的視点を踏まえて考察したことによって、宣長の本歌取歌解釈における傾向が明らかにできたことと思う。その傾向とは本歌取歌解釈の分析的視点に沿って言えば、(C)本歌の詩的世界に依拠しつつ展開を加える本歌取と(J)摂取されていない本歌の詞を読み込む本歌取を主軸とする「心を取る本歌取」への傾向、及び(H)縁語的連想による本歌取への傾向である。そしてこのことは、第二部第二章において『美濃』の本歌取歌解釈を分析した際に指摘したことと一致している。『美濃』という同一の注釈書に従って分析をしている以上、その結果は特に有意義なものではないと思われるかもしれない。しかし、本章では、もともと本歌として認定されていなかった先行歌が、(C)本歌の詩的世界に依拠しつつ展開を加える本歌取や(J)摂取されていない本歌の詞を読み込む本歌取、あるいは(H)縁語的連想による本歌取の解釈を導くためにあえて本歌として導入された様を示すこともできた。そのことによって、以上で述べた宣長の本歌取歌解釈における特定の傾向に、文献的な裏付けを与えることができたといえる。

また、数量的な有意性はないものの、(G)本歌を二首取る本歌取として本歌を二首考え合わせることによって、本歌取歌を構成する要素を、より細かく分節して解釈しようとする例を見出せたことや、また『玉箒』と『美濃』との本歌取歌解釈の分析的視点における(E)心中の歌境を詠出するため本歌の詞を利用する本歌取の視点の有無、という事態に対する文献学的な考察の素材を提供し得たことは、本研究の意義と言えるだろう。

以上の分析を通して、宣長が本歌取歌を解釈する際に、いかなる思考に基づいていたのかを明らかにすることができた。そしてこのことは、今後筆者の目指す宣長の古典注釈と彼自身の詠歌態度の比較研究に明確な基盤を準備したと言うことができる。

注

(1) 高橋俊和「和歌の『したてやう』」『本居宣長の歌学』(和泉書院・一九九六年)八五頁

(2) 寺島恒世「気韻の和歌　新古今注『尾張廼家苞』の要諦」(鈴木健一編『江戸の「知」――近世注釈の世界』森話社・二〇一〇年)二三一頁

(3) 野口武彦「本居宣長における詩語と古語」(『江戸文林切絵図』冬樹社・一九七九年)、及び渡部泰明「本居宣長と『新古今集』」(『中世和歌史論　様式と方法』岩波書店・二〇一七年)四四八―四四九頁

(4) 田中康二「先行注釈受容の方法」(『本居宣長の思考法』ぺりかん社・二〇〇五年)。なお『新古今集古注集成』(笠間書院)において「近世旧注編」に配される細川幽斎『増補新古今集聞書』を古注として記述しているのは、当該田中論の指摘に拠る。

(5) 本歌拾遺四七〇番歌の初句「忘るなよ」に対して、新歌では「忘れじと」とあることから一見、本歌の願望表現に対する新歌での応答として捉えることが出来るようにも思われる。もしそのように考えると、本章の整理では(D)本歌に応和する本歌取ということになる。しかし宣長の解釈としては「忘るなよ」という詞の中に、「わするなよ我も忘れじ」という作中主体の心中での詞の連なりが含まれているということを強調しているのであり、本歌の「忘るなよ」と新歌の「忘れじと」とは、一つの表現であり、応答関係にあるものではないと考えられる。むしろその読みにこそ、あえて(J)摂取されていない本歌の詞を読み込む本歌取という分析視点を持ち込む宣長本歌取歌解釈における傾向を見

て取ることができる。

（6）文献上の年代からすれば当然、加藤磐斎『増抄』が北村季吟『八代集抄』に先行しているわけであるが、本章では宣長の側から見た解釈視点の推移という視座を重視して、以上のような表現とする。

（7）窪田空穂『完本新古今和歌集評釈』（東京堂出版・一九六四―一九六五年）

（8）久保田淳『新古今和歌集全注釈』（角川学芸出版・二〇一一―二〇一二年）

（9）『契沖全集　第七巻』（岩波書店・一九七四年）に拠る。歌番号は旧『国歌大観』四二九一。

（10）『賀茂真淵全集　第五巻』（続群書類従完成会・一九八五年）に拠る。

（11）(E)心中の歌境を詠出するため本歌の詞を利用する本歌取とは、もともとこの分析的視点を措定する際に参照していた『愚問賢注』「本歌のとりやう」において「たゞ詞一つをとりたる歌」に基づくものであった。

〔付記〕

本文中の本歌は『新編国歌大観』に拠り、新古今歌の表記については、『美濃の家づと』（『本居宣長全集　第三巻』（筑摩書房・一九六九年、所収）に拠った。『新古今和歌集』の古注釈は全て『新古今集古注集成』（笠間書院）に拠った。

第三部
縁語論

第一章　本居宣長における評語「縁」と「よせ」の輪郭
――宣長の縁語解釈の解明に向けて――

はじめに

本居宣長の和歌解釈一般における先行研究において、「縁の重視」がその画一的な解釈態度への批判として夙に強調されてきた。本章ではこのことについて、そもそも宣長の評釈における「縁」に関わる評語が、どのような用法として用いられているかを明らかにすることを目的とする。

宣長の和歌解釈における縁の重視について、すでに宣長の門弟である石原正明（一七六〇～一八二一）が『尾張廼家苞』（一八一九年刊、以下『尾張』）の序文において以下のような指摘を行っている。

為家卿なん、当時の名匠にて、世にゆるされたる歌よみながら、秀逸抜群なる歌は一首もなく、只ぢはうに凡様なるのみにて、縁の詞など取あつめ、上下かけあはする事をしおぼえて、終身一律の全き瓦なり。さるわざはまねびやすきけにや、末代この風のみ多し。本居先生は、古学者にて、万葉以下の書に熟して、めでたき才覚なれば、抜群の論もあるべきを、かのかけ合などいふことになづみて、此集（筆者注：新古今和歌集）をしも

論ぜられたることなれば、たらひの水もて四大海の潮を論ずるがごとく、いたく堺を隔て、気概くだりたり。(1)

正明によれば藤原為家（一一九八〜一二七五）は「縁の詞など取あつめ、上下かけあはする」ことに拘泥する歌人であり、彼の流れをくむ二条派の末流に位置するとされる宣長は為家の詩作法を『新古今和歌集』の解釈へと当て嵌め、かけ合いや縁語を重視するあまり、和歌解釈における他の要素を軽視する傾向にあるという。この見解は宣長の同時代から現在に至るまで、彼の和歌解釈態度を記述する際の常套句になっていると言ってよい。荒木田久老（一七四七〜一八〇四）『信濃漫録』（一八二一年刊）でも以下のように評されている。

宣長は博覧卓識にして、その考も論も、先輩のおもひ得ぬ考、後進の企及ばぬ的論《ママ》多かれど、夫が中にも強言なきにしもあらず。また定家卿の歌に見わたせは花も紅葉もなかりけり、とよみ給へるは、なかりけりとつよくいひ捨たる所に風致有て、浦の苫やのさびしさも、見るがごとく身にしみていとめでたきを、宣長この歌を論じて、上を花ももみぢもなにはがたとかへたるは、いとよわく一首の風致を失へり。下をも芦のまろ屋とせる、難波がたに芦を取出たるはよし有て聞ゆれど、浦の苫屋のさびしからむさまにはいたくおとれり。歌ちふものは、この風致に言外の余情あるをめでたしとすべきなり。この風致といふことをしらで、たゞ理のみを先にして、縁語言葉のいひくさりを求て、自らよむにも他の歌を評するにも、此風致をわすれたるぞ多かりける。縁語詞のいひくさりを専《モハラ》とせる歌は、必丈《タケ》みじかく余情なくてめでたからぬものをや。(2)

宣長の見識を称揚する一方で「夫が中にも強言なきにしもあらず」と述べる。その「強言」とは、藤原定家新古今三六三番歌に対する宣長の評釈を例に述べられている。

　見わたせば花も紅葉もなかりけり浦のとまやの秋の夕暮

二三の句、明石巻の詞によられたるなるべけれど、けりといへる事いかゞ、其故は、けりといひては、上句、さぞ花もみぢなど有て、おもしろかるべき所と思ひたるに、来て見れば、花紅葉もなく、何の見るべき物もなき所にて有けるよ、といふ意になればなり、そも〳〵浦の苫屋の秋の夕は、花も紅葉もなかるべきは、もとよりの事なれば、今さら、なかりけりと、歎ずべきにはあらざるをや、我ならば見わたせば花ももみぢもなにはがたあしのまろ屋の秋の夕暮などぞよまましとぞ、ある人はいへる[3]、

この評釈に対する荒木田久老の分析は、「歌ちふものは、この風致に言外の余情あるをめでたしとすべきなり」という基準をもとに、もとの定家歌が「見わたせば花も紅葉もなかりけり」と言い切りのかたちとしている所に、「風致有て、浦の苫やのさびしさも、見るがごとく身にしみていとめでたき」価値があるとする。その定家歌の二句三句を宣長は「花も紅葉も難波潟」と改作することを提案し、「難波潟」の詞の連想から四句を「あしのまろ屋」へと書き換えている。荒木田久老に言わせれば、宣長の改作は「一首の風致を失」わせ、「たゞ理のみを先にして〈中略〉縁語詞のいひくさりを専とせる歌」となる。

このように宣長による定家歌改作については新古今解釈史上、多くの批判・批難が行われているが、特に野口武彦と鈴木淳が宣長の和歌解釈態度という観点から取り上げている論が注目される。定家の三六三番歌に対して野口武彦は主に「けり」の語学研究に基づく解釈を押し通す宣長の態度を中心に論じているが、同じく定家歌を改作した新古今四二〇番歌についての宣長の注釈として、

さむしろやまつよの秋の風ふけて月をかたしく宇治の橋姫

二三の句、詞めでたし、本歌さむしろに衣かたしき云々、こゝの歌も、思ひやりたるさまなれば、らむなどいふ詞なくてはいかゞ、又月のあへしらひの詞も、あらまほし、又さむしろやとうち出たるも、いせのうみや、難波江やなどいへるとは、やうかはりて、よろしくも聞えず、或人の云、さむしろにまつ夜の月をかたしきて更行影やうぢの橋姫、などぞあらまし、

とあるのに対し、宣長の言う「月のあへしらひの詞も、あらまほし」とは「『月』と呼応する縁語も必要[4]」であると解説し、改作された「さむしろにまつ夜の月をかたしきて更行影やうぢの橋姫」の「影」が月の縁語として配されたと述べる。そして縁語関係の読み込みについて、石原正明の見解を肯定しながら、また荒木田久老が「この風致といふことをしらで、たゞ理のみを先にして〈中略〉縁語詞のいひくさりを専とせる」と述べたものとも同様に、宣長の解釈に対して縁語表現に代表される詞のつながりを過度に重視するという見解を次のように記述している。

宣長が「つゞけざま」の問題としてもっぱら重視するのは、このようにさまざまな形態における言葉と言葉のつながりである。その点たしかに、『尾張の家づと』が、宣長の解釈には縁語や懸詞にこだわりすぎるきらいがある（定家の「さむしろに」の歌の改作参照）と難じたのもうなずけないことはない。そればかりでなく、宣長はしばしば歌意の明晰さを求めるあまりに、いかにも理に落ちたといわざるをえないような問題にこだわりすぎるのである。[5]

この野口の論を受けた鈴木淳は、改めて定家の三六三番歌の改作について、「浦のとまや」の「あしのまろ屋」

への変更には宣長が縁語表現を読み込もうとする態度が関係しているという。そしてその縁語表現の読み込みは、かつて石原正明が藤原為家の歌風を批判していたものと同様の論理で、「ありきたりな表現」に定家歌をしてしまうことを次のように述べる。

宣長が、この縁語表現によつて意図したところは、一般に縁語のはたらきがさうであるごとく、一首をより整合的な表現にするといふ事に尽きる。しかし、縁語は、その頻用度が高いもの、したがつて呼応の関係の強いものほど、表現にまとまりを与へる一方、ありきたりな表現になりやすい事も事実である。(6)

以上の諸論考は宣長の注釈の言葉に沿いながら彼の注釈態度、ひいてはその思考様式の解明にまで迫ろうとするものであり、そこで主張されていたことは、縁語表現に代表される詞のつづきざまにこだわるという宣長の解釈態度であった。本書第二部第二章でも、宣長による本歌取歌の解釈において、本歌の縁語表現を新歌に読み込む姿勢を指摘し、宣長における縁の重視の一側面を指摘した。

宣長が広く詞のつづきざまという意味での縁語表現を重視していた、という指摘は間違いないだろう。しかしながら、これまでの研究においては必ずしも宣長の注釈における、縁語表現という視点に包摂される評語の用法が確定していたわけではないと言わねばならない。宣長が縁語表現に関わる評語として用いているものを抜き出してみると、「縁」「縁語」「縁の語」「縁の詞」「あへしらひ」「かけ合い」「よせ」などを挙げることができる。(7) 先行研究ではこれらを大まかに縁語表現として扱っているように思われるが、(8) 宣長の評釈における用例を見ていくと、それらを全て「縁語」と同一視するような処理では不十分であることが見えてくる。例えば、「よせ」は一般に「縁語」と同義であるとされる。(9) しかしそのような視点で見たとき、新古今一七四〇番の慈円歌に対して、宣長が次のように評釈している記述を整合的に解釈することができない。

世の中のはれ行空にふる霜のうき身ばかりぞおき所なき

一二句は、みだれたる世の、をさまれる世にかへることと聞ゆ、されど世中のはれゆくといへるつゞき、ことやう也、ふる霜は身のふりぬるをいへり、されどおくといへる縁のみにて、霜のよせなく聞ゆ、

この評釈に見える宣長の縁語に関わる用例を現在の一般的な縁語理解を通して補足してみる。まず「ふり」が「(霜が)降る」と「(身が)古る」との掛詞であることが指摘される。その上で、一首の趣意の中心は下句に詠まれる「自らのうき身がその置き所がない」という心情表現であるが、そこに含まれる「おき」が、一首内の言葉としては意味の論理的繋がりを持たない「霜」と縁語関係にある。この評釈中の「縁」の用法に関してはそのように理解すれば現行の縁語理解と異なることはない。しかし、宣長は「おくといへる縁のみにて、霜のよせなく聞ゆ」と述べている。「縁」と「よせ」を同一の縁語という用語として解釈することができない例であり、それはすなわち「縁」と「よせ」とを弁別して記述・理解しなければならないことを示している。冒頭に述べたように、それこそが本章の目的である。

先の新古今一七四〇番の慈円歌に対する宣長評釈の補足解説に際して、「現在の一般的な縁語理解」と既成事実のように述べた。しかし、縁語の解釈については現在においても必ずしも統一的な見解があるとは言えない。それゆえ本章ではまず第一節において、現在の縁語に対する理解の整理を行う。次いで第二節・第三節において、宣長の注釈の言に従って、縁語表現に関する評語のうち「縁」と「よせ」に対象を絞ってその内実を第一節において整理した縁語の構成要件を参照しながら記述する。

第一節　「縁語」の構成要件

「縁語」について『和歌大辞典』は次のように記述している。

縁の詞・縁続き・うへした・よせ・かけあひとも。和歌において発達した修辞法の一つ。一首の中である語が用いられると、その語と密接な関係を持つ語を選び用いることで、連想による気分的な連接をはかる手法。〈中略〉初期の自然発生的なものから徐々に意識化されてきたものだけに、縁語関係の認定には明確な基準は乏しく、社会的慣用の積み重ねを経て歌語として一定の定質性を獲得した表象関連について言われる。更に同一の表象の連接でも、それが通常の論理的文脈の中に置かれている場合については認めず、意味的な断絶をこえた連想による結びつき（多くは掛詞と共存することで）について認定するのが普通である。(10)

この説明によれば、ある語と語に関して縁語関係を認める基準は「社会的慣用」に基づくものである。そして同様に述べられているように「明確な基準が乏しい」以上、縁語関係の認定に関しては前提を緩く共有しながらも、各解釈者の視座に委ねられるほかないというのが現状だろう。しかしまた以上の記述では縁語には掛詞が関わることが多いこと、そして「通常の論理的文脈の中に置かれている場合については認め」ないことが普通だとする。先に慈円一七四〇番歌について補足を加えた際にも、以上の基準を用いたのであった。

このように縁語関係の認定に関しては必ずしも共通の規定を求めることができない。しかし本論で宣長の縁に関する解釈を記述する際には、参照軸となるようなある程度明確な基準を設定しておくことが望ましい。その基準との対照から宣長の解釈上の特徴を指摘しうるからである。そこで、明確な基準を試案的に提出している小野美智子「縁語の認定」[11]を参照することにする。小野は「その定義や認定法についての標準的・統一的な見解は提出されているとは言い難い」[12]ことを確認したうえで、種々の見解を整理している。いま小野の論に従って縁語認定における構成要件を列挙すると、以下のようにまとめることができる。

（1）語同士が同一の連想の表象であること
（2a）同音異義の掛詞が介在すること
（2b）同一語異義の掛詞が介在すること
（3）掛詞の二重の意味が物象叙述と心象叙述とに分かれ、物象叙述の系列が縁語関係を構成すること
（4）語同士が論理的文脈の中に置かれていないこと

（1）について同一の連想の表象としての語の結びつき自体は、先にも見たように固定的に定まっているわけではなく、あくまで「社会的慣用」に基づくものであるとし、時として詠作者・解釈者の主観によるところが大きい。（2）と（3）を同時に見ると、（2）の規定は縁語の構成要件として掛詞を挙げるものであるが、それを踏まえてまずは（3）についてみると、小野は鈴木日出男による「心物対応構造」を参照しながら、縁語に関わる掛詞は多く物象叙述と心情叙述に分かれることを指摘し、物象叙述の系列が縁語関係を構成すると述べている。掛詞における物象叙述と心情叙述とは鈴木の論の中で多用される概念であるが、本論では自然に関する意味と人事に関する意味とが、掛詞の二重の意味として含まれやすい、といった広い意味で捉えたい。以上のことを小野が提示する例を見ながら確認する。

すずか山うき世をよそにふりすてていかになり行く我が身なるらむ（新古今・雑中・西行・一六一三）

この歌では「すずか山」の「鈴」が、「ふりすてて」の「振り」及び「なり行く」の「鳴り」と縁語関係を持っている。一首の表面に現れる意味として、人事に関わる「世をふり捨てて」、「どのように成って行くのか」という系列がある。一方で一首の意味としては顕在化しない、「すずか山」の「鈴」に対する、「振り」と「鳴り」とがある。このように掛詞における二重の意味のうち、自然に関する意味が顕在化しないかたちで、一首の中で関連の深い語と共起する場合に、縁語の認定をするというのが（3）の規定である。

翻って（2）に戻り（2a）と（2b）の別を見ると、掛詞が同音異義であるか、同一語異義であるかの区別がなされている。例えば、

とぶとりのこゑもきこえぬ奥山のふかき心を人はしらなむ（古今・恋一・読人しらず・五三五）

において「奥山」と「ふかき」が縁語関係にあるとされる。この「ふかき」は、物象叙述の系列においては「奥山の深き」となり、心象叙述の系列においても「深き心」となり、どちらも「深き」という漢字を配して理解される「同一語」であると考えられる。その際、一般に「あき」が「秋」と「飽き」のように同音異義である場合のような掛詞ではないと認定するのが（2a）の立場であり、その視点はそのまま同音異義の掛詞が介在しない古今五三五番歌に縁語の存在は認めないとする立場となる。[13]一方でこの「ふかき」を物象叙述と心象叙述とで意の異なる「同一語異義」による掛詞であるとみなして、（2a）の立場に反して古今五三五番歌に縁語関係を認めるのが（2b）の立場である。[14]

（4）語同士が論理的文脈の中に置かれていないこと、に関してはこれまでも見てきたように、一首の中で「社

会的慣用」に基づく関連の深い語が、統語上の関係や修飾語と被修飾語の関係のような論理的な意味のつながりを持っていないことを構成要件とするものである。

以上、小野が提出した縁語を認定する際の構成要件を概観したが、本章では、宣長が縁語に関するみずからの評語である「縁」と「よせ」を用いた際に、以上の基準に照らした際に、どこまでがその基準に沿っており、どこまでが基準外の事柄を含んでいるのかを知る参照軸として用いることとする。言うまでもなく、本章の目的は宣長の評語の輪郭を描く事にあり、以上の基準を宣長の評語に当てはめていく作業ではないことを付言して、第二節以降の考察を始めることとしたい。

第二節　宣長の評語「縁」

第一項　「縁」と一首の趣向

宣長における評語「縁」に関する分析を始めるにあたり、まずは彼の最初の注釈書である『草庵集玉箒』(以下、『玉箒』)における用法を確認する。『玉箒』において評語「縁」を最初に目にするのは春上二二番歌(二四四頁)[15]の注においてである。そこでは「縁」について以下のように述べられている。

野若菜

わかなつむ雪間もなきを故郷のみかさの野へにさしてきぬらん

諺解云。さしては笠の縁の詞也。さしてとは其所へさし向て行也。三笠の野べは都ちかき所なれば。雪も早くとけぬべきまゝ。若菜つむべきとさして来しに。雪もまだとけずして。わかなをつむにはかゞしか

らぬ故。かく雪間のなき所にさして来つらん事よ。こまじき物をと心をこめたる也。〈後略〉
○今按。諺解にさしては笠の縁の詞也とのみいへるは事たらず。本より縁の語をとりて。一首の趣向とせし也。ただ何となく縁の語なると。それを趣向にしたるとが有也。此歌は三笠にさしてといへるが趣向也。又さしてとは其所へさし向《ムキ》て行也といへるも。少したがへり。さしては其所へと心ざして。当所《アテドコロ》にしてゆく意也。さらでは歌の心たしかならず。〈中略〉又此らんは。事《コト》を疑《ウタガ》はずして。所以《ユヱ》をうたがふらん也。此歌にていはば。さして来つる事を疑ふにはあらで。さして来つる所以《ユヱ》を疑《フ》也。雪間もなきものを。みかさののべにとさして来ぬる哉。なにゆゑにこゝをしも心ざして来ぬらんといふ意也。〈中略〉歌の意は。故郷ちかき野べゆゑ。わきて雪間もなき物を。こゝにも若菜つまんとさして来ぬるかな。何故にこゝへはさして来ぬる事そと也。三笠にさして来ぬるといふが趣意也。〈後略〉

ここで「さしては笠の縁の詞」と言うのは、「心ざして」という「さして」が同音異義の「差す」（2ａ）、として「笠」に対して「（笠を）差す」という語同士の連想上の繋がりを持っていることを表していると考えてよいだろう（1）。またこの一首について見れば、「縁の詞」としての「さして」は「（笠を）差して」のような論理的文脈を持っていないことも見て取れる（4）。そして「さして」を掛詞として見たとき、「（笠を）差す」と「心ざして」というように、自然に関する事柄と人事に関する事柄とに分かれていることも見て取れる（3）。以上を見るとこの用例では小野による縁語の定義（1）～（4）をすべて満たしていると言える。

以上を確認したうえで、宣長の評釈を見てみると、一首のうちで「縁の詞」ないし「縁の語」がどのように作用するかについて二様の区別を行っていることが見て取れる。一つは「縁の語」を「趣向にしたる」ものと、もう一つには「ただ何となく縁の語」である場合、すなわち「縁の語」が一首の趣向に関わらない場合である。

宣長が主張する「縁の語」としての「さして」が一首の趣向であるとは、「三笠にさして来ぬるといふが趣意也」と言うように、上句の、若菜を摘むことのできるような雪が解けた場所もない、が一首の趣向ではなく、「縁の語」を詞として含む下句の、三笠の地を目指してやって来た、という点に一首の趣向を認めていることを示している。

では、「縁の語」が一首の趣向に関わらないのはどのような場合であろうか。『玉箒』の八九三番歌（三四二頁）に「みだるゝの詞は玉《ノ》緒の縁をとれるのみ也」という評言を含む注釈がある。

　　恋歌の中に
玉のをのとくる心も見えなくに我のみなどかおもひみだるゝ

諺解云。此玉緒は命にあらず。玉を貫たる緒也。云々　玉をつらぬきたる緒は。とけねばみだれはせず。緒がとけてこそ。玉はみだるゝ物なるに。玉のをのとけずしてはなどか乱るらん。我も人の心のうちとけてこそ。うきつらきも有て思ひみだるべきに。人の心のとけもせずして。我心計はなどかみだるらんと也。

〇今按。歌の心は。人の心もうちとけて。たがひに思はばこそ。我も思ふべき事なれ。今わが中は。人の心はとくるとも見えぬに。我のみなどかく片《カタ》思ひに人をおもひみだるゝ事ぞといふ意を。玉の緒の縁の詞にてしたてたる物也。諺解に人の心のうちとけてこそ。うきつらきも有て。思ひみだるべきにといへるは大に義理そむけり。いまだうちとけぬによりてこそ。うきつらきには思ひ乱るべき事なれ。既にうちとけたらんには。何の思ひみだるゝ事の有べきぞ。うちとけて後にうきつらき事のあるは又別義にて。こゝにはあづからず。今はたゞ心のとくるととけぬとにつきていふべき事也。たとへの玉《ノ》緒の方には。とくるによりてみだるゝ心あれ共。その道理を以てたとへたる歌にはあらず。恋の意はたゞ思ひといふが詮《セン》にて。みだるゝの詞は玉《ノ》緒の縁をとれるのみ也。然るに。たとへ物の心を以て。こと〴〵く恋の方へ合せて注せるはひが事也。これぞ道理をいひつめていやしきといふ物也ける。

宣長の述べる「歌の心」を見ると、ここでの「玉の緒」は「とくる」を導く枕詞として捉えられ、その「縁の詞」である「みだるゝ」と共に一首の趣向には表れないものとして捉えられている。そのことは、『諺解』が「玉の緒」を「玉を貫たる緒也」として顕在的に一首の趣意の中に読み込み、その「玉の緒」が乱れるように「我心計はなどかみだるらん」を一首の趣意の中心として解釈していることに、宣長の批判が向けられていることからもうかがえる。宣長は「恋の意はたゞ思ひといふが詮にて。みだるゝの詞は玉《ノ》緒の縁をとれるのみ也」と述べるように、初句と結句とに配した「縁の詞」を通して「したて」た一首は、その「縁」のある詞は趣向とはならずに、相手の心が打ち解けていないにもかかわらず、自分だけが一方的に思う、が趣向の中心となるのだと述べている。

このように、二二番歌で述べられていた「本より縁の語をとりて。一首の趣向とせし也。ただ何となく縁の語なると。それを趣向にしたるとが有也」という評言に見て取れる「縁の語」が一首の趣向となるものと、いま八九三番歌に見た一首の趣向に関わらないものとが、宣長の「縁」という解釈の中で弁別されているのである。

このような「縁」と一首の趣向との関係は、宣長の『新古今和歌集』に対する注釈書である『美濃の家づと』においてはどのように捉えられているのだろうか。『美濃』の評釈においては「縁」(16)が一首の趣向となることが『玉箒』で見たような形で積極的に言明されることはない。反対に、『玉箒』で「縁の語」が一首の趣向に関わらないことを指して述べていた「縁をとれるのみ」という表現に類する評釈が多くみられるようになる。新古今一〇二八番、藤原良経詠に対する評釈を見る。

和歌所歌合に久忍恋

いそのかみふるの神杉ふりぬれど色にはいでず露も時雨も

結句は、露にも時雨にもの意なり、されば三の句は、年をへてふるくなりたる意にて、露時雨のかたは、詞の縁のみなり、露もしぐれも降ぬれどとつゞく意にはあらず、さては詞とゝのはず、

ここで宣長の解釈の眼目は一首中の「ふり」が、結句の「露も時雨も」と論理的な意味関係を結ぶか否かにあると言ってよいであろう。宣長はそれを認めないわけだが、そのため三句に位置する「ふり」に対しては、「年をへてふるくなりたる意」に止まるとし、「露時雨のかたは詞の縁のみなり」という表現を用いている。

ここで「ふり」の解釈には掛詞として文脈を二重にするか、縁語として論理的な意味の文脈を形成しないようにするか、の二様を考えることができる。前者の解釈では「ふり」に「古り」と「降り」を掛け、神杉（に投影した自分）は年を経て古くなったが、露や時雨が降っても、色を変えることをしない、という趣意となろう。こちらは窪田空穂『完本新古今和歌集評釈』が取る解であり、そこでは「ふり」と「露時雨」の間に縁語関係は指摘されていない。[17]「ふり」が「降り」として「露時雨」と論理的な意味関係を有した解釈であるからである。一方で、一首の中での顕在的な意味としてはあくまで「ふり」は「古り」のみで、「露も時雨も」に対しては縁語としての「降り」を響かせるのみであるとする解釈がある。久保田淳『新古今和歌集全注釈』がこちらの解を取っていて、そこでは「ふり」と「露時雨」について縁語関係を指摘している。[18]宣長は後者の解を取るなかで、「露時雨のかたは詞の縁のみなり」として、一首の中で「露時雨」との「縁」としての意味である「降り」は顕在化しない解釈を示している。

このことは（4）の規定によく適っている。また宣長の解であれば、「ふり」は同音異義であり（2a）、一方の「古り」は人事に関する事柄、他方の「降り」は自然に関する事柄として、（3）の規定に沿う。

このように「縁をとれるのみ」に類する評釈の中には、小野の提出した縁語認定の基準によく適うものがある。新古今五八七番、源具親詠に対する評釈を見よう。

千五百番歌合に

今はまたちらでもまがふ時雨かなひとりふりゆく庭の松風

ちらでもは、松の葉のことなり、今は又とは、今までは、木葉のちりしにむかへていへり、まがふ時雨かなは、時雨にまがふ哉なり、ふりゆくといへる、たゞ時雨の縁の詞のみにて、歌の意によせなし、松の木の年ふりたる意にしても、ゆくといふ詞いかゞ

この評釈は次節以降で扱う評語「よせ」を含んでいる。先に見たように「よせ」は縁語の意で用いられることもあるとされるが、この評釈にある通り、「ふりゆくといへる、たゞ時雨の縁の詞のみにて、歌の意によせなし」となる以上、「よせ」と「縁」を同一のものとして扱うことはできない。とはいえここでの「よせ」は「歌の意によせなし」という用いられ方をしており、広い意味での「関係がある」という意として捉えるのが適切であろう。そのことは宣長が「よせ」という用語を必ずしも和歌の評語としてだけではない用い方をしていることを示している。

当該歌の評釈について、「歌の意によせなし」を「歌の意味に関係しない」と考えた場合、宣長の理解では具親詠中の「ふりゆく」は、「たゞ時雨の縁の詞のみにて」、一首の中で顕在的な意味を持たない詞であるということになり、宣長はそのような言葉の使用法を非難しているように見える。「ふりゆく」が「松の木の年ふりたる意」である場合は、その非難も免れるが、その意味の場合は「ふり『ゆく』」という表現が適切ではないと述べている。そうであれば先の議論に戻り、「ふりゆく」には、「松の木の年ふりたる意」はなく、ただ「時雨」の「縁の詞」と

しての「降り」を響かせているだけの詞であるということになろう。以上は宣長が詞の使用法に対して批判を行う文脈における言ではありながらも、彼の解釈の中に一首の中で「縁の詞」としてのみ存在し、顕在的な意味を持たない詞が存在しうる余地があるということを示している。それを積極面で捉えれば、宣長の和歌解釈においては、「ふりゆく」が「縁の詞」であったからこそ、顕在的な意味を一首の中で持たずとも、三十一文字のなかに詞としての位置を占めることができるのだともいえよう。

第二項　「縁」の輪郭

『玉箒』において二度目に登場する評語「縁」は春上三九番歌（二四七頁）における評言中に見られるが、そこでは「縁の語」の認定に関して具体的な記述がなされている。

　　　春歌の中に
　春のきる霞をみればあし引の遠山ずりのころもなりけり

諺解云。〈中略〉春のきるとは来《キ》る也。来《キ》るは来《キ》たる也。又著《キル》にかけていふ也。霞の衣といはんとて也。春来たればそのまゝかすむゆゑ。霞の衣をきるといへり。遠山に霞のかゝりたるをみれば。山が霞のひま〲よりすきて見ゆるは。衣に遠山をすり付たるやうにて。さながらとほ山摺《ズリ》の衣を。春の著《キ》たるやうなりと読り。霞を衣に見る故。衣の縁にて。はると云《ヒ》きると云《リ》。

○今按。春のきるとは来《キ》る也といへる。大にひがこと也。来《キタ》るは。くるとこそいへ。きるといふ事なし。是程の事はたれもわきまふべき事也。こゝはたゞ著《キル》心ばかりにて。来る心さらになし。又春来たれば其まゝかすむ故といへるも。きるを来るの心と見る故のひがこと也。此歌に春の来る心はなし。たゞひろく春をいへる也。又山がかすみのひま〲より見ゆるといへるも。少したがへり。ひま〲にはあらず。霞の中より透《スキ》てみゆる也。又衣の縁にてはるといひきるといへりといふもわろし。此歌にては。春といふに衣の縁の心なし。たゞ春まで也。衣春雨などいふときは。張《ハル》とうけて。縁の語也。其外かやうにつゞけてはいはねど縁になるもあれど。歌のさまによる事也。又きるといふは。此歌にてはもとより著《キル》なれば。縁の語といふ物にはあらず。縁の語は。霞の衣春は来にけりなどといふ。春来が表《オモテ》にて。衣の縁に張著《ハルキ》といへるたぐひ也。よく分別すべし。一首の意は諺解のごとし。

『諺解』がこの一首に見出す修辞を見ると、「きる」が「来る（春が来る）」と「着る（春が霞の衣を着る）」との掛詞とし、「霞」を「衣」に見立て、そして「衣」の縁に「はる」と「きる」を配している。宣長はまず「きる」の掛詞を、語学的観点から否定し、「春が来る」という意味を一首のうちに認めない旨を述べている。そして縁についても、『諺解』が述べる縁をこの一首においては認めない。この説明の中に、宣長の縁を捉える具体相が示されている。

改めて、『諺解』は「衣」の縁に「はる」と「きる」を認めていた。一方で宣長は「はる」も「きる」も当該一首においては「衣」の縁ではないとする。ではどのような時に「春」や「来」が「衣」の「縁の語」と認められるのか。「霞の衣春は来にけりなどといふ。春来が表《オモテ》にて。衣の縁に張著《ハルキ》といへるたぐひ也」という。これはすなわち、「霞の衣」と「春は来にけり」とが論理的な意味の繋がりを持っていない状況で、「春」に「張」が、「来」に「着」が、それぞれ掛詞の一方の語義として歌意に関わらない形で見出されるさまを指し示していると言える。以上は第一節で設定した縁語認定の構成要件（1）～（4）の基準に適うものであると言えよう。

これに対して『美濃』における評語「縁」の用法を「雪」の「縁の詞」として「あと」を指摘する以下の二つの

評釈を通して見てみたい。新古今七六番の宮内卿歌と一三四番の定家歌に対する評釈である。

うすくこき野べのみどりの若草に跡まで見ゆる雪のむら消（宮内卿）
四の句めづらかなり、よくとゝのへる歌也、跡とは、雪の消果たる後をいへるにて、雪の縁の詞にてもある也、雪は残らず消果ての後迄、始めの村消の跡の見ゆるよしなり、

さくら色の庭の春風あともなしとはばぞ人の雪とだに見む（藤原定家）
めでたし、詞めでたし、初二句は、嵐もしろし、嵐ぞかすむ、などのたぐひにて、又一きはめづらかなり、梢より花をさそふ春風は、桜色に見ゆるをいへり、さて上句は、花は残りなく、庭にちりはてたるさまなり、跡は雪の縁の詞、四の句ぞもじ、力を入られたり、ばぞのてにをは、めでたし、下句本歌、明日は雪とぞふりなまし云々、

いずれも「雪」と「跡」を「縁の詞」としている。しかし宮内卿歌の評釈を見ると、「あと」は掛詞として「雪の消果たる後」のように、宣長の解釈の中でも「雪」との明確な論理的関係を有するものと解釈されている。また「あと」は掛詞の一方として「村消の跡」という二重の文脈を構成することに作用している。これは（4）語同士が論理的文脈の中に置かれていないことという規定から外れるものであり、諸注においても縁語としての指摘はなされていない。

当該歌を宣長の縁語解釈という観点から分析をした渡部泰明も、「跡」と「雪」に「縁語関係を想定する必要がない」としたうえで、「雪」の「縁の詞」とされた「跡」を含む「第四句に凝縮しているこの歌の趣向を肯定的に

迎えた上で、しかもそれが一首全体の詞の秩序の中にきちんと収まっている、と評価したいのであろう」という分析を示している。これは宣長が『玉箒』で述べていた「本より縁の語をとりて。一首の趣向とせし也。ただ何となく縁の語なると。それを趣向にしたるとが有也」という和歌解釈上の「縁の語」ないし「縁の詞」の扱いの範疇で捉えられるものである。その上で、渡部は以下のように述べる。

宣長のいう「縁」(縁語、縁の詞)は、通常いわれる縁語よりも、もう少し広い意味で用いられている。もちろん、いわゆる縁語と重なるものも少なくないのだが。宣長は、作者の意図を越え、むしろその意図を支えるものとしての、和歌的伝統に支えられた詞の秩序を措定してみせるのである。(19)

ここでいう「通常いわれる縁語よりも、もう少し広い意味」の内実を具体的に記述するために、次の定家歌の評釈との対照を行おう。

定家歌については、同様に「跡」と「雪」を「縁の詞」であると指摘し、「あと」は「花の残りなく、庭にちりはてたるさまなり」という解釈の中に包摂され、一首内では「雪」との論理的関係を有していない。加藤磐斎(一六二五〜一六七四)『新古今増抄』において「かぜのあと、いひたるがおもしろき也。雪の縁の詞也」と述べられ、(20)窪田『完本評釈』や久保田『全注釈』も当該歌の「あと」と「雪」とに縁語関係を指摘している。

社会的慣用の連想において「跡」と「雪」との間に「縁」があることは認めて良いだろう。しかしこれは小野が論理的文脈の中にある語同士に縁語関係を認めないという規定を示す中で「語の概念規定としての『縁語』(=縁のある語)と和歌の修辞技法の概念規定としての『縁語』とは、その使用を峻別する必要があるのではないかと思う」(21)と述べているように、一般に語同士に「縁」があることと、一首の中の語彙的関係の中において縁語関係を認めることとを弁別するという視座があり得るのである。しかし宣長は『美濃』では、その両者を「縁の詞」という同一の用語で指示している。小野の規定に従う形で表現すれば、宮内卿における「あと」はたとえ語の連想関係として「縁」の関係を結びうる「雪」が一首内にあったとしても、それ自体は単なる掛詞であって、「雪の消果たる後」と「村消の跡」という二重の文脈を構成する詞に止まる。一方で定家歌における「あと」は語の連想関係として「縁」の関係を結びうる「雪」と、一首の中において論理的な関係を有しないゆえに、一首の和歌の内部において縁語関係にあると言える。先の渡部の「通常いわれる縁語よりも、もう少し広い意味」からすると、宣長は上記前者の一般的な語同士が縁の連想関係にあることについても「縁の詞」という評語を用いて名指している、ということになろう。

第三節　宣長の評語「よせ」

第一項　縁語認定の基準に適う「よせ」

『玉箒』における評語「よせ」の用例は三例に止まる。『美濃』においては四〇例を数えるのと対照的である。また三例のうち二例は同一首に対する評釈において表れている。五五五番歌（三〇五頁）である。

等持院贈左大臣家にて月似鏡

月影も波にぞうつる二見がたいづれ神代のかゞみなるらん

諺解云。月の波にうつりて。空の月と波の影と二ッ見るといふ心にて。二見がたを出せり。倭姫天照大神の御正体八咫鏡をもりまして。二見のうらよりあがりて。いすゞ川に鎮座し給しより。二見に神代の鏡と読る也。空の月と波にうつる影といづれか神代の鏡ならんと也。
○今按。諺解一わたりはよろしきやうなれど。猶よく思へばわろし。其故はたゞ影もといはずして。月影もといへるからは。空の月と波の影と二ッにはあらず。波にうつれる月影を一ッにとる也。然らば影の波にうつるといはず共。只月とばかりにてもよかるべしと思ふ人有べけれど。海のあしらひなくては二見がたのよせもなく。又只空の月にては。まさしく二見の物にあらざれば。ばとして神世の鏡にまがふよせなき故に。波にうつる影といへり。其上影もうつるも鏡の縁をとれる也。さて今一ッの対する鏡は。神宮にましますまことの御鏡を申す也。諺解のごとくたゞ月と影とを対していふときは。月影もとある語勢にもそむき。且一ッは実の鏡ならではよろしからず。よく工夫すべし。歌の心は。二見がたは神代の御鏡のまします神宮ちかき所なるが。其浦の波にうつれる月影も。同じく鏡の如く見ゆれば。いづれが実の神代の鏡にてあらんとうたがへる心也。

この宣長の評釈は、先に見た新古今五八七番歌同様、「縁」と「よせ」とを弁別的に用いている例として注目に値する。さらに、先の用例では和歌の評語としての用法というよりは、広い意味での「関係する」という語義として用いられていたと解釈できたが、今回の第一に見る「よせ」は明確に和歌中の「月」と「波」という特定の語同士を指して、「よせ」という評語を用いている。

宣長の評釈は、第一に『諺解』が「二見がた」を掛詞として「二つを見る」の意を読み込む中で、作中主体が見ている二つの対象を「空の月と波の影」、すなわち空に浮かぶ月と波に映る月光、と考えていることに反して、「月影」は「波にうつれる月影」であるとする。そこから宣長の議論は「月影」を「空の月」の意として取らなかったことの説明へと続く。その中で評語「よせ」が用いられてくる。「只月とばかりにてもよかるべしと思ふ人有べけれど。海のあしらひなくては二見がたのよせもなく」と述べるように、「二見がた」に「よせ」を持たせるために、「海のあしらひ」、すなわちここでは「波」を必要とするというのである。そしてさらに、「又只空の月にては。まさしく二見の物にあらざれば。ばとして神世の鏡にまがふよせなき」と述べる。もし「只空の月」のみであったとすると、伊勢国の歌枕である「二見がた」という地において見る月に限定することができずに、天照大神に守られて「二見がた」から上がった「神世の鏡」、すなわち「八咫の鏡」と見紛うことに「よせ」がなくなってしまう、と宣長は言おうとしていると考えられる。

「波」と「二見がた」との「よせ」を第一節で確認した縁語認定の基準に照らしてみると、（1）語同士が同一の連想の表象であること、においては「海のあしらひなくては二見がたのよせもなく」という評言から「海のあしらひ」、すなわち「波」と「二見がた」に宣長が同一の連想の表象を見出そうとしたことが見て取れる。一方で（2）掛詞の介在に関して見ると、「二見がた」は歌枕「二見潟」と「二つを見る」の意として同一語異義の掛詞（2b）としてみなされる。（3）に関しても「二見潟」が自然に関する表現であり、「二つを見る」が人事に関する表現であることも見て取れる。ただ一つ（4）論理的関係に関しては、一首の歌意として「二見がたは神代の御鏡のますます神宮ちかき所なるが。其浦の波にうつれる月影も」と述べ、「其」が指すものが「二見潟」であることが明白な以上、「波」と「二見がた」とが一首の中で論理的な文脈を持っていると言えるため、ここでは当てはまらないと考えるべきだろう。

当該評釈中の二つ目に出てくる「神世の鏡にまがふよせなき」と述べている際の「よせ」であるが、これは和歌の評語として縁語認定の基準に照らし合わせて考えようとするよりも、「理由がない」といった程度に捉えておいた方が妥当であろう。新古今五八七番、源具親詠の評釈に見られた「歌の意によせなし」を「歌の意味に関係のない」と捉え得たように、宣長の用いる「よせ」は必ずしも和歌を解釈する際の評語としてのみ捉えるわけにはいかないように思われる。

『玉箒』五五五番歌では、「縁語」として理解されることもある評語「よせ」が縁語認定の基準として（1）～（3）を満たすものとして用いられた用法を確認した。その上で『美濃』に見出される「よせ」に目を転じると、縁語認定の基準に適うものが少なくなってくる。しかしその中で、新古今一三九〇番、定家詠の評釈に見られるものは、（1）語の連想の表象と（2）掛詞の使用、（3）自然に関する表現と人事に関する表現、（4）論理的関係の基準全てに該当すると考えられるものである。

題しらず

かきやりし其黒髪のすぢごとに打ふすほどはおも影ぞたつ

めでたし、初二句は、ともに寝し夜、かきやりし女のかみなり、黒髪をいへるは、すぢごとにと面影とのよせ也、すぢごとにとは、くはしくこまかにといふ意、打ふすほどとは、今もうちふす時にはといふ意也、其女の面影の、くはしくこまかに見ゆるよしなり、

この一首に対して宣長は「黒髪」を中心に「すぢごとに」と「面影」との間の関係の指摘に「よせ」を用いている。ここで「黒髪」と「すぢごとに」について縁語認定の基準を参照すると、（1）の語同士が同一の連想の表象であることは認められ、（2ａ）同音異義の掛詞の介在も「髪の筋」と「くはしくこまかに」という点に認めうる。（3）は「髪の筋」を自然に関する表現と捉え、「すぢごとに」を人事に関する評言と捉えることができる。さらに「すぢごとにとは、くはしくこまかにといふ意」と言い、「其女の面影の、くはしくこまかに見ゆるよしなり」と述べ、「すぢごとに」に関する「髪の筋」という掛詞の意味を「黒髪」と論理的な意味関係を結ばないような解釈を[22]

しているように考えることができ、（4）にも適う解である。

このように「よせ」として指示される語の関係にも縁語認定の基準に適うものが見出されるが、『美濃』の「よせ」を通覧すると、むしろその基準に適わない語に対して「よせ」が用いられているケースがほとんどであることがわかる。次項ではその例を見ていくことにする。

第二項　和歌的世界の場面設定における必然性を示す「よせ」

前項では「よせ」を指摘された語が縁語認定の基準に適い、その点で「縁」に近接する用法を見たが、『美濃』において宣長が「よせ」を指摘するものにはそうした基準にそぐわないものがむしろ多い。新古今四一二番、源通光詠における評釈を見よう。

だいしらず

立田山よはにあらしのまづふけば雲にはうときみねの月影

めでたし、三の句、まづは先也、松とかける本はひがことぞ、此歌、立田山似つかはしからざるやうなれども、然らず、此峯の月は、入かたの月なるを、立田山は、西の方なれば、よせあり、そのうへ萬葉九長歌に、白雲のたつたの山の瀧のうへのをぐらの峯に云々、とあるによりて、白雲の立田山とあれども、雲にはうときといへるなり、一首の意は、秋の月を見るに、暁の雲にあへるが如しと、古今序にもいへるごとく、いり方の月には、よく雲のかかるものなれども、いまだかたぶかざるさきに、夜はに先ッあらしの吹はらへる故に、雲にはうとしと也、当該歌に関する宣長の主張は「まづ」を「松」ではなく、「先」と解釈すべき事の指摘に始まり、「此歌、立田山似つかはしからざるやうなれども、然らず」へと続く。一首の意の提示において、「立田山」が触れられていないことから見ても、宣長自身がこの「立田山」を一首内で顕在的な意味としてではない仕方で位置づけようとしていることが推し量られよう。この評釈中で宣長は「立田山」を二通りの方法で意味づけようと試みている。「よせ」と「本歌取」である。いま後者から見ると、万葉歌の「白雲のたつたの山の瀧のうへのをぐらの峯に」を引いて、普通「立つ」を導く枕詞として考えられる「白雲」を実景と捉え、本歌では白雲がかかる立田山ではあるが、当該歌においては「雲にはうとき」、すなわち雲のかからない景を表現している、と言うのである。ここでは本歌の詞である「立田山」を介して、通光歌に詠まれる雲のない峰に光る月の景が、印象付けられるという読みになっている。

宣長は「此峯の月は、入かたの月なるを、立田山は、西の方なれば、よせあり」と述べる。沈んでいく月の方角にあるのが「立田山」であるので「よせ」がある、と言っているのであろう。「立田山」は「立つ」を掛ける詞として用いられることが普通だが、宣長の解釈においても、また他の注釈においても、当該歌において掛詞としては捉えられていない。この「よせ」の想定は、掛詞を介するような語義的な関係ではないため、縁語認定の構成要件の(2)、(3)に適わない。

そのように縁語認定の基準から大きくそれたところで、「よせ」という語を使用している当該歌の評釈において、宣長は「よせ」という語を用いてどのようなことを示そうとしているのだろうか。先にも見たように宣長は「立田山」を一首の歌意の中で触れていなかった。しかし「此歌、立田山似つかはしからざるやうなれども、然らず、此峯の月は、入かたの月なるを、立田山は、西の方なれば、よせあり」と述べている。「此歌、立田山似つかはしからざる」ことを否定するために、「立田山」という詞が一首に存する必然性を、本歌取解釈を介して示そうとしていた。その事から翻って考えると、宣長が「此峯の月は、入かたの月なるを、立田山は、西の方なれば、よせあり」として示そうとしたのは、「立田山」が「峯の月」と共に一首に存する必然性の指摘であり、さらに絞り込んで規定すれば、和歌的世界の場面設定における必然的な繫がりを示すための評語であったと言えるだろう。

そのように「よせ」が和歌的世界の場面設定における必然的な繫がりに対して用いられていると考えられる用例として、短いながらも端的にそのことを示すものに、二六番、藤原秀能歌に対する評釈がある。

詩をつくらせて歌にあはせ侍りしに水郷春望

夕月夜しほみちくらし難波江のあしのわか葉をこゆるしら波

下句詞めでたし、夕月夜は、塩みちくらしに、時よせあり、又眺望にもかゝれり、若葉にてまだみじかき故に、波のこゆるなり、

「夕月夜」と「塩みちくらし」とに対して、「時よせあり」という言い方をしている。両者に掛詞の読み込みは行われておらず、縁語認定の基準には適わない。その上で両者の関係のあり方を考察すると、『増抄』で「くらしは来るらし也。夕月夜の比塩みちくるとなり」と述べているように、夕月が浮かぶ夜に、満潮へと向かうという関係を「時よせあり」と表現しているものだと考えられる。すなわち「夕月夜」と「塩みちく」ることが同一の場面であることが必然的であるという想定に対して評語「よせ」が用いられているのである。『完本評釈』は「○美濃は、『夕月夜は、塩みちくらしに、時よせあり』と評している。○尾張は、『潮時の事也とはおもひよらずや』といっている。こうした歌の美を、照応の如何という点からのみ見ようとしたのは、むしろ怪しまれることである」と疑義を提出するが、これは宣長が「夕月夜」と「塩みちくらし」とを同一の時間上に生起する事柄として、その「照応」

に鑑賞の焦点を置いていることを言い当ててもいる。
さて以上の視点を「よせなし」という評言を用いて裏面から証する用例を見てみたい。新古今三三番、慈円歌である。

百首歌奉りし時
天の原ふじのけぶりの春の色の霞になびく明ぼののそら
下句詞めでたし、上句のもじ五ッ重なりたる中に、けぶりのは、俗言にけぶりがといふ意にて、余ののとは異なり、四の句は、天の原はおしなべて春の色にかすめる故に、煙もその霞へ立のぼるをいひて、家隆朝臣の、波にはなるゝよこ雲と同じさまなり、なびくとは、たゞ立のぼりてなびくさまをいへるのみにて、なびくに意はなし、明ぼのよせなし、曙ならずとも同じことなるべければなり、但し此集の比は、春の歌には、かくいつにても有べき事を、明ぼのとよめる、例のことなり、今は心すべきわざぞ、空も、上に天原とあれば、よくもあらず、

宣長が「明ぼのよせなし、曙ならずとも同じことなるべければなり」と述べるように、この歌はどの時点においてもその表現されている景が成立すると宣長は見ていると考えられるが、これに対しては『尾張』が反論をしている。

すべて明ぼのにも夕ぐれにもわたるけしきを、明ぼのゝ空とか、夕ぐれの空とか、便に随ひてよめる事は、その景をみし時分なれば、しかいはではえあらぬわざ也。且此ふじの烟の霞となりて大空にたなびく時刻を、い

つばかりとゝはゞ、午とも未ともいはじ、猶あけぼの、空にぞありける。

『尾張』の解はこの景を詠んだ時点を明確に特定し、それに伴い「明ぼの」という表現が適切であることを主張しようとするものである。以上の『美濃』と『尾張』の評釈に対して、窪田『完本評釈』は「非難も、弁護も、『あけぼのの空』を単に時刻とのみ見て、煙を霞と認める上での対照としていることは見落としている」と述べる。引用箇所の後半で述べていることは、窪田の解釈では「天の原のほのかな煙を、春の曙の空に認めて、霞のようだと感じたのである」とする一方、宣長が「天の原はおしなべて春の色にかすめる故に、煙もその霞へ立のぼる」として「煙」と「霞」を別物と見て、「霞」に向かって富士の「煙」が立ち上る景とすることに対する批判である。そのことを見落として、「『あけぼのの空』を単に時刻とのみ見」ていることを窪田は非難しているわけだ。その批判の成否はともかく、以上の『尾張』と『完本評釈』とによる宣長の解釈への批判は、翻って「明ぼのよせなし」と述べた宣長が、この一首の場面設定として「明ぼの」という詞と、それが指す特定の時間的状況が必然性を持っていないことを示そうとしていたことを裏付けている。ここでも「よせ」は、「よせなし」という用法として、和歌的世界の場面設定における必然性を示す語として用いられているのである。

第三項　一首を越えて想定される「よせ」

改めて『玉箒』における「よせ」の三つ目の用例に目を転ずると、一一四五番歌（三七八頁）に見出される。

民部卿宰相中将と申せし比住吉社を絵にあらはして名所の物にて硯文台なと作りて歌講せられし時和歌浦の石にて硯つくりておくり侍しつ

つみ紙に

わかのうらや心をかくるしら波の岩にくだけて思ふとはしれ

諺解云。〈中略〉和歌に心をかけ。絵硯文台などを作られしを。他人の心にも深く感ずる故。我も心をくだきて。硯を作りてまゐらする心ざしをあはれとはしれ也。波はかくる共いふ。くだけてといふも縁也。心をくだくは。いろ〳〵と心をつくす義也。粉骨砕身といふに同じ。

○今按。諺解。心をかくるを。さきの人の事とするは誤也。一首みな我事也。くだけて思ふといふも。歌の道に心をくだく事也。心をくだきて硯を作りてといへるはわろし。歌の心は。和歌の道に思ひをよせて。心をくだく執心のほどは。此硯をまゐらするにて知給《リ》へと読る也。岩にといへるは。硯の石によせたり。

〈後略〉

宣長はここで「岩にといへるは。硯の石によせたり」と述べている。「岩」と「硯（の石）」は互いに掛詞の要素を持っておらず、また宣長自身においてもそのように解釈はされていないことが注目される。「縁」において多くの場合前提にされていた掛詞が、ここで評語「よせ」によって指定されている語には含まれていない。

さらにこの「岩にといへるは。硯の石によせたり」という評釈に宣長の解釈上の特質があらわれている。和歌中の詞である「岩」に対する「よせ」の対象が、「硯の石」とされるが、これは当該和歌の三十一文字には含まれていないのである。「硯」や「石」は詞書に含まれる詞なのだ。このように詞書の詞と和歌中の詞とが「よせ」の関係を獲得しうるという解釈は、一見すると強引に見える。しかし、宣長の和歌解釈を本歌取という視点から見たとき、第二部第二章ですでに新古今五三番、有家歌の評釈中に同質の解釈態度を見出していたのであった。

土御門《ノ》内大臣《ノ》家にて梅香留袖

散りぬればにほひばかりをうめの花ありとや袖に春風のふく

めでたし、詞めでたし、二の句のをもじ、なる物をといふ意なり、散ぬればとは、手折て持たる梅花の散しをいふ、さやうに見ざれば、袖にといふことよせなし、心をつくべし、手折持たることは、詞に見えねども、本歌にをりつれば袖こそとあるにて、おのづからさやうに聞ゆ、かゝる所、此集のころの歌のたくみなり、本歌のとりざまおもしろし、

この評釈では、「袖」の「よせ」として「手折持たる」という語を本歌に求めていく。一首中に存在しない詞を、一首を越えた所に想定し、その間にも「よせ」を想定していく点に宣長の解釈の特徴があったのである。

詞書に「よせ」を求める例をもう一つ見ておく。新古今九三五番、家隆詠に対する評釈である。

守覚法親王《ノ》家五十首《ノ》歌に旅

野べの露浦わの波をかこちてもゆくへもしらぬ袖の月影

いとめでたし、詞めでたし、上句、やどれる月影の、袖にとまらぬ事を、露や波にかこつなり、露波の、袖にかかるをかこつにはあらず、一首の意は、袖にやどれる月を旅ねのなぐさめに見つるを、其月も袖にとまらぬををしみて、やどしたる露や波に、かこちうらむれども、つひにその月影は、ゆくへもしらず、きえにしよしなり、ゆくへもしらぬといへる、旅によせある詞なり、

「ゆくへもしらぬといへる、旅によせある詞なり」と述べるが、詞書中の「旅」と和歌中の「ゆくへもしらぬ」

の間に想定するものが「よせ」なのである。無論、家隆歌が「旅」の題詠であり、また『新古今集』中にも羇旅歌の部立として入集する以上、必ずしも一首を越えた所に「よせ」を求めている、とまで言い切るのは適切ではないのかもしれない。しかし、「縁」「縁の詞」「縁の語」などが三十一字の内部における繋がりにおいて用いられる評語であったのに対し、「よせ」は三十一字以外にまで関係を見出していく評語であるという点は見逃すことはできない。

おわりに

ここまで宣長が和歌を批評する際に用いる用語としての「縁」と「よせ」との用法の内実を探ってきた。その分析は縁語認定の基準を設定し、その基準に照らしながら行ってきたものではあるが、必ずしも両者の本質規定をなしうるような仕方ではなく、各評語を用いて宣長が示そうとしている事柄をその都度の評釈の内容に基づいて探るものであった。いま一度、小野論に基づいて設定した縁語認定の基準をあげる。

（1）語同士が同一の連想の表象であること
（2ａ）同音異義の掛詞が介在すること
（2ｂ）同一語異義の掛詞が介在すること
（3）掛詞の二重の意味が物象叙述と心象叙述とに分かれ、物象叙述の系列が縁語関係を構成すること
（4）語同士が論理的文脈の中に置かれていないこと

この基準を参照軸にしながら、「縁」と「よせ」という用語を用いて宣長が示している解釈を箇条書きにして示す。

（一）「縁」が（1）～（4）に適う関係を指すもの

（二）「縁」が一首の趣向となるもの
（三）「縁」が一首の趣向とならないもの
（四）「縁」が語同士自体の連想関係と一首内での縁語関係との両者を表すもの
（五）「よせ」が（1）〜（4）に適う関係を指すもの
（六）「よせ」が（1）〜（3）に適うが、（4）には適わない関係を指すもの
（七）「よせ」が縁語認定の基準には適わないが、和歌的世界の場面設定における必然的な繋がりを示すもの
（八）「よせ」が一首を越えて想定されるもの

さらに和歌に対する批評語とは言えないような「よせ」の用例として「関係がある」、「理由がある」といった用いられ方もすることを付け加えておく。

本章では以上の用語の使用例に対する分析の結果を踏まえ、特に（八）として提示した「よせ」が一首を越えて想定されるもの、に注意を向けておきたい。これは、宣長の本歌取歌解釈を分析する際、(H)縁語的連想による本歌取に加えて、宣長の解釈の特徴として指摘している(J)摂取されていない本歌の詞を読み込む本歌取[23]、とも共通する解釈態度であるということができる。その点に関しては、宣長は和歌を、一首の中の詞を越えた次元で解釈を行う側面がある、と述べることは許されるだろう。しかし、この規定を無際限に拡張することには慎重である必要がある。この規定が有効性を持つのは、「一首の中の詞を越えた次元」の具体的なあり方が網羅された時である。

注

（1）『新古今注集成　近世新注篇2』（笠間書院・二〇一四年）一〇七頁。以下、『尾張』の引用は同書。
（2）『日本随筆大成〈第一期〉13』（吉川弘文館・一九七五年）四一八頁

（3）『新古今集美濃の家づと』の引用は大久保正編『本居宣長全集　第三巻』筑摩書房・一九六九年）に拠る。以下、『美濃』。
（4）野口武彦「本居宣長における詩語と古語」（『江戸文林切絵図』冬樹社・一九七九年）八二頁
（5）同、九四頁
（6）鈴木淳「本居宣長『美濃の家づと』における定家作の改作」（『國學院雑誌』第七十九巻第六号・一九七八年）五〇頁
（7）渡部泰明「本居宣長の『新古今集』」（『中世和歌史論　様式と方法』岩波書店・二〇一八年、四三六頁）には、この他に「と、のふ」、「はたらかす」、「ひびかす（ひびく）」、「相照す」、「た、かはす」についても「縁と相関浅からぬ詞」として取り上げられている。
（8）前掲野口は「月のあへしらひの詞も、あらまほし」という宣長の評釈を、「『月』と呼応する縁語も必要」と解説していた。
（9）久保田淳編『岩波日本古典文学辞典』（岩波書店・二〇〇七年）の「縁語」の項には「修辞用語。歌文において、ある言葉と意味の上で縁のある言葉。『よせ（寄せ）』ともいう」と記述されている。
（10）『和歌大辞典』（明治書院・一九八六年）、執筆者、野口元大。
（11）『文芸研究』（第一五六集・二〇〇三年）
（12）同、一頁
（13）橋本不美男・久保木哲夫・杉谷寿郎「古今和歌集技法一覧」（『国文学　解釈と鑑賞』第三五巻第二号・一九七〇年）がこの立場として分類されており、そこでは古今五三五番歌に縁語の認定は行われていない。
（14）小野自身の主張はこの（2b）をも縁語の構成要件として認めるべきであるというものであり、古今五三五番歌に縁語関係を認める立場を取る。
（15）同書の本文は大久保正編『本居宣長全集　第二巻』（筑摩書房・一九六八年）、歌番号は『新編私家集大成』に従う。なお本章が基づく『本居宣長全集　第二巻』の『玉箒』には歌番号の記載がないため、参照の際の便宜のため同書の該当ページも併せて付記する。

(16)『玉箒』に見られた「縁の語」という用字は『美濃』では姿を消す。その代わり『玉箒』には見られなかった「縁語」の用字が現れる。今、それらを「縁」で代表させる。
(17)『完本新古今和歌集評釈　中巻』（東京堂出版・一九六四年）二一五頁。以下、窪田『完本評釈』。
(18)『新古今和歌集全注釈　第四巻』（角川学芸出版・二〇一一年）五九頁。以下、久保田『全注釈』。
(19)以上、前掲渡部、四三八頁
(20)『新古今集古注集成　近世旧注編2』（笠間書院・一九九九年）八四頁
(21)前掲小野、七頁
(22)諸注において両者に論理的意味関係を認める方が普通で、例えば窪田『完本評釈』は通釈として「わが手で掻き遣りをした女の黒髪の、その一筋一筋までが、ひとり寝をしている時は、形となってあらわれて見えることであるよ」（傍点筆者）のように示し、当然両者に縁語の関係は指摘していない。
(23)各本歌取解釈の視点の内実については第二部第一章、および第二章の参照を請う。

第二章　宣長の「かけ合」の説
――石原正明『尾張廼家苞』を手掛かりとして――

はじめに

本章では本居宣長『美濃の家づと』における評語「かけ合」を調査し、石原正明『尾張廼家苞』の評釈も参考にしながら、その和歌解釈上における用法を記述、分類する。その上で、従来「縁語」として一括された諸評語の分析を通して、語と語の繋がりを過度に重視する傾向にあると論じられてきた宣長の和歌解釈像において、一つの評語のうちにも異質な視点が存在することを明らかにする。

前章では、宣長の和歌解釈が「縁語の重視」として規定され、特にその画一的な解釈という側面が批判的に取り上げられてきたことについては整理を行い、「縁語」と大きく括られる宣長の評語「縁」と「よせ」に着目し、その和歌解釈上における運用のあり方を記述した。本章では同様に「縁語」という言葉で括られ、理解されることの多い宣長の評語「かけ合」(1)に着目して分析を進める。

縁語と一括される評語の中でも「かけ合」は宣長の和歌解釈態度の規定においてとりわけ重要な位置を占めている。宣長和歌解釈批判の定型を作り上げた宣長門弟である石原正明『尾張廼家苞』の序では以下のように「かけ合」

という観点から新古今歌を解釈する宣長を批判的に記述している。

本居先生は、古学者にて、万葉以下の書に熟して、めでたき才覚なれば、抜群の論もあるべきを、かのかけ合などいふことになづみて、此集（筆者補：新古今和歌集）をしも論ぜられたることなれば、たらひの水もて四大海の潮を論ずるがごとく、いたく堺を隔て、気概くだりたり。(2)

正明によれば宣長は「かけ合」という考え方を『新古今集』全体に引き当てて解釈しているのだという。このように一つの論理を全体に当てはめることで、強引な解釈を導き出すとする宣長和歌解釈への評価は現在にまで引き継がれている。(3)

しかしながら宣長の評語「かけ合」が実際に用いられているあり様を逐一分析すれば、単に「縁語」として理解することでは不十分であることが見えてくる。この点は早く鈴木淳が宣長による定家歌改作の分析において指摘している。(4)また「かけ合」の語は一般的に用いる用語として事柄同士がつり合うことや、連歌俳諧用語としてことばや事物の照応を指す言葉としても用いられる実態がある。(5)

このように「かけ合」は、宣長の和歌解釈態度を規定する語であり、実際には広範な用法を持つ語でありながら、一方で「縁語」と一括されるような捉え方もなされている。そして実際に宣長が用いる「縁語」とは異なる「かけ合」という評語が示す内実について、網羅的な調査・分析がなされたことはなかった。

そのような問題意識に立った上で、本章では以下のような研究方法を採用する。すなわち『美濃の家づと』における評語「かけ合」について、主に石原正明『尾張廼家苞』を参照軸にして、「かけ合」の語で宣長が捉えようとした和歌表現のありようを帰納的に分類する。

本論に先立ち、今回の分析によって析出した「かけ合」が示す内実を結論的に提示しておく。

①句切れのと、のひ

②一首内の二つの事柄が和歌的世界において共起することの必然性

③一首内の二つの事柄間における対照

④上下句の心の深さの均衡

⑤詞上・意味上の繋がり

⑥縁語関係を示しているもの

以上に示した分析的視点が、宣長の評語「かけ合」が持つ内実を示しており、彼の和歌解釈のあり様を明らかにするための妥当性があることを本論において示していく。

第一節　句切れのと、のひ

宣長は一首の中で詞が句切れなく続いている歌、あるいは少なくとも上句で句切れを起こさない歌を、「調ふ」と考え、「かけ合」という評語でそのことを表そうとする。

まずは実例を見よう。本章の引用は『美濃の家づと』を本文に含む『新古今集古注集成　近世新注編2』（笠間書院・二〇一四年）の『尾張廼家苞』に主に拠る。新古今歌に続く注釈が本居宣長『美濃の家づと』、すみつきかっこ（【　】）内の注釈が石原正明『尾張廼家苞』の記述である。

里はあれぬむなしき床のあたりまで身はならはしの秋風ぞ吹（恋四・一三一二・寂蓮）

〈前略〉さて初句は里はあれてと有べきを荒ぬといへるは、【てといひてもきこゆれど、ぬといひて初句にて切るは嘆息したる語勢ありてめでたき事限なし。】床のあたりまで秋風の吹ばかりあれぬといふ心なるべく、【此心は、里はあれてといひても同じかるべし。】又てにては、三ノ句までのでと重りて少し調もよろしからぬ故なるべけれど、【三ノ句は、までといふ詞なり。何の子細かあらん。】あれぬといひて、秋かぜぞ吹ととぢめては、詞かけあはず、いかゞ。【二段にきれてとゝのひたり。此例は、此さし次の院の御歌も、初句ぬとありて、結句けりときれたり。此比の哥には数しらず多かる事なるを、何故かくいはるゝ事ならん。】かやうニいひ切て、はもじを重ぬる事、秋は来ぬ紅葉は宿に降しきぬ【道ふみ分てとふ人はなし。】云ゝなど、一ッの格なれど、それとは此哥はやうかはれるをや。【それは三段にきれてとゝのひたり。一段にも、二段にも、三段にも、五段にも、自在にとゝのふるわざなるを、あかぬ事ニいはるゝ物かな。】

宣長は当該寂蓮歌について「初句は、里はあれてと有べき」と述べ、

里はあれてむなしき床のあたりまで身はならはしの秋風ぞ吹

となるよう改作を促すとも取れる主張をしている。その改作の理由説明として宣長は「あれぬといひて、秋かぜぞ吹ととぢめては、詞かけあはず、いかゞ」と「詞かけあはず」という語を用いている。

宣長がここで初句「里はあれぬ」と結句「秋かぜぞ吹」とを「詞かけあはず」とすることの内実は、正明の記述によれば、句切れのあり方に関係している。正明は宣長の述べる「詞かけあはず、いかゞ」に対して「二段にきれてとゝのひたり」と述べる。

この「二段にきれ」るというのは当該評釈中の後半部分で、古今二八七番歌、

あきはきぬ紅葉はやどにふりしきぬ道ふみわけてとふ人はなし（秋下・読人しらず）

に対して、正明が「三段にきれてと、のひたり」と述べていることから、一首中で句切れが行われている数を指していることがわかる。すなわち当該古今集歌は、

あきはきぬ。紅葉はやどにふりしきぬ。道ふみわけてとふ人はなし。

と三句に分かれていることを示している。同様に寂蓮歌に関しても初句「里はあれぬ」と初句切れの歌となり、第二句以降結句までがもう一つの句であることを「二段にきれ」ると表現しているのである。

以上を確認した上で宣長の述べる「詞かけあはず」の内実を正明の記述によって理解するならば、宣長が「詞かけあはず、いかゞ」と述べるのは、当該寂蓮歌を二句に分かつ「ぬ」という詞上の問題を指していることになる。改作例の「里はあれて」と初句切れを起こさない詞であれば、宣長の中では「詞かけあふ」ものとなることを示唆している。これに対して正明は、寂蓮歌は原歌のままで「二段にきれてと、のひたり」と述べ、それで十分にととのった歌であることを主張しているのである。

「かけ合」の語が同様に句切れに関して用いられていると考えられる別の例を見よう。

てる月も雲のよそにぞ行めぐる花ぞ此世のひかりなりける（雑上・一四六八・藤原俊成）

〈前略〉ひかりとは月ニくらべていふ故に其よせ也。此歌上にもぞるといひ、下にぞけるといへる、てにをはかけ合わろし。【世上の人の詠歌、上にきるゝてにはあれば、下にかへるてには有て、一首一段に調ふる事にて二段三段ニ調る事なし。てにをはの調ふすぢを心えねば危き故也。世上碌〻たる哥よみはさてもいかゞせん、此先生は卓出にて、てにをはには各別の見解ありながら、二段三段にとゝのふるを強にきらひて、花も紅葉もなかりけりを、難波潟と直して下へつゞけ、いつかはかゝる花をみるべきに、とおもへばといふ詞をそへて上へめぐらしなど、ひたすらに一段にとゝのふるを好まれたるは、いかなる事ならん。さてかくの如く分明に二段にきれてつゞくべき詞なきは、てにをはかけ合わろしといはるゝ也。二段切三段切は、連歌道は勿論にて、誹諧専門の輩にすら、かつ心えをるもあるぞかし。おくらゝも今はまからん子なくらんそのこのおやもわをまつらんぞ、らんといふもじ三ッありて三段にきれたり。北へゆく雁ぞなくなるつれてこし数はたらでぞかへるべらなる、ぞもじ二ッありて二段にきれたり。此雁の哥此うたの的例なるべきをいかゞ。】

この評釈で正明は、宣長が「上にもぞるといひ、下にぞけるといへる、てにをはかけ合わろし」と「かけ合」の評語で示している事態が、句切れに関するものであることを明確に述べている。「世上の人の詠歌」として、もし一首内で句切れを起こす場合、その下には句切れを起こした句に意味上返っていき、結果としては一首の中で句切れのない「一首一段に調ふる」歌として作られることを述べている。これは先の寂蓮歌で、宣長が「床のあたりまで秋風の吹ばかりあれぬといふ心」と述べていたような理解のことを指していると考えて良いだろう。すなわち、宣長の理解では、寂蓮歌で「里はあれぬ」と初句切れを起こしていても、それは二句以降の「床のあたりまで秋風の吹ばかり」が初句「里はあれぬ」に対していわば連用修飾成分として意味上翻ってかかっていくと理解するような解釈である。そうすることで、詞上では二段に切れる歌が、意味上は「一首一段に調ふる」歌と考えられるようになるのである。

正明はこのように宣長を「ひたすらに一段にとゝのふるを好まれたる」と評している。そのことは宣長の藤原定家歌改作の現象説明としても援用されている。定家の新古今歌三六三番歌は宣長によって次のように改作された。

見渡せば花も紅葉もなかりけり浦の苫屋の秋の夕ぐれ（定家歌）

みわたせば花も紅葉もなには潟蘆の丸屋の秋の夕ぐれ（改作歌）

定家の原歌が第三句において「なかりけり」と三句切れとしているのに対して、その三句を「なには潟」と改作することで、句切れを回避し、「一段にとゝのふる」ようにしたのが改作歌であると考えるのである。

正明が評釈中で提示するもう一例は当該俊成歌の直前に配列される新古今一四六七番歌である。

春くればなほ此世こそしのばるれいつかはかゝる花をみるべき（雑上・藤原俊成）

下句、死なば又いつかはかゝる花をみるべきとおもへばといふ意なるべけれど、【上句下句各きれて二段にとゝのひたり。と思へばといふ詞をそへてみるにはあらず。】〈後略〉

ここでは宣長評釈において「詞のかけ合」や「てにをはのかけ合」という語は用いられていないが、句切れのある一首を、下句と上句を反転させ、中間に「とおもへば」という語句を挿入して理解するべきことを主張している。つまり「いつかはかゝる花をみるべき〈とおもへば〉春くればなほ此世こそしのばるれ」と読むことで、意味上連なったものとして見ようとする宣長の和歌解釈上の態度が正明によって指摘されているのである。

宣長が「句切れのと、のひ」の観点から部分的な改作を提示するもう一例を見よう。

山陰やさらでは庭に跡もなし春ぞ来にける雪の村消（雑上・一四三七・藤原有家）

庭の雪の村消たるを、春の来たる跡とみて、それより外にはとひくる人の跡もなきよし也。春ぞといへるにて、人は来ぬ意あり。此哥三四ノ句（ニ）もなしといひて、ぞ来にけるといへるてにをはのかけ合わろし。【二段にきれてと、のひたり。かくの如き哥は、上句にてきれたるが豪気あり。此集の比の歌に此姿多し。】二三ノ句をさらでは跡もなき庭になどやうにあらば、てにをはのかけ合よろしからんを【かくしても聞ゆれど、詞づかひ委曲にて、つよからず。さらではとは、雪の村消ならではといふ事。〈後略〉】

当該有家歌についても宣長は「此哥三四ノ句（ニ）もなしといひて、ぞ来にけるといへるてにをはのかけ合わろし。二三ノ句をさらでは跡もなき庭になどやうにあらば、てにをはのかけ合よろしからんを」と述べ、本節の初めに取り上げた寂蓮歌と同様に次のような改作を促すような主張をしていると見ることができる。

山陰やさらでは跡もなき庭に春ぞ来にける雪の村消

宣長がこのように改作した詞つづきの一首を「てにをはのかけ合よろしからん」と述べるのは、正明の「かくの如き哥は、上句にてきれたるが豪気あり。」の評を裏側から見れば、宣長にとって上句で句が切れることが「てにをはのかけ合わろし」という評価となることを示唆している。そのことは定家歌三六三番「見渡せば」の歌の第三句の句切れを「なには潟」へと改作した態度とも通底していると考えることができる。

第二節　一首内の二つの事柄が和歌的世界において共起することの必然性

第一節で見た句切れに関連する用法とは異なり、一首の内で二つの事柄が和歌的世界において必然的に共起することを表すために「かけ合」という語を使用している例がある。

春の雨のあまねき御代をたのむ哉霜にかれにし草葉もらすな（雑上・一四七八・藤原有家）

四ノ句にしを（こ）ゆくとかける本もあり。【印本行とあり。行といはんよりも、にしとある勝れり。】これは我身をたとへたるにて、次第におとろへ行意なれば、ゆくもさることなれども、上句とのかけあひを思ふに、にしとあらざればよろしからず。【霜にかれ行といひては、九月十月の事にて（こ）上ノ句の春の雨のあまねきニかけあはず。】三ノ句かなといへる、近き世の歌ならば、必ぞよといふべし。すべて近き世には、たのむぞよ（こ）いのるぞよ、思ふぞよ、歎くぞよなどよむ事いと多し。これもといやしげなる詞なれば、此集のころの人はをさ〳〵よまぬことにて、此歌もかなとはいへる也。【以上めでたきおしへ也。】然れ共此哥は結句の終にと丶いふ詞をそへざれば、かけ合がたし。【しからず。此哥は、上は上にてきれ、下は下にてきれて、二段にと丶のひたり。此注は一段に引つゞけてみる、この先生の一癖なり。】〈後略〉

宣長は『美濃』の評釈中の前半では「かけ合」の語を用いて「霜にかれにし」と「霜にかれゆく」との本文の妥当性を問題にしている。そこで「上句とのかけあひ」を考慮すると「霜にかれにし」であるべきだと主張するのである。

　このことを正明が補って、「にしとある勝れり。霜にかれ行といひては、九月十月の事にて（）上ノ句の春の雨のあまねきニかけあはず。」と述べる。すなわちここでいう「かけ合」とは上句の「春の雨」で当該歌が春の時節であることを前提にした場合、下句もまた春の時節でなければならないことを言おうとするものと考えられる。「霜にかれゆく」では下句が「九月十月」、すなわち秋冬の時節を表すことになるため、「霜にかれにし」であることで、秋冬に霜で枯らした草葉が春の今、春雨を浴びることから漏らさないでくれ、と上句と下句で同一の時節に合わせる読みが可能となる。そのことを宣長の「上句とのかけあひ」という評語が示しているのであり、第一節でみたような句切れに関する議論とは異質の文脈で「かけ合」が用いられていることがわかる。

　この種の「かけ合」の内実を規定するのならば、時節の一致に関して用いられており、二つの事柄を和歌的世界において共起させようとする読みであるとまとめることができる。そしてこの「かけ合」の用法は、前章で「よせ」を分析した際に析出した項目と同一のものであると考えられる。このことから宣長の用語法において「かけ合」と「よせ」とは部分的な一致点を持つことがわかる。

　さらに当該有家詠に対する「かけ合」二つを含む評釈からは、「かけ合」が多様な事象を指示する評語であることを明瞭に見てとることができる。それは評釈の後半で「然れ共此哥は結句の終にとゝいふ詞をそへざれば、かけ合がたし。」という言い回しで用いられる「かけ合」である。この評釈に対して正明は「此哥は、上は上にてきれ、下は下にてきれて、二段にとゝのひたり。此注は一段に引つゞけてみる、この先生の一癖なり。」と述べる。このように句切れに関する「かけ合」は先の第一節で見た用語法に該当することは明白であろう。同一歌に対する評釈中の同一語が、一方では二つの事柄が和歌的世界において共起することの必然性を示し、他方では一首が一段で調うという句切れに関する事態を指示しているわけだ。

二つの事柄を和歌的世界における必然的な共起として掬い取る「かけ合」の例をさらに見よう。

入日さすふもとの尾花打なびきたが秋風にうづらなく覧（秋下・五一三・源通光）

下句の意は、鶉のなくは、たが心の秋風をうき物におもひてなくらんと也。【かくの如し。】然るに上句は、たゞけしきばかりをいひて、下句にかけ合たる意なし。いかゞ。【入日さすは、鶉のなく時分なり。ふもとの尾花は、うづらの立所也。打なびきは、秋風のよせなり（°）ふくともたつともいはずとも、一ゝかけ合たり。さて恋の意は、打なびきては秋風をうくおもふなれば、三四五とかけあひたる物をや。】

宣長は、上句はただ景色だけを詠んでいるのみであり、「下句にかけ合たる意なし」と述べている。それに対して正明は「入日さす」のは「うづらなく」時分であること、「ふもとの尾花」は、鶉が立っている場所であること、さらに「打なびき」は、秋風の「よせ」だと述べ、それぞれ上句と下句との表現成分について、時間、場所、そして表現の親和性の面から、和歌的世界における共起が必然であることを「一ゝかけ合たり」という言葉で指摘しているのである。

改めて「和歌的世界における共起の必然性」という視点は宣長の評語「よせ」の用法にも見出し得ていた。ここで正明が「かけ合」の語と同一の文脈において「よせ」という評語を用いている（「打なびきは、秋風のよせなり」）のは、この「一首内の二つの事柄が和歌的世界において共起することの必然性」という視点が、宣長におけることばとことばの繋がりに関して明確な基準として存していたことを裏付けるものである。

「かけ合」と「よせ」とが「一首内の二つの事柄が和歌的世界において共起することの必然性」という和歌表現の側面を共に表していると考えられる例を本節の最後に見よう。

忘れじの人だにとはぬ山路かなさくらは雪にふりかはれども（雑中・一六六七・藤原良経）

忘れじの人とは、忘れじと契し人をいふ。【必とはんといひし人也。】下句は、ふる物のかはれるにて、春より冬の末まで、時節のうつれる事をいへる也。【わすれじ必とはんといひしは、さくらの比の事也。それが夏秋も過、雪のふるまでもとはぬ也。】上下かけ合たる事もなき哥なり。山路もよせなし。【雪もさくらも山路にかけ合たり。よせなしとは、いかにいはる、事ならん（。）】山ならぬやどにても同じ事なれば也（。）【いづくにいふべくとも、山路に相応したらばよろし。まして是は、野べ海べたよりは、太山ぞことに相応したる物をや。】

この評釈で宣長が述べるのは、上句の特に「山路」という場面が、下句との間に「かけ合」う事柄がないことである。それはこの評釈に対して正明が「雪もさくらも山路にかけ合たり。よせなしとは、いかにいはる、事ならん」と述べていることからうかがうことができる。さらに正明のこの評釈からは「かけ合」と「よせ」が同一の内容を表していることもまた、読み取ることができる。

その上で両者の解釈上の相違は、宣長が上句の山路に対して下句に「かけ合」うものがなく、「山」でも「宿」でも同じであると主張するのに対して、正明が「いづくにいふべくとも、山路に相応したらばよろし。」と述べ、下句の「雪もさくらも山路にかけ合たり」という認識を示していることに見出される。正明は「山路」という場面に対して「雪」と「さくら」が必然的に共起する事柄であると考えているのである。無論、宣長にとって、「雪」と「さくら」は「山路」とは必然的な結びつきを持っていないのであるが、そのことを裏側から「上下かけ合たる事もなき哥」と述べているわけだ。

本節で見てきたように、同一の「かけ合」の語であっても、第一節のように句切れに関する用法がある一方で、「和歌的世界における共起の必然性」を示すことが確認された。そしてこの「かけ合」の用法は、広く縁語と一括される「よせ」とも部分的に一致していること、それゆえこの和歌的側面への認識が宣長の和歌解釈において確固とした基準であることもまた、本節で取り上げた用例から見出すことができるのである。

第三節　一首内の二つの事柄間における対照

本節ではさらにこれまでとも異なる「かけ合」の用法として、一首の内で二つの事柄を対照的に捉えるために用いられている例を取り上げる。

難波がたかすまぬ浪もかすみけりうつるもくもるおぼろ月夜に（春上・五七・源具親）

いとめでたし、詞めでたし、二三の句と四の句とのかけ合、いとめでたし（筆者補：以上『尾張』には未記載。筑摩版『本居宣長全集　第三巻』より補入）とぢめのには、うつるもくもる朧月夜なる故に、かすまぬ浪も、おぼろ月夜にかすみけりといふ意也。【一首の意は、難波潟でみれば、なみの霞むといふ道理はなけれど、それさへかすんだ、それは水へ移た月かげも、空のくもりたるなりにうつる故にと也。此歌みの、家づとにいとめでたし、詞めでたし、二三の句と四の句とのかけ合、いとめでたしとあり。大かた新古今集の歌、いづれかめでたからざらん。いふもさらなる事なれば、みなさし置て論ぜざる事也。此歌も上にかすまぬ浪も霞けりと二句ニいひ、下はうつるもくもると一句にいへる、緩急の勢いとめでたし。されど結句にとヽまりたるは、強弩之末、不レ能レ穿二魯縞一、いきほひつきてくるしげ也。此先生の、いとめでたし詞めでたしといはるゝは、あらしぞ霞む関の杉村、さくら色の庭の春風など、けざやかなるが多かり。それも一ッの姿にて、あしとにはあらねど、初学の必心よする所にて、浅近なるニちかし。いはゞ詞の花の山口なり。此集には、えんに奥深きも、いうにたけ高きもありて、おくのさかりはこよなき物をや。近来新古今集を華やかなるに過たりといひ、つくり物也などいふ人多し。それもこれらのけざやかなるをみていふなれば、此集の山口にまよひし人也。此集は変幻自在なる事をしらず、褊き見解なり。】

宣長は当該具親歌を「いとめでたし、詞めでたし」と絶賛した上で、二三句「かすまぬ浪もかすみけり」と四句「うつるもくもる」との「かけ合、いとめでたし」と述べる。窪田空穂『完本評釈』が言うように、「上の句と下の句とを対照させた上に、さらに、『かすまぬ浪も霞み』『うつるも曇る』と、細かく対照させた[6]」表現に対して宣長は「かけ合」の語を用いて「いとめでたし」と評していると考えられよう。

この詞上の対照を評価する宣長の和歌解釈態度は、初期の和歌注釈書『草庵集玉箒』より見られる特徴である。田中康二は「たたかはす」と「相照す」といった評語の分析を通して「歌に固有の二項対立をあぶり出」す宣長の思考法を指摘している[7]。

この二項対立をはっきりとした対照として和歌のうちに見出そうとする宣長の態度は、正明によって「初学の必心よする所にて、浅近なるニちかし。いはゞ詞の花の山口なり。」と新古今の精華には及んでいないものであると批判的に言及されている。正明にとってこのような和歌表現における対照は「けざやかなる」ものではあるが、そればかりが新古今的表現の核心ではないと考えているのだ。しかしそのことは、翻って宣長における対照的な表現、「けざやか」で目にも鮮やかな和歌的表現を良しとする態度を裏面から証しているのである。

同様に一首内の対照を示す例をもう一例見よう。

きのふまでよそに忍びし下荻の末葉の露に秋風ぞふく（秋上・二九八・藤原雅経）

二三の句、よそへはきこえぬやうに、忍びて下にのみふきし荻の風なり。下句、末葉といひ、露といへる、皆あらはれてふく意にて、上句よそに忍びし下荻といへるによくかけあへり。【以上かくのごとし。】

ここで宣長が「よくかけあへり」と評している当該雅経歌の表現は、二三句における昨日までの「よそへは聞えぬやうに、しのび」吹く「風」と、下句における今日の「皆あらはれて吹」「風」という対照である。端的に示せば上の句の「隠」と下の句の「顕」との表現の上での対照を指しているのが、ここでの「かけ合」という評語の含意であると言えよう。

第四節　上下句の心の深さの均衡

本節では、上下の句において、その心の深さが均衡し、全体で調和の取れた和歌表現として一首を受容するような「かけ合」の用法を析出する。

床の霜まくらの氷きえわびぬむすびもおかぬ人のちぎりに（恋二・一一三七・藤原定家）

きえわびぬとは、身も心もきゆるごとくかなしくわびしきを云。きえも結びも霜と氷との縁、おかぬも霜の縁なり。【四ノ句、をかぬは取とめたる事のなき也。中の契を一たびは結びたれども、取とめたる所なくやがてかはりし也。ひたすら結ばざるにはあらず。一首の意は、人が契を結びたれども、取とめたる事なくかはりし故、涙をながせば床の霜となり、枕の氷となるが、其霜氷のごとく、命もきゆるほどぞと也。むつかしき歌也。此注の次第を逐て、下句より一ゝ文字に引あて、こゝろうべし。】下句たゞ縁の詞のみにて、させる深き心もなければ、上句のおもひの甚せつなるにかけあはずきこゆ。【下句を唯契を結ばぬ事と心えられたるにや。さては上句をみる事深切に過、下句をみる事疎漏にして及ばざるなり。】

宣長は「下句、たゞ縁の詞のみにて、させる深き心もなければ、上句のおもひの甚せつなるにかけあはず聞ゆ」と述べる。ここに「たゞ縁の詞のみ」であって「かけあはず」と言っていることは、本章冒頭で示したように、宣長の評語「かけ合」を「縁語」として一括して取り扱うことの不十分さをはっきりと示していよう。ここで「縁の詞」と目される成分は、「霜」「氷」に対する「きえ」「むすぶ」であり、また「おかぬ」も「霜」に対する「縁」であるという。仮に「かけ合」が「縁語」と同一であるのならば、この一首は「かけあふ」はずであろう。それを「かけあはず」と述べている以上、宣長の評語「かけ合」は「縁語」とは異質の事柄を指していると考えるほかない。これまで析出してきた「かけ合」の多様な内実もそのことを示している。

以上を踏まえた上でここでの「かけ合」は、これまで析出してきた「かけ合」の用法とも異なっていると考えられる。宣長にとって下句で表現される事柄は「させる深き心もな」いものであって、「上句のおもひの甚せつなるにかけあはずきこゆ」るものなのである。「身も心もきゆるごとくかなしくわびしき」という心身の切なる思いが表現された上句に対して、下句は「霜」や「氷」という語に対して番いされたような単なる「縁の詞」に過ぎない表現である事を批判しているのである。

それに対して正明は下句の表現を、一度は結んだ契りが続くことなく心変わりをしていったこと、と捉えることで上下句の心の深さの均衡が取れているという解釈で宣長に反論をしている。宣長の「かけあはず」という批評に対する正明のこの反論自体が、「かけ合」の語において一般的な「縁語」とは異なる、上句と下句との心の深さの均衡という視点が含まれている事を示している。

このように「縁語」とは異質の事柄を表す「かけ合」の語を用いて上下句の心の深かさの均衡に着目する姿勢は、宣長の和歌解釈が「縁語」や「掛詞」などを用いて和歌を仕立てていくという、特に二条派の特徴として宣長に見出される態度規定(8)では捉えきれない。詞の上で「縁語」を用いた和歌の仕立てが成立するならば、当該定家歌への評価は「かけあはず」という否定的なものにはならないはずだからである。宣長における評語を仔細に見る必要があるのはこのためである。

同様の例をもう一例見よう。

我こゝろいかにせよとてほとゝぎす雲間の月の影になくらむ（夏・二二〇・藤原俊成）

哥のさま西行めきたり。【一首の姿洒落なれど、これもこの時世の一ッの姿なり。上人の会釈なき姿にも似てはあれど、これらも一具の新古今也。】初二句の意のせちなるにあはせては、下はさしもあらず。上下よくかけあへりともきこえず。【下ノ句ふかくあはれならば、上下かけあふべし。郭公の月になくらんは、いかなる哀かこれにくはへむ。これをさしもおもはれぬは、あまりたゞありによみくだして、会釈なき故の事也。されど事のさま哀にて、初二ノ句によくかけあひたるをや。】〈後略〉

宣長は初二句の「我こゝろいかにせよとて」を切迫した心情が表現される「意のせちなる」ものだと解釈している。それに対して、三句以下、下句で表現されていることは、単にほととぎすが雲間の月で鳴いているという描写に過ぎないと考える。その両者の不均衡を持って「上下よくかけあへりともきこえず」と述べているのである。

これに対して正明は、ほととぎすが月に鳴いているという描写それ自体が、上句の心情表現の深さと均衡するものであり、「上下かけあふべし」と反論を加えている。このことも先と同様、裏面から「かけ合」という語に、上下句の心の深さの均衡という視点があることを示している。

第五節　詞上・意味上の繋がり

本節では語法的な詞の「繋がり」を指示しているような「かけ合」の用法を析出する。

天の戸をおし明方の雲間より神代の月のかげぞ残れる（雑上・一五四七・藤原良経）

〈前略〉雲間よりといひて、残れると丶ぢめたる、雲間よりみえてといふ意とは聞ゆれど、【此所ニ此詞（筆者補：「雲間より見えて」）を添てみるにはあらず。】より残れるといへる詞（ ）かけ合いかゞ。【残れるは、こゝはみゆるといはんがごとし。よく味ひみば、さだかにしか聞ゆる事也。猶いはゞ、下句は、神代の月のおもかげが、今も在存してみゆるといふ事也。】

ここで宣長は「雲間より」「（月ぞ）残れる」という表現に対して「かけ合いかゞ」と述べている。正明による「残れるは、こゝはみゆるといはんがごとし」という反論を参照すれば、宣長の言わんとすることは「雲間より見えて、その（見えた）月が残る」という詞の繋がりが必要だということだと理解できる。すなわち「雲間より／（月ぞ）残れる」では、宣長の解釈枠組みにおける詞の平仄とでもいえる繋がりが保てていない、ということを「かけ合いかゞ」と述べる事で明確化しようとしていると考えられる。

また語法上の繋がりという点から捉えることのできる例を見よう。

夢にてもみゆらむ物をなげきつゝ打ぬるよひの袖のけしきは（恋二・一一二四・式子内親王）

上二句（二）下とかけ合うとし。【上二句は、夢になりともみえそうな物であるがといふ事。夢にもみえぬかしてしらぬ皃をしてゐるといふ余情あり。一首の意は、かくのごとくふかくこひわびて、なげきながらねる夜の袖は、から紅になる、これほどの事なれば、人のうつゝにはよしみえずとも、夢にはみえそうな物であるがなァと也。】二の句をみせばや人にといひて、とぢめををとかへば、たしかにかけあふべし。【かくいひてもきこゆれど、詞迫切にて、意尽たり。みゆらん物をとしては、詞のうへも風流に、余情かぎりなき物をや。】けしきといへる、此集のころの歌におほし。【文字ごゑにあらず。】

宣長は「上二句（二）下とかけ合うとし」として例によって次のような改作案を提示している。

夢にても見せばや人になげきつゝ打ぬるよひの袖のけしきを

右のような改作によって「たしかにかけあふ」ようになるのはいかなる理由からであろうか。この「かけ合」を詞上の繋がりを示すものだと考えると、改作歌においては上句の動詞表現「見せばや」が、下句の目的語表現「袖のけしきを」と動詞―目的語の関係を明確に切り結ぶことができる。これをもって宣長は「たしかにかけあふべし」と述べていると考えることができるだろう。

この改作に対して久保田淳は宣長の改作した原歌の「みゆらむ物を」という表現こそ、作中主体の恨みの情が内面で渦巻く鬱屈とした様としての一首の趣向であると指摘する。宣長の改作した歌は単に恨みを相手に伝えようとする外向的なもので、一首の機微を解さないものだと述べる[9]。宣長は詞の繋がりを重視した結果、一首の趣向を捉え損なうという宣長の和歌解釈に対する評価は、このような点において主張されるのである。

第六節　縁語関係を示しているもの

これまで宣長による「かけ合」の語における、「縁語」とは異質な側面を記述してきた。その上で、宣長の「かけ合」には、現行の理解における「縁語」と重なるものもある。

世中をこゝろたかくもいとふ哉ふじの烟を身のおもひにて（雑中・一六一四・慈円）

心たかくとは、なべての人は執着する世中をいとひはなるゝ事を心たかしといへる也。下句はたかくといへるかけ合ニふじの煙をいへるにて、意はたゞ思ひの絶ぬ故と云事なり。【思ひの絶ぬは即執着也。此注いかゞ（。）ふじの烟は、さる高き嶺より上ざまに立のぼれば、高き限なり。五ノ句は我見識にしてといふ事。一首の意（、）ふじの烟を我見識にして世中をこゝろ高くいとふと也（。）】

宣長が用いる「かけ合」は「(心) たかく」と「ふじのけぶり」との関係について述べられている。両者は「高い富士の煙」のような論理的意味関係を有しておらず、さらに後半で宣長が述べるように下句の顕在的な意味に「ふじのけぶり」は介在せず、「意はたゞおもひのたえぬ故」となるという。これは、「たかく」と「ふじのけぶり」が縁語関係にあることを「かけ合」という評語を用いているとみなすことができるような用例である。

宣長による定家四〇番歌「大ぞらは梅のにほひにかすみつゝくもりもはてぬ春の夜の月」の改作の際に用いられた「かけ合」が、いわゆる現行の理解における縁語関係を示していることは前掲鈴木が指摘するところである。(10) その上で、宣長が用いる評語「かけ合」が本節で見たような縁語関係を示しているものは、彼の用語法においては極めて少数であることもまた、指摘しておく必要がある。

おわりに

改めて本章で析出した宣長の評語「かけ合」が示していた内実を示せば次のようになる。

①句切れのと丶のひ
②一首内の二つの事柄が和歌的世界において共起することの必然性
③一首内の二つの事柄間における対照
④上下句の心の深さの均衡
⑤詞上・意味上の繋がり
⑥縁語関係を示しているもの

このことから、宣長の用いる「かけ合」は、「縁語」はもとより、事柄同士のつり合い、ことばや事物の照応といった限られた観点では不十分なほど、多様な和歌的表現の側面を示していることが明らかになった。各節でも見てきたように、宣長の和歌解釈が規定されてきたような、二項対立に対する視点(③)や過度な詞の語法上の運用(⑤)などは宣長の和歌解釈における一面を確かに照射しているが、それを以て宣長の解釈枠組みの全体像ということはできない。第四節「上下句の心の深さの均衡」でも見たように、「縁語」によって仕立てられた和歌に対して、心情の均衡という視点もまた、宣長の和歌解釈には内在していることが「かけ合」の分析から明らかになったからである。

そのうえで「かけ合」がいわゆる「縁語」とは独立した評語なのではないことも本章は示してきた。試みに前章で析出した宣長の評語「縁」と「よせ」の用法を簡略化して示し、「かけ合」のうちから析出された内実と比較すると次のようにその重複部分を見出すことができる。

（A）「縁」が縁語関係に適う関係を指すもの ⑥
（B）「縁」が語同士自体の連想関係と一首内での縁語関係との両者を表すもの
（C）「よせ」が縁語関係に適う関係を指すもの ⑥
（D）「よせ」和歌的世界の場面設定における必然的な繋がりを示すもの ②
（E）「よせ」が一首を越えて想定されるもの

「かけ合」の「②一首内の二つの事柄が和歌的世界において共起することの必然性」は宣長の評語「よせ」の「（D）和歌的世界の場面設定における必然的な繋がりを示すもの」と重なっている。また「かけ合」では極めて稀な例ではあるものの「⑥縁語関係を示しているもの」は「（A）「縁」／（C）「よせ」が縁語関係に適う関係を指すもの」と重なっている。さらに「③一首内の二つの事柄間における対照」は『草庵集玉箒』における「たたかはす」や「相照す」と重なることも田中（二〇一九）を参照することで明らかになった。

宣長が詞の秩序を重視していた、という彼の和歌解釈に対する性格規定自体はその通りだろう。その上で、宣長が和歌にどのような詞の秩序を期待していたのかという具体相の細かな記述こそまずは必要とされる。本書ではさらに宣長の和歌解釈における評語の記述を進めながら、その分析から導き出される彼の思考様式のあり方を明らかにしていく。

注

（1）『和歌文学大辞典』（明治書院・一九六二年）、『和歌大辞典』（明治書院・一九八六年）の「かけあひ」の項は、いずれも「縁語」への参照を指示しており、「縁の詞」「うへした」「よせ」などと共に「縁語」として一括して記述されている。

（2）石原正明『尾張廼家苞』（『新古今集古注集成　近世新注編2』笠間書院・二〇一四年）一〇七頁。傍点は筆者。

（3）石川泰水「尾張廼家苞」（『研究資料日本古典文学　⑥和歌』明治書院・一九七三年）、野口武彦「本居宣長における詩語と古語」（『江戸文林切絵図』冬樹社・一九七九年）、渡部泰明「本居宣長と『新古今集』――近世からの照射」（『中世和歌史論　様式と方法』岩波書店・二〇一七年）など参照。

（4）鈴木淳「本居宣長『美濃の家づと』における定家歌の改作」（『國學院雑誌』第七九巻第六号、一九七八年）五二頁。当該論考では、宣長の「かけ合ひ」が一首の意味の統一性に関して用いられることも、一首内の詞の整合性に関して用いられることも共に指摘しており、同評語の内実の多様さの指摘として本章に先立つものである。その上で、当該論考はさらに「かけ合ひ」を一首の上下句の関係において、対立性と親和性のうち、親和性をこそ重視する評語であると位置付けるが、「かけ合」の語を定家歌の改作以外においても調査する本章では、第三節において「かけ合」がその対立性をこそ強調するように、一首内の二つの事柄を対照的に捉えるために用いられている様もまた析出することになる。その意味で本章は、鈴木の論に沿いつつ、さらに「かけ合」の内実を、引いては宣長の和歌解釈の視点を、微細に記述するものとして位置付けられる。

（5）『角川古語大辞典　第一巻』（KADOKAWA・一九八二年）「かけあひ」「かけあふ」項参照。

（6）窪田空穂『完本新古今和歌集評釈　上巻』（東京堂出版・一九六四年）九一頁

（7）田中康二「本居宣長『草庵集玉箒』「歌の魂なし」再考」（『晩華和歌集／賀茂翁家集　和歌文学大系　第六九巻』明治書院・二〇一九年、月報）

（8）高橋俊和「和歌の『したてやう』」（『本居宣長の歌学』和泉書院・一九九六年）九一―九三頁

（9）久保田淳『新古今和歌集全注釈』第四巻（角川学芸出版・二〇一二年）一七七―一七八頁

（10）前掲鈴木、五一―五二頁

第三章　ことばと視覚

――評語「たゝかはす」から定家歌改作再考へ――

はじめに

これまで、現行において「縁語」と関連する評語として扱われてきた「縁」、「よせ」、「かけ合」についてその内実を記述してきた。本章では、さらにこの記述に厚みを持たせるために、第一節で『草庵集玉箒』における評語「たゝかはす」(1)の分析・記述を試みた上で、その評語が示す宣長の和歌解釈の特徴的なあり方を、「対照の思考」として取り出すことを試みる。

宣長における対照の思考は、前節で見た評語「かけ合」の内実においても見出された分析的視点であった。また宣長の和歌解釈の先行研究においても田中康二が、『草庵集玉箒』における「歌の魂なし」および「たゝかはす」「相照す」という用語の分析から、「歌に固有の二項対立をあぶり出し、歌人の作意を顕在化させる思考法」との指摘を行っている(2)。また田中は「全体の理／作者の見る心」の分析を通して、宣長の思考法の解明を試みている(3)。本章第二節では以上の田中の研究を背景にして、さらに対照の思考を示していると考えられる用例として『玉箒』中の全体と個別とを対照して捉えようとする評釈を分析する。

そして第三節では、この対照の思考が初期の和歌注釈書である『玉箒』から、円熟期を迎えた時期に著された『美濃の家づと』においても見出し得ること、すなわち宣長の和歌解釈の基本的性格であることを、定家歌改作の再考を通して明らかにする。
結論として、宣長が和歌世界の把握において輪郭の明確化を志向し、ことばと即応した視覚像の獲得を目指そうとする態度を明らかにする。

第一節　対照の思考――評語「たゝかはす」――

『草庵集玉箒』において一首の中の二つの事柄に対して「たゝかはす」という評語を用いて自身の解釈を提示しているものが散見される。この評語は二つの事柄をことさらに対照させて把握することで、明確な輪郭を描いて一首を解釈する宣長の読みの特徴を示していると考えられる。そのことを本節で『諺解』や『難注』との比較を通じて明らかにしていく。田中も触れる[4]、一二八番歌（二六〇頁）から見てみよう。

一木まづ咲そめしよりなべて世の人のこゝろぞ花になりゆく

諺解云。古今序に。人の心花になりにける。是は花美《クワビ》の方をいふ。此歌は一木咲しを見るより。世上の人みな。花を賞翫する心になり行也。

○今案。諺解たがへるにはあらねども。歌の魂なし。此歌は一木となべての世とをたゝかはせ。又なべての櫻の梢の。花にまだならぬ事を思はせたる物也。一首の心は。かつ〴〵只一木まづ咲そむれば。いまだなべての櫻の梢は花にならざるさきに。はや世の人の心がまづ花になりゆくといふ趣意也。心ぞのぞをつよく見るべし。心の花になるとは。花の事のみを思ふ也。

当該歌の『諺解』の解釈に対して宣長は「歌の魂なし」と述べる。この「歌の魂なし」という用語について田中は『玉箒』の用例を検討した上で、「歌全体の趣意および一首の眼目が把握できておらず、何となく物足りない注釈に対して、それが欠落している場合にのみ付与される批評語」(5)であると規定している。「諺解たがへるにはあらねども」と譲歩をしながらも、宣長は『諺解』の解釈のどこに「物足りなさ」を感じたのだろうか。それが「たゝかはす」という評語によって示されているのである。

宣長は「一木」と「なべての世」を「たゝかはせ」と言っている。個別(一木)と全体(なべての世)とを対照的に捉えることが、この歌の眼目になると考えているのだと言える。先の本文に続いて「又なべての櫻の梢の。花にまだならぬ事を思はせたる物也」と述べるように、一本の桜の木がまず咲き初めたこと(事柄A)に対して、その他の木はいまだ梢のままであること(事柄B)を「たゝかは」すという語を用いて対照的に捉えているのだ。宣長は当該歌を、咲き初めた一本の木を見ることを通して、その他全ての木々が未だ花を咲かせてはいないことを、世間の人々が思いやり、人々の心の中が桜のことで埋め尽くされていく様を描いた歌として解釈していることがわかる。景としては一本の桜の木ではあるが、その孤立した桜の木に対して、人々の心の中に想像上の桜が無数に咲き誇る様こそが一首の眼目であると考えたのである。

翻って『諺解』は「此歌は一木咲しを見るより。世上の人みな。花を賞翫する心になり行也」と述べるように、最初に花をつけた一本の木を見て、世の人が花を愛でる心境になったことを一首の主眼とみている。桜の花咲く一本の木を見て人々が「花を賞翫する心」を持つ、という時間の流れに沿った継起的な関係を一首の眼目と捉えているとも言えよう。宣長の「一木」と「なべての世」を「たゝかはす」ことを重視する解釈からすれば、『諺解』は一首の時間継起の終点にある「花を賞翫する心になり行」ことに重きを置いていることになるだろう。一本の桜の木は、単にそのきっかけに過ぎなくなる。この点が、宣長にとっての『諺解』解釈の「物足りなさ」なのである。同様に田中が注目する「歌の魂なし」に類する表現である「精神なし」[6]という批評語とともに「たゝかはす」の語が使われる例が、八七五番歌（三三八頁）である。

うき名にもながるゝ袖の涙かな心の瀧をせくとせしまに

諺解云。上句はうき名のたつを流るゝといひて。泣《ナカ》るゝといふ心をこめたり。さて又涙もながるゝとかけていへり。心の瀧は。心の瀧のごとくたぎりてわきかへる義也。恋の心の急《キフ》なる義。瀧つ心も。心の内の瀧も同事也云々。心の内の瀧を随分せくけれ共。いつの間にやらんうき名の世にながれひろごりて。涙もながるゝ也。名の流るゝとは。世に流布する事也。

○今案。涙の流れて。それ故にうき名のたつを。うき名にながるゝ涙といへる也。一首の意は。心の瀧をせきとめて。忍ぶとする間に。思はず涙のもれ出つゝ。人目にかゝりて。それゆゑに名のたてるよと也。心の瀧をせくと。涙はながれてとゞまらぬとを。たゝかはせたる物也。諺解に流るゝに泣るゝをこめたりと云はわろし。泣るゝと流るゝを兼てよむは。常の事なれど。此歌はさやうに見ては。中々くだ〳〵しく成也。又うき名の世に流れて。涙も流るゝ也といへるも事たがへり。さやうに見ては精神なし。

ここで宣長が「心の瀧をせくと。涙はながれてとゞまらぬとを。たゝかはせたる物也」と述べて一首の中で対照的に把握しようとするものは、心の中の瀧を塞き止めようとしていること（事柄A）と、涙は流れて止まらないこと（事柄B）である。

当該歌の評釈に対して田中は、二つの事柄を対照的に捉える宣長の姿勢と、その視点を有さない『諺解』への批判について「たゝかはす」と「精神なし」という評語を巡って次のように述べている。

ここで特に注目したいのは、「心の滝をせく」という四五句の一節と「涙はながれてとゞまらぬ」という二三句の事態とを対比的に扱っている事実である。宣長はこれを「たたかはす」と表現している。つまり、上句の流れる涙と下句の心の滝を堰き止めることを対置するわけである。現代の注釈書はそれらを「縁語」と簡潔に指摘して、それ以上踏み込まない。むろんそれは意義のある適切な指摘であって、異論をはさむ余地はまったくない。歌を解釈し評価する際の客観的な指標だからである。しかしながら、宣長が「たたかはす」という用語によって言及することは、表現技巧としての縁語にとどまる事柄ではなく、歌の趣意に関わる重要な論点であった。流れる涙とそれを堰き止める心とは、隠れた二項対立であって、それを顕在化させ、趣旨を明確にすることが宣長にとって非常に重要な事柄だったのであり、そのことを指摘できていない『諺解』を「精神なし」と評したと考えることができるのである。(7)

引用文中で田中が「現代の注釈書」としているのは『草庵集・兼好法師集・浄弁集・慶運集　和歌文学大系　第六五巻』(明治書院・二〇〇四年)であり、その当該歌の注釈には「『浮き』『ながるゝ』『せく』は『滝』の縁語」(8)という指摘がある。確かにそれぞれの語は縁語に違いないが、田中も指摘する通り、宣長がここで「たゝかはす」という用語を用いて示そうとすることは、先に挙げた心の中の瀧を塞き止めようとしていること(事柄A)と、涙は流れて止まらないこと(事柄B)との対照である。この二つの事柄は単に語同士が持つ、文脈を離れた関係ではなく、一首の内に併置されることで初めてその対照性が明瞭に表現されるものである。

宣長が「たゝかはす」を用いる際に、さらに注意したいのは、その評語が一首の和歌で表現される景を、具体的な輪郭を明確に浮かび上がらせるような場合に多く用いられている点である。心の中の瀧を塞き止めようとしていること（事柄A）と、涙は流れて止まらないこと（事柄B）との対照にしても、心の中は具体的には目に見えないものであるが、それを涙が流れるという形で具象化する時に、「たゝかはす」が用いられているのである。

「たゝかはす」における輪郭の明確化という点を念頭に置いた上で、以下、田中の論に導かれる形で、宣長が「たゝかはす」という用語を用いて表現しようとしている事態を、評釈に即して記述していく。次に見る一五七番歌（二七〇頁）は特に一首の各成分を入念に対照させようとする意志の強い評釈である。

よるはなほ我身にぞそふくるゝまでこずゑに見つる花のおも影

諺解云。終日花を梢に見しに。花のあたりも暮て。分明に見えず。面影の梢にたつに。夜に入てはすきと見えぬ故。たゞいよ〳〵おもが《(か)》げの身にそふばかり也。此猶いよ〳〵也。花をしたふ心の深き詮をいへり。難注云。歌の心は。一日花になづさひて。くるゝ迄まさしく花を見る故。面影の身にそふとは覚えず。夜は梢を見ざる故。くるゝ迄身し花の面影の。身にそふ事をいよ〳〵覚ゆる也。思ふといふことを。わがみにぞそふといふ詞にこめて読る也。諺解いまだ深意をさとらずとしるべし。

〇今案。二注ともに誤れり。諺解には花のあたりも暮て分明に見えず。面影の梢にたつといひ。難注にはくるゝ迄まさしく花を見る故。面影の身にそふとは覚えずといへる。是みなくるゝ迄梢に見つるといふ詞を。面影迄へかけて見るから誤れり。眞《マコト》の花を目の前に見る時には。面影あるべきやうなし。すべて面影といふ物は。今目には見ずして心に思ふ物の。見るやうに思はるゝ事也。されば此歌晝《ヒル》梢に見つる花の。夜はその面影の身にそふ也。二注共にこの面影の所を見そこなへる故に。趣意の立《テ》所をもえさとらぬ也。

くるゝ迄梢に見つるとは花の事也。面影迄へかゝる詞にあらず。くるゝ迄見つる花の。その面影といふ事也〈中略〉歌の心は。梢に見つると。我身にそふとを戦はせたる物にて。暮る迄はあなたの梢に見つる花の。夜は其面影のいよ〳〵近く。わが身にそひて。晝《ヒル》まさしく見し時よりも。猶したしくはなれる意也。是にて梢に見つると身にそふとの詞。はたらきて趣意明らか也。終日見てもあかぬ故に。夜もその花のうへをのみ思ふから。面影のはなれぬをよめる也。

宣長は、『諺解』と『難注』とを共に否定する。その上で宣長の提示する解釈視点は「梢に見つると。我身にそふとを戦はせたる」ことに向けられる。宣長がここで「戦わ」すという評語で捉えようとする対照的な事柄は、昼の間梢を遠く目で見ていたこと（事柄A）と、夜になり面影として近く心の中に浮かんでいること（事柄B）である。すなわち「晝／夜」「あなた／近く」「梢に見つる／我身にそふ」という対照をことさらに取り出そうとするのである。そのように一首内の各成分を対照的に捉えることで「梢に見つると身にそふとの詞。はたらきて趣意明らか也」と述べる。この評釈には宣長にとっての対照的把握がその和歌解釈上、一首の中で詞を有効に機能させるために重要な視点であることが示されている。

この観点から宣長の『諺解』・『難注』批判の勘所もまた明らかになる。「是みなくるゝ迄梢に見つるといふ詞を。面影迄へかけて見るから誤れり。〈中略〉くるゝ迄梢に見つるとは花の事也。面影迄へかゝる詞にあらず。くるゝ迄見つる花の。その面影といふ事也」と述べ、煎じ詰めれば宣長と『諺解』・『難注』との解釈上の対立は「見る」対象が「花」であるのか「面影」であるのかに存すると言える。宣長に見えているものは「花」である。一方で「面影」とは宣長にとって「今日には見ずして心に思ふ物の。みるやうに思はるゝ事」であって、「面影」は見えるものではない。花だけが視覚化されているとも言える。この観点から宣長は、『諺解』・『難注』が「見つる」対象を「面影」とすることを、非難しているのである。
次の用例は一二八番歌で見たように一首を時間的な継起関係と読もうとする『諺解』に対して、二つの事柄を同時に眼前で進行する景として対照して捉えることに眼目を置こうとする宣長の解釈である。二〇五番歌（二七四頁）。

雨にこそしをれはつともさくら花庭は雪とやふりつもるらん
諺解云。此雨に花はしをるゝにて有べし。よししをるゝ共。ちらであれかし。其内に参ても見るべきに。定めて雪と降て。庭につもるべき事のをしくこそあれといひやる也。
〇今案。一首の趣意は雨と雪とを戦はせて読る也。梢にては雨にしをれはててちるとも。又庭には雪とつもりて面白からんと也。下句は惜む心にあらず。上句の語勢をよく味はふべし。諺解のごとくにては。ちらであれかしといふ意いひたらず。又雪といふも無用の事になる也。

『諺解』が落花を惜しむことに一首の主眼を置いているのに対して、宣長は「一首の趣意は雨と雪とを戦はせて読る也。」と、「雨」と「雪」との対照による趣深さに、主眼を置いている。桜の花は、梢についているものは雨によって萎れ果てて、散っていく（事柄A）。しかしその雨によって散らされた桜花も、雪のように白く庭に降り積もって、趣深い景を現出している（事柄B）。
『諺解』は花が雨によって落ち、雪のように庭に降り積もるという時間的な継起関係として一首を捉えている。事柄を時間的な継起関係として捉える以上、一首を読み終わった際に心に最も残るのは、継起の最終地点であろう。それは『諺解』の解釈であれば花が「庭につもるべき事」であり、その時点を一首の表す感慨として「をしくこそあれ」と捉えるのである。

宣長は一首の上句と下句とを時間的な継起関係にあるとは捉えない。当該歌の景は雨に萎れる花（事柄A）と雪のように庭に降り積もる花（事柄B）として同時に眼前に展開されているのである。一つの視界の中で明確な輪郭として雨に萎れる花（事柄A）と雪のように庭に降り積もる花（事柄B）が描き分けられているという読みである。すると一首が読者に与える感慨は「惜む心にあらず」であり、「雨」と「雪」とを「戦はせて」得られた明確な輪郭を描き出す「面白からん」ものとなるのである。宣長はそのように二つの事柄を対照させて当該歌を読もうとするのである。

宣長は掛詞の二重の意味を介して二つの事柄を対照させる表現を捉える用語としても「たゝかはす」を用いている。その用例が五二〇番歌（二九八頁）である。

眞木の葉はつれなき山の下露に空行月の影ぞうつろふ

諺解云。月のうつろふは照す義也。色のうつろふといふはかはる事也。此歌は両方をかけたり。眞木の葉の露にも色のうつろはずつれなきに。空行月の影のてらしうつろひて。はつきりと見ゆるは。眞木の葉もうつろひかはるやうに思はるゝ也云々。

○今案。うつろふは。空なる月の影の露にうつりて見ゆる也。只てらすとは少しかはれり。又眞木の葉もうつろひかはるやうに思はるゝといへる。大にひがこと也。其心さらになし。歌の心は。眞木の葉はつれなくして色もうつろはず。月がうつろふといふ趣意也。露はなべて木ノ葉をうつろはする物なるに。眞木の葉はうつろはで。其露に月影がうつろふ也。さて月影のうつろふと。木葉の色のうつろふとは。別の事なれども。詞の同じきを以て戦はせたる物也。〈後略〉

宣長による一首の主眼は、木葉の色は移り変わらないこと（事柄A）と、露に月光が映ること（事柄B）、という異なる二つの事象を「うつろふ」という同一の語によって「戦はせ」ていることにある。『諺解』も同様に「うつろふ」の語が、月光の露を照らすことと葉の色の移ろいという二つの意味を兼ねていると見ている。

その上で宣長と『諺解』との解釈の対立点は、眞木の葉の色が「うつろふ」とするか否かにある。『諺解』は「眞木の葉もうつろひかはるやうに思はるゝ」と述べるように、本来は色の変わらない常緑樹である眞木の葉も、その上に置く露に「うつろふ」月光のように、同じく「うつろふ」（眞木の葉が変色していくように）と思われると解釈している。一方宣長は、眞木の葉の色は変わらないとする。「眞木の葉もうつろひかはるやうに思はるゝ、といへる。大にひがこと也。其心さらになし。」として「眞木の葉はつれなくして色もうつろはず。月がうつろふといふ趣意也。」と述べる。このように「うつろは」ないものと「うつろふ」ものとの対照を、宣長は「詞の同じきを以て戦はせたる物」と述べているのである。

『諺解』は「空行月の影のてらしうつろひて。はつきりと見ゆるは。眞木の葉もうつろひかはるやうに思はるゝ也」と述べており、眞木の葉と月光とが同じように「うつろふ」中で、眞木の葉は月光と同じ色彩へと溶け込んでいき、その両者の境界線を曖昧にさせていく景を見ているのであろう。それに対して宣長は「うつろは」ない眞木の葉と「うつろふ」月光という色彩の輪郭線を明確に引くような景を想定していると言える。『諺解』は「うつろふ」の当該歌での用法を「かけたり」と述べるのに対して、宣長がわざわざ「戦はせたる」と言い換えるのは、詞の上での対照でありながらも、さらに一歩踏み込んで景における色彩の対照を、あるいは両者の輪郭線の明確な境界を一首の眼目として浮かび上がらせるためであったのであろう。

次に宣長が基本的には批判の対象として俎上に乗せる先行注においても「たゝかはす」が現れており、その解を宣長が支持する評釈を七〇三番歌（三一八頁）に見よう。

霜枯のいまや草葉のはてならんかぎりは見えぬ武蔵野の原

諺解云。上句倒句といふ物也。今や草葉の霜枯のはてならんといふを。上下へさかさまにいへる也云々。むさし野は遠く広き故。果のなきやうによめり云々。草の青きうちは青色をたよりに。野の末はるかに目路に見えしが。草の枯はてては色なき故。末迄は見えぬ程に。今や草の霜枯はてし時分なるらんと也。かぎりとは武蔵野の遠き果をいへり。

難注云。歌の心は。武蔵野は限も見えず。され共草葉は限有て。今や霜枯の果ならんと也。是は武蔵野のはてなきといふに。草葉の枯る果は有そとた、かはせてよめり。諺解に草の枯はてて色なき故。末迄見えぬ程に。今や草の霜枯はてし時分ならんといへり。草の枯果たりとて。末の見ゆまじき理なし。又末が見えぬとて。枯果し時分ならんと推量せんも。迂遠なる了簡なるへし云々。

○今案。諺解のわろき事難注にいふが如し。一首の趣も難注のごとし。但し草葉は限有て今や霜枯の果ならんと也といへるは。諺解と同じく上句を倒句と見たる也。是誤也。倒句にあらず。直《スグ》にいひくだしたる句也。其故は此歌むさし野の霜枯たる所を見て読る心なれば。かくの如く霜枯たる今が。草葉のはてならんといへるにて。霜枯の今とつゞきたる詞也。もし難注の如く霜枯のはてと見ては。此詞のつかひやうたがへり。其故は霜枯たる所を見て。今や霜枯のはてならんといふべきやうなく。且《ツ》この歌は野のかぎりと草のはてとを戦はせたるなれば。只草葉のはてといふにて事たれるを。草葉の霜枯のはてといひては。霜枯といふ事無用なるのみならず。却てくだ〳〵しくなる也。すべて同じ詞もつかひやうにより見様によりて。活《イキ》も死《シニ》もすること也。此歌に霜枯といふ事なくてかなはぬ詞にて。よくつかひたる物を。注者のひが心得によりて。無用の死物となれり。歌の注は大事のこと也。今見る所をさして。此霜がれの今が。草葉の果ならんと見るにて。霜枯の草ふたゝび春雨のめぐみをうけたるがごとし。下句限《リ》はのはは。草葉のはてに対して。野の限《リ》はといふ心也。さてかぎりはてのさたにて題の径の意有也。

『諺解』は、草葉が枯れ果て、葉の色を失い、もとは葉の色付きによって見渡せていた武蔵野が、その標を失い、限りない広がりとして感受されると解釈している。当該歌に対して『難注』は「たゝかは」すという評語を用いる。『難注』の「たゝかは」すは、これまで見てきた宣長と同様に一首の中に対照を見ようとするものである。「是は武蔵野のはてなきといふに。草葉の枯る果は有そとたゝかはせてよめり。」と述べるように、『難注』が「たゝかは」すという評語で示そうとするのは、武蔵野には果てが無い（事柄A）に対して、草葉は枯れて果てが有る（事柄B）、という対照である。

宣長は基本的に『難注』の『諺解』に対する非難と「たゝかは」すを用いた一首の解を支持している。その上で、『諺解』と『難注』の取る、上句を倒句とみて「今や草葉の霜枯のはてならん」とする見方を宣長は批判している。そして一首を上句から続く詞の順序のまま、「霜枯れのいま」が「草葉のはて」なのだろうか、という解を提示している。とはいえ一首の趣意に関して宣長は『難注』の武蔵野の果て無き（事柄A）に対して、草葉は枯れて果てが有る（事柄B）という、「たゝかは」す解を支持する。最終的に「下句限《リ》はのはは。草葉のはてに対して。野の限《リ》はといふ心也。」と述べ、特にこの「は」が、草葉の果てが有ることと武蔵野の限りが無いことを対照的に捉えていることを評釈において明確に示している。限りのない武蔵野が地となり、草葉の果ての輪郭が図として明確に浮かび上がる解と言えよう。

『玉箒』において宣長が用いる「たゝかはす」の語には、これまで見てきたような対照の思考を示しているものとは別に、ある事柄を持って別の事柄を思い起こさせるという比喩関係として用いる用法も見受けられる。まずは一四七番歌（二六五頁）の次の評釈である。

分きつる山はいくへとしられぬに花のか深く袖ぞなり行

諺解云。分来つる山は。いくへといふ程さして深くも覚えぬに。袖にうつる花の香は。次第に深くなりゆくを思へば。さては山深く入しゆゑ。あまたの花のかの袖にうつりて。深くなりたる物也と読り。花の香を深く賞翫したる心也。

○今案。いくへといふ程さして深くも覚えぬにといへる。ひがこと也。是は分きたる所の山路の深くなり行事は。いくへといふ事を覚えざるに。袖にうつる花の香が深くなりゆくと云也。袖ぞのぞをつよく見るべし。袖の花の香の深くなりゆくといふにて。山路の深くなり行事を戦はせたる趣意也。さて花に心をうつせる故に。山路のふかくなる事を覚えぬ心ふくみておもしろし。

この「戦はせたる」の用例は対照というよりは、比喩関係として捉えるべきであろう。袖に移った花の香りが深くなること（事柄A）によって、山路もまた深くなっていくこと（事柄B）を思わせるという表現を、「戦はせたる」という用語を使って表そうとしているのである。

さらに二つの事柄を比喩関係として捉えようとする「たゝかはす」の用例を八七三番歌（三三八頁）で見よう。

うき名だに跡にたゝずは恋死なんけふりのはてをなげかざらまし

今案。諺解に人のうへまでうき名をたてん事を思ふゆゑに。心に任せて恋死もせられぬ也といへるはひが事也。人の名をおもふにあらず。死後に我名のたゝん事を歎く也。又心に任せてこひ死もせられぬといへるは。恋死んを上へ係《ツケ》て見たる故の誤也。其心にはあらず。二の句にて切《リ》て。恋しなんをば下へつゞけて心得べし。かくてはとても恋死るにてあらんと思ふからして。後にうき名さへたゝずは。恋死ん事をも歎きはせじ物をと読る也。煙のはてといへるは。うき名のたつと。煙のたつ心とをたゝかはせたる物也。

「煙のはてといへるは。うき名のたつと。煙のたつ心とをたゝかはせたる物也」と述べることから、煙が立ち上ること（事柄A）をうき名が立つこと（事柄B）の比喩として「たゝかはす」という評語を用いていると考えられる。当該歌「たつ」に関するこの「たゝかはす」は五二〇番歌で「うつろふ」の語に関して「詞の同じきを以て戦はせたる物」と述べていた用法とも近しいと言える。

最後に取り上げた「たゝかはす」における二つの事柄間における比喩関係を示すものは、一四七番歌についていえば、「袖に移った花の香りが深くなること」（事柄A）という嗅覚的な表現が「山路もまた深くなっていくこと」（事柄B）という景を喚起させ、また八七三番歌では「煙が立ち上ること」（事柄A）という景が、「うき名が立つこと」（事柄B）という目に見えない事態を具象化していた。

二つの事柄を対照させて一首の主眼を把握しようとする際にも、これまで見てきたように、時間継起として景を捉えるのではなく、同時に眼前で進行する景のうちに二つの事柄の対照性を見ようとしていた。時間の流れによって移ろいゆく景ではなく、いま目の前にある対照的な事柄を、その対照性に基づいて明確な輪郭線を描いて切り出してこようとする志向が、宣長の「たゝかはす」という評語による和歌の把握においては見出せるのである。

和歌が表現する世界のうちに、対照の思考に基づき明確な輪郭を描く具象的な景を把握しようとする時、宣長は「たゝかはす」という評語を用いる。この思考を示す評釈は「たゝかはす」の語を用いているものにとどまらない。次節では、「たゝかはす」を軸に析出した宣長における対照の思考を、他の評釈においても見出すことができることを示す。

第二節　全体と個別の対照的把握

前節で見てきた評語「たゝかはす」は、一首中の二つの事柄を対照的に捉えることで、一首の歌意を明確化するとともに、和歌の世界に明確な輪郭を浮かび上がらせようとする和歌解釈の分析的視点であった。二つの事柄を対照的に捉える思考は、田中康二により分析された、『玉箒』における「全体の理」と「作者の見る心」という二分法によって和歌を解釈する態度とも共通している。いま田中[9]も上げるこの例の初出を取り上げる。三一番歌（二四七頁）。

わきてなどつれなかるらん出る日のひかりに近き峯のしら雪

諺解云。平地にてさへ春は消べき雪の。ことに日に近き峯には。とりわき早くきゆべきに。などかくつれなくきえぬ事ぞと也。

○今案。諺解わきての詞のあて所たがへり。此わきては。何とて平地よりも峯にはとり分てのこるらんの意也。これらはたれもわきまふべき事也。歌の心。物の全体の理と。作者の見る心とをわかちて心得べし。まづ雪は平地は早くきえ。高山は久しくのこるは全体の理也。高山は寒き故也。然るに作者の見る心は。峯は日にちかければ。外よりも早く消べき事と思ふ心にて。分てなどつれなく残る事ぞと読る也。是レ惣体歌を心得るに益ある事なり。此事下にもいふべし。合せて考ふべし。わかちて心得ざれば混雑する事おほき也。

当該歌に関して宣長は、「全体の理／作者の心」という分析的視点を導入して解釈を行おうと試みている。残雪のあり方が問題にされているわけであるが、まず「全体の理」として、雪は平地では早く消えるが、高山では長く残り続けるものであることを確認している。高山は平地に較べて寒いため、雪が長く残るのであるという。以上の「全体の理」を鑑賞者は脳裏に描いた上で、一方で作者は別の想像をしていることにこそ、宣長はこの歌の読みどころを求めている。すなわち、高山には雪が長く残るのが理であるにもかかわらず、作者は高山の雪の方が平地よりも早く消えるはずだと思い込んでいるのだとするのである。ここでの作者の思い込みとは、高山は平地と較べて太陽により近いので、雪もまた平地よりも早く消えるはずだというものである。それにもかかわらずどうして峯には雪が残っているのだろうか、という作者の、ある意味で滑稽な疑問が、一首の眼目であると宣長は読もうとするのである。

二つの事柄を対照的に把握するという思考のあり方に定位した場合、田中が取り上げる(10)『玉箒』中の評釈をもう一例検討しよう。一〇一〇番歌（三五九頁）。

暮をだにまてとも人は契らねどやがて又ねの夢に見る哉

諺解云。別をしたへども。人の心はしみ〳〵共なく。何を契る事もなく。暮をまてとさへもちぎらで帰りしか共。我心には深くしたふ故。またねの夢にみゆると也。やがては其まゝ也。五もじ聞にくし。暮をまてとさへもといふ義也。倒語也。又ねとは。わかれて後に又寝《ヌ》る事也。

○今案。諺解。くれをだにの見様たがへるゆゑに。一首の魂もぬけたり。此だには。またねの近きに対して。暮《クレ》の遠きをいへる詞也。別れてそのまゝの又ねの近きにくらぶれば。暮《クレ》はやゝ間《アヒタ》ありて遠《トホ》き也。然るにそのとほき暮をさへ人は契りおかぬ事なれば。ましてそれより前には見ゆべきやうなき理りなれども。我ははやそのまゝの又寝《マタネ》の夢に見る事よといふ趣意なり。暮をだにとやがてとを相照《アヒテラ》して見るべし。

宣長が当該歌に見出そうとする読み所は、「またねの近き」と「暮の遠き」との対照である。この遠近の対照を明確化するために、相手と別れた直後の又寝が訪れる短い時間経過と比較して、後朝からその日の暮れに至るには間があるために、より長い時間経過を要するという、至極常識的な説明をさえ挟み込んでいる。その上で宣長は当該歌の場面を、作中主体の又寝の一時点に生じるものだと考えている。その一時点において作中主体の心中で生じる思いとして、遠い暮れの約束さえしていないのだから、ましてそれ以前に相見えることなどかなわない道理にもかかわらず、私は早くも別れの直後の又寝の夢に相手を見るのだ、そういう思いを一首の眼目として捉えようとしている。

一方で『諺解』は、まず別れの時点があり、その場で今日の暮れの逢瀬の約束を結ぶことなく相手は帰って行った。その後相手を深く慕う作中主体が又寝をすると、相手がその夢の中に出てくる、という時間経過を一首の中に見出している。そのような『諺解』の読みを「一首の魂もぬけたり」とまで述べる宣長は、この評釈において「相照」すという用語を用いる。「だに」と「やがて」との関係を遠近の明確な対照として捉えようとする評語と言えよう。

この遠近の対照には、今ここで思う相手を眼前にありありと浮かべる宣長の読みもまた鮮明に表されていると言える。『諺解』のような一首の継起的な把握は、後朝の別れの時点から視点が動いていく様であるが、それに対して宣長が遠近の対照で見ようとする景は、観念的な前提を踏まえた上での相手の姿である。時空間の遠近の対照という抽象的な思考を働かせてまで、今ここの眼前に輪郭を浮かび上がらせようとする読みを、宣長は行おうとしているのである。

このような対照の思考と輪郭の明確化は、『玉箒』において前提を頭の中に描いたで、個別場面の具体性との対照によって和歌を捉えようとする姿勢にも見出すことができる。

次に見るのは「常」と「今」との対照として歌を解釈するものとしての、一一四番歌（二五七頁）である。

空になほつれなく残る月影をかすみへだててあくるよはかな

諺解云。本歌「有明のつれなく見えし云々。此世界は明たれ共。空は霞にへだてて。霞より上は明ぬ故。月のつれなくのこるやうに見ゆる也。霞より下は明ゆく也。

〇今案。霞より下は明て。上はあけぬなどいへる。いふにもたらぬひが事也。又忠岑の歌を本歌とて引たるもわろし。本歌とれる歌にあらず。歌の意は。まづ月は山にかくれて夜の明るがつねなるに。今はまだつれなく空にのこりたる月を。霞がへだてて明ると也。入《ル》山のはがへだてて明《ク》べき月を。霞がへだてて明るといふ趣向也。空にといへるにて。山のはの事をおもはせたり。

この評釈においては、「歌の意」として、「つね」と「今」との対照的な事柄の捉え方が示されている。焦点は、月が見えなくなり夜が明けていくあり方に向けられている。月が何かに隠されることで夜が明けるという前提のもと、「つね」として考えられているのは、月が山の端に沈んでいくことで夜が明けていくことであると提示される。その「つね」のことを頭に思い描いた上で、「今」は山の上に浮かぶ月が霞に隔てられることで夜が明けていく、という景が一首では詠まれていると宣長は主張しているのである。月が、山の端に沈む「常」と霞に隔てられる「今」とを対照的に捉えることが、この歌の「趣向」だとするのである。

当該歌においては『諺解』が示す、霞を境に、霞より上は明けず、霞より下は明けていくとする解の方が、具象的な意味では輪郭が明確で、鮮明な景の印象を与える。それに対して宣長が喚起させようとするのは、ある意味で観念を経由した景と言えよう。頭の中で思い描かれる「つね」の景がまずある。それに対して「いま」ある眼前の景の輪郭を浮かび上がらせようとするのである。この観念を経由した対照が、「全体の理」と「作者の見る心」や、「相照す」において見たような思考法でもあった。

同じように観念を経由した対照の思考を示している評釈を上げよう。七〇六番歌（三一九頁）。

とふ人の《もイ》あと絶はてし蓬生はかれてぞいとゞさびしかりける

諺解云。蓬の生しげりたる庭に。始はふみ分てとふ跡もまれには見えしが。とふ人もなければ。ふみ分し跡も絶はててさびしかりしに。今はその蓬さへ枯て。庭のけしきのいよ〳〵さびしき也。いとゞはいよ〳〵也。又一説。蓬の有しうちはふみ分たる跡も見えしが。かれて後は跡が見えぬ故いとゞさびしき也。○今案。諺解両説ともに。二三四の句の語勢にかなはす。三の句のはもじ。四の句のぞもじに心をつくべし。すべて蓬は人のとひ来《コ》であるゝ庭に生しげる物なれば。尋常《ヨノツネ》には。しげるを人のとはでさびしき事にとりて。枯るをば人のとひくる方にとる物也。然るに此庭のよもきふは。とふ人の一向に跡絶はてて。又たまさかにも来る事もなきよもぎふなれば。枯たりとて又人の来べきたのみもなければ。中々しげりたりし程よりも。枯てそいよ〳〵さびしさのまさると也。絶はてしのはてしをつよく見るべし。まだ一向にはたえはてずして。又しぜんとたまさかにもとひ来べき頼みもある程ならば。枯るにつきてもしやと思はるゝ頼みもあれば。さはあるましきに。是は一向に人の絶果てさる頼みもなければの心也。さてき《〔よ〕》もぎふはのはに心をつくべしといふは。只しげるをさびしき事にする尋常《ヨノツネ》の蓬生に対して。此蓬生はといふ心也。

又枯てぞのぞに心をつくべしとは。尋常の蓬生はしげるにつけてこそさびしきに。是は枯てぞいよ〱さびしき也。一首の語勢をよく〱あぢはふべし。

当該歌に対して『諺解』は二つの解釈を提示する。第一に、時間の継起変化を一首の眼目とする解である。はじめ蓬生が茂る庭に人が訪ねてきていた時点から、人の訪問が絶えた時点、そして今に至っては蓬生までが枯果てた、という時間の継起変化を一首の眼目としている。また別解として第二に、蓬生が生え茂っていた時分には、人の訪れによって踏み分けられた跡が見えたが、蓬生が枯れた後には、また人の訪れもなくなり踏み分けた跡も見えなくなり、さびしさも増していく、という見解を示している。

この二つの解に対して宣長は共に「二三四の句の語勢にかなはず。」として退ける。宣長が持ち出す解釈の枠組みは、「尋常《ヨノツネ》」という全体を表す語を用いて、蓬の庭と人の来訪との関係をまとめるものである。蓬で庭が繁れば、それは人の来訪がなく寂しさを表現することになり、対して蓬が枯れると人の来訪があるものと取るのだという前提を提示する。そういった和歌的な世界での共通認識をまず頭に描くのである。その上で「然るに此庭のよもきふは」と、当該歌の個別場面へと目を転ずる。「尋常《ヨノツネ》」としては蓬の枯れた庭は人の訪れがあるものにも関わらず、「此庭」では蓬が枯れてもなお人の訪れがない、そういった前提と個別場面との相違に、一首が伝えるいや増す寂しさのありかを求めている。

前提と個別場面との相違が、「は」と「ぞ」とに着目することで際立たされている。「蓬生は」の「は」によって、繁ることを寂しい事と直結させる「尋常の蓬生」と、当該歌の個別場面としての「此蓬生」が対照されている。同様に「枯てぞ」の「ぞ」も、繁ることと寂しさが結びつき、逆に枯れることと人の訪れが結びつくはずの「尋常の蓬生」に対して、当該歌における個別具体的な場面として「此蓬生」に関しては、枯れるという景こそが寂しさと結び付けられているのである。前提として頭の中に思い浮かべられる景と感情との結びつき（「尋常の蓬生」は繁ることが寂しさと結びつく）が裏切られることで、むしろ今ここにある景と感情の結びつき（「此蓬生」は枯れることが寂しさと結びつく）が鮮烈な印象として鑑賞者に刻まれるのである。ここにも、観念を経由した対照性の把握という特徴が見出される。

以上、第一節では宣長が評語「たゝかはす」を用いて和歌の表現する世界のうちに明確な輪郭を描いて把握しようとするあり方を見出し、第二節では「全体の理／作者の心」や「相照す」、「常」と「今」、「尋常」と「此」という解釈法において、観念を経由した対照性の把握として一首の趣向を掴み取ろうとする宣長の態度を見てきた。宣長の初期和歌注釈書である『玉箒』において見出されたこの対照の思考は、晩年の『美濃の家づと』にも貫徹しており、さらに対照的に一首を解釈するということの思考法は、詞を通じて対象世界の輪郭を明確に切り取るという宣長の志向に根差していることを次節において示していく。

第三節　ことばと視覚の一体的把握――定家歌改作再考――

これまで『玉箒』の評釈において見てきた宣長の対照の思考は、晩年に位置する和歌注釈書である『美濃の家づと』にも形を変えて見出すことができる。

『美濃の家づと』の宣長評釈に対して、自身の評釈を述べていったのが石原正明『尾張廼家苞』であった。評語「かけ合」を用いて「一首内の二つの事柄間における対照」を示していた箇所でも触れた新古今五七番、源具親歌に対する評釈において、正明は宣長の和歌解釈の傾向について「けざやか」という語を用いて述べている。

此先生（筆者補：本居宣長）の、いとめでたし詞めでたしといはるゝは、あらしぞ霞む関の杉村、さくら色の庭の春風など、けざやかなるが多かり。それも一ッの姿にて、あしとにはあらねど、初学の必心よする所にて、浅近なるニちかし。いはゞ詞の花の山口なり。此集には、えんに奥深きも、いうにたけ高きもありて、おくのさかりはこよなき物をや。近来新古今集を華やかなるに過たりといひ、つくり物也などいふ人多し。それもこれらのけざやかなるをみていふなれば、此集の山口にまよひし人也。此集は変幻自在なる事をしらず、褊き見解なり。

正明は宣長が『美濃』において評価するのは「けざやかなる」歌が多いという。「けざやか」は『源氏物語』初音巻で「白きに、けざやかなる髪のかかりの」(11)と、衣の白さと髪の黒さを鮮やかに対照していることからも、二つの事柄を対照して輪郭をくっきりと浮かび上がらせる様を示す言葉である。正明が評釈中において示す、二つの新古今歌「あふ坂や梢の花をふくからにあらしぞ霞む関の杉村」（春下・一二九・宮内卿）、「さくら色の庭の春風あともなしとはばぞ人の雪とだに見む」（春下・一三四・藤原定家）の後者における宣長の解釈を見よう。

めでたし、詞めでたし、初二句は、嵐もしろし、嵐ぞかすむ、などのたぐひにて、又一きはめづらかなり、梢より花をさそふ春風は、桜色に見ゆるをいへり、さて上句は、花は残りなく、庭にちりはてたるさまなり、跡は雪の縁の詞、四の句ぞもじ、力を入られたり、ばぞのてにをは、めでたし、下句本歌、明日は雪とぞふりなまし云々、

「嵐もしろし、嵐ぞかすむ、などのたぐひにて」と述べることで前掲宮内卿の一二九番歌をも指示しながら、「梢

より花をさそふ春風は、桜色に見ゆるをいへり」と述べ、本来色のないはずの嵐や風が花びらによって色づき、くっきりとした輪郭が浮かび上がる歌境に一首の主眼が存する歌として高い評価を与えている。宣長は「けざやかな」ものとして歌を読もうとしていた。そのことはとりもなおさず和歌で表現される景において、輪郭を明確に切り取ろうとする態度であるといえよう。

本節では『玉箒』において見出してきた対照の思考によって一首の景の輪郭を明確に捉えようとする宣長の和歌解釈態度という観点から、彼の『新古今集』における定家歌改作の理路を再定位することを試みる。『草庵集』の注釈から『新古今集』の注釈を見ようとする態度は、それだけでは肯定され得ないだろう。しかしこと宣長の定家歌改作においては、この処置は妥当性を持つ。定家歌改作について、宣長の評釈と歌論との関係に踏み込んだ分析を行った鈴木淳は、定家歌改作においては、『新古今集』を重視する鑑賞者の立場と、『草庵集』を重視する実作者の立場を分けて考える必要があることを次のように述べている。

宣長の歌論上の主張は、実作の立場からするものと、ひとまづ作歌意識を離れた鑑賞の立場からするものとに、腑分けしてみることができる。この事は、とくに宣長の定家観なり新古今観なりを考察するときには、必須の手続きであり、拠りどころとする立場の違ひによつては、評価の分裂をきたすことがあつて、むしろ当然なのである。そしてこの、ふたつの相異なる立場による、歌論上の評価の分裂は、『美濃の家づと』における、改作批評とそれ以外との間の、矛盾する評価に正しく対応するものである。改作批評とは、ひとくちに言へば、新古今風の原歌を「二条家の正風」に直すといふ事であつた。換言すれば、鑑賞的立場からは是、実作的立場からは非とされる原歌を、鑑賞上はさう高い評価を与へられないまでも、実作上は是とされる風体にまで改めたといふ事である。(12)

ここで鈴木が述べる「二条家の正風」が、すなわち頓阿『草庵集』の風体に他ならない(13)。すなわち、本章でこれまで分析してきた『玉箒』における宣長の和歌把握の態度から『美濃の家づと』における定家歌改作を捉え直すのは、必須の手続きであるとさえ言えよう。

以上を踏まえた上で、実際の定家歌改作の考察を試みる。

> 大空は梅のにほひにかすみつゝくもりもはてぬ春の夜のつき（春上・四〇）
>
> 二三の句は、霞める空に、梅香のみちたるを、かくいひなせるなり、四の句は、たゞ古歌の趣をとりて、春の月のさま也、梅のにほひ、かけ合たる詞なき故に、はたらかず、此句をのぞきて、たゞかすみつゝにても聞ゆればなり、或人の云、大ぞらはくもりもはてぬ花の香に梅さく山の月ぞかすめる、などあらまほし、

宣長の改作歌を意味の係り受けに留意して現代語訳を試みれば次のようになるだろう。「大空には、花の香りによって曇り切りもしない（月）、梅の咲く山に（その）月が霞んでいる」。

改作歌を解釈する上で「くもりもはてぬ」の「ぬ」を完了の終止形と取る見方を提示するのが山下久夫である。「大空は果てしなく曇っている。香りを一杯に漂わせた梅の花が咲いているが、その香りのために梅林を通してみえる月が霞んでいることよ(14)。」この解釈は当該改作歌を初句から真っすぐに読み下そうとする、宣長が『玉箒』においてたびたび提示する読み方に親和的な解釈であろう(15)。

一方で「ぬ」を打消「ず」の連体形と取る読みの可能性があり、本論ではこちらを採用する。定家の原歌とその

本歌である大江千里「てりもせずくもりもはてぬ春の夜のおぼろ月よにしく物ぞなき」の両者において「ぬ」は打消「ず」の連体形として「月」へと係っていくものとして用いられている。また宣長自身の評釈から根拠を探ると、『續草庵集玉箒』巻一、春夏一〇七番歌（四二一頁）に「くもりもはてぬ」を「只春のならひにてうすくかすむをいふ。千里が歌も其心也。」とする一文がある。

月影のくもりもはてず見し春を老の涙にしのぶよはかな
〇今案。諺解に。かすむとくもるとを以て。昔と今とのたがひをいへるはかなはず。此歌にては。くもるといふが即かすむ事にて。くもりもはてぬとくもりはてたるとを以て。昔と今とのたがひをよめる也。くもりもはてぬとは。只春のならひにてうすくかすむをいふ。千里が歌も其心也。さてくもりはつるといふは。深くかすみて一向に見えぬやうなる事也。一首の意は。いま老の涙に月のくもりはてたるに付て。くもりもはてざりし昔の春をしのぶと也。

頓阿の歌に「くもりもはてず」とあるのに対して、評釈では「くもりもはてぬ」とパラフレーズし、春の薄く霞む景を表現する詞であると説明している。これらのことから宣長改作歌の「くもりもはてぬ」の「ぬ」は打消「ず」の連体形として解釈するのが妥当と考えられる。

すると、「くもりもはてぬ」という連体修飾成分はどの詞に係っていくのかという問題が次に生じる。直下の「花の香」を連体修飾して「大空は、曇り切りもしない花の香によって、梅の咲く山の月が霞んでいる」とすれば通じるように思えるが、「花の香」が「曇り切りもしない」という意味の係り受けは元の定家歌に反している。定家歌・千里歌と同様に「くもりもはてぬ」を「月」へと係っていくよう読むと、第三句（花の香に）と第二句（くもりもはてぬ）の語順を入れ替えて「大空には、花の香りによって曇り切りもしない（月）、梅の咲く山に（その）月が霞んでいる」とする先に上げた現代語訳となる。

このように解釈すると、『續玉箒』で「くもるといふが即かすむ事」、すなわち「くもる」と「かすむ」とは互換的に考え得ると宣長によって述べられていることが、ここでの解釈に生きてくる。定家歌の「梅のにほひにかすみつゝくもりもはてぬ春の夜の月」という表現は、梅の匂いに「かす」んでいることで、「くもり」切りもしない月、というように類似する意味を持つ語が二重に「月」の意味を限定していた。それを宣長改作歌は「くもる」と「かすむ」の語順を入れ替えた上で、「くもり」切りもしない月が「かす」んでいる、という景として再現しようとしているのである。

以上のように改作歌の解釈を定めた上で、宣長による改作の論理を再考しよう。定家原歌に対する宣長の批判は「梅のにほひ、かけ合たる詞なき故に、はたらかず、此句をのぞきて、たゞかすみつゝにても聞ゆればなり」であった。「梅のにほひ」と「かけ合たる詞」がないために、改作歌では、上句に「花の香」を、下句の「梅さく山」を配することで詞の上でかけ合を成立させた、と正明は見ている（「上に花の香といひ、下に梅咲などいひて上下かけ合たりとおもふめりな」）。前章で析出した「かけ合」の内実においては「一首内の二つの事柄が和歌的世界において共起することの必然性」を取り入れたとみなせる処置である。

このような「かけ合」を成立させようとする宣長による改作の論理を野口武彦は「歌意を明瞭にするための言葉のはたらき」の重視と分析する。野口の議論で注目すべきは定家の原歌が視覚と嗅覚とが混然一体となったいわば共感覚を描き出しているのに対し、宣長はその「嗅覚的想像力」に無頓着であり、また正徹や心敬らが定家の特徴として指摘する「かげ」や「面影」を視覚性と捉えて、宣長によるその視覚性への関心の薄さを指摘している点である。(16)

当該論考で野口は、宣長による感覚性への無関心と言葉と言葉の呼応の重視は、理想的な古代人へと同一化するために、言葉の作り事を通して、雅へと近づこうとする意志に基づくものであるという。(17) 宣長の古代人への模倣的同一化への志向は、第一部第二章でも述べたように、荻生徂徠ら古文辞学派からの思想的系譜を見ても間違いない。またここで俎上に載せている定家歌やその改作が詞の「かけ合」を軸に行われていたことから、言葉と言葉の呼応に重点を置いていたことも間違いない。その上で、本章でこれまで宣長の和歌解釈の現場に即して見てきた対照の思考という観点から、野口の述べる感覚性、とりわけ視覚への無関心とは逆の志向、すなわち視覚化による歌境の輪郭を鮮明に描き出そうとする志向を宣長のうちに認めるべきことを主張したい。

宣長における視覚化への傾向という観点から、定家歌の改作をいま一度見直してみる。改めて新古今四〇番の定家原歌、宣長改作歌、およびその現代語訳を掲げる。

大空は梅のにほひにかすみつゝくもりもはてぬ春の夜のつき（定家原歌）

大ぞらはくもりもはてぬ花の香に梅さく山の月ぞかすめる（宣長改作歌）

大空には、花の香りによって曇り切りもしない（月）、梅の咲く山に（その）月が霞んでいる（宣長改作歌現代語訳）

定家原歌については、梅の香によって霞む春の夜の月という幻想的な景と、さらには本歌「てりもせずくもりもはてぬ春の夜のおぼろ月よにしく物ぞなき」を『源氏物語』花宴巻で朧月夜が口にしていた場面とを踏まえて、匂い立つ妖艶な雰囲気が村尾誠一によって指摘されている。(18) その評価に認められるのは、詞と視覚の外部といった茫漠たる領域を感得する際に生じる美的感覚である。

一方で宣長の改作歌に対しては、詞や視覚が明瞭な輪郭を持つことで、かえって定家歌が持っていた余情や幽玄の美を損しているという指摘がある。例えば窪田空穂『完本評釈』は、本歌である千里歌が朧月夜の艶なる事実を「説明」しようとしていたのに対して、定家歌は艶なる気分を「表現」しようとしていると述べた上で、宣長の改作歌は「説明」と聞こえるという指摘を行っている。[19] 窪田が述べる定家歌が表現している「気分の表現」とは、すなわち伝統的に言われてきた言語外、視覚外に広がる茫漠たる美的感覚の感得を鑑賞者に促す表現であろう。一方で宣長改作歌に対して述べられる「説明」とは、余情・幽玄の言語化、そしてその視覚化された情景について与えられた評価であると考えられる。

宣長の改作歌は「花の香」と「梅さく」という和歌的世界において共起が必然的である詞を組み入れることで、詞の上での繋がりを確保することに眼目があったと考えられる。一方で「大空には、花の香りによって曇り切りもしない（月）、梅の咲く山に（その）月が霞んでいる」と解釈できるように、月を主語として「かすむ」と述定する。定家原歌が体言止めであり、嗅覚と視覚との共感覚を鑑賞者に疑似体験させるような「気分の表現」の歌であったのに対して、宣長改作歌は主語（月）を述語（かすむ）で説明する。その説明は、歌境として浮かび上がる景を言葉によって造形するような視覚化を意図した改作であったと考えられるだろう。

輪郭をはっきりと浮き立たせる視覚化という志向は第二の定家歌改作においても指摘し得る。

見わたせば花も紅葉もなかりけり浦のとまやの秋の夕暮（秋上・三六三）

二三の句、明石巻の詞によられたるなるべけれど、けりといへる事いかゞ、其故は、けりといひては、上句、さぞ花もみぢなど有て、おもしろかるべき所と思ひたるに、来て見れば、花紅葉もなく、何の見るべき物もなき所にて有けるよ、といふ意になればなり、そも〳〵浦の苫屋の秋の夕《べ》は、花も紅葉もなかるべきは、もとよりの事なれば、今さら、なかりけりと、歎ずべきにはあらざるをや、我ならば見わたせば花

ももみぢもなにはがたあしのまろ屋の秋の夕暮などぞよまましとぞ、ある人はいへる、

改作に踏み切る第二句・第三句である「花も紅葉もなかりけり」は、『源氏物語』明石巻の「はるばると物のどこほりなき海づらなるに、なかなか春秋の花紅葉の盛りなるよりは、ただそこはかとなう茂れる蔭どもなまめかしきに」[20]に拠ることを指摘した上で、「けり」の妥当性について宣長は疑義を呈している。浦の苫屋の秋の夕暮れに、花も紅葉もないことははじめから当然である、と考えるのである。そこで問題とするのは、花紅葉の存在を頭に描いた上で、実際の花紅葉の非存在に対する詠嘆として「けり」が用いられている点である。宣長は以上のように考えた上で、次のような改作歌を提案する。改めて定家原歌と宣長改作歌とを並置する。

見わたせば花も紅葉もなかりけり浦のとまやの秋の夕暮　（定家原歌）
見わたせば花ももみぢもなにはがたあしのまろ屋の秋の夕暮　（宣長改作歌）

荒木田久老は当該定家歌を「言外の余情」によって評価しており、宣長の改作を「たゞ理のみを先にして〈中略〉縁語詞のいひくさりを専とせる歌」[21]と非難する。野口にしても花や紅葉が不在と分かっても、そのイメージが残像として浮かび上がる所に、定家歌の評価を求めている。宣長の改作歌「見わたせば花ももみぢもなにはがたあしのまろ屋の秋の夕暮」は、原歌で不在を示していた「なかりけり」の「けり」への語法的な疑問から、「なかりけり」を「難波潟」という「なし」と「難波潟」との掛詞へ変えたことを、余情に無関心で詞の呼応に関心をよせる結果であるとする。[22]

しかしここでさらに付け加えるべきは、不在を示す詞でしかなかった「なかりけり」が「難波潟」という明確な

視覚イメージを伴う歌枕へと変更されている点である。宣長の改作には詞の呼応と共に、視覚化への志向があるのである。

この視覚化への志向という観点を推し進めて、三首目の定家歌の改作を検討する。

さむしろやまつよの秋の風ふけて月をかたしく宇治の橋姫（秋上・四二〇）

二三の句、詞めでたし、本歌さむしろに衣かたしき云々、こゝの歌も、思ひやりたるさまなれば、らむなどいふ詞なくてはいかゞ、又月のあへしらひの詞も、あらまほし、又さむしろやとうち出たるも、いせのうみや、難波江やなどいへるとは、やうかはりて、よろしくも聞えず、或人の云、さむしろにまつ夜の月をかたしきて更行影やうぢの橋姫、などぞあらまし、

当該宣長の改作歌である「さむしろにまつ夜の月をかたしきて更行影やうぢの橋姫」は評釈中で述べられている「らむ」のような推量表現の要求、「月」と呼応する詞の要求、そして「さむしろや」という表現への疑問の末になされていると考えられる。

この改作歌もまた視覚化への志向として解釈し得る。冒頭の「さむしろや」を「さむしろに」へと改作したのは、宣長自身この「や」を間投助詞の詠嘆としてみなしていたことが評釈に述べられており、またそれは一定の広がりを持った場所に対してこそ用いられるべきであるという了解も示している。そこで、「や」を明確に場所を指示する「に」へと変更することで、「月をかたしし」く場所を明確に描いているのである。[23] また「月」の呼応として「影」が必要であるとの考えは、「よせ」や「かけ合」にも見られた和歌的世界における必然的な共起表現を求める宣長の傾向であるが、このように単体としてある「月」よりも、それと共起すべき「影」が同時に存在していることに

よって、その景の視覚的輪郭がより鮮明になると考えることができる。

以上、正明によって「けざやかなる」歌を好むとされる宣長は、和歌の詞がはっきりとした視覚を喚起するよう捉える傾向に基づいて、定家歌の改作三首を再考した。宣長に対する和歌解釈の評価に関しては、ほとんどが厳格な型に基づく言葉の運用という側面に集中してきた。本節でも見てきたように、その姿勢は宣長において厳然として存在する。その上で、宣長にとっての厳格な型に基づく言葉の運用とは何を意味していたのか。野口はそれを古代人との模倣的一体化を言葉の作り事を通して達成するためのものと考える(24)。古文辞学との系譜において宣長を捉える本書でも、その面は否定するべくも無い。しかし、和歌解釈の現場に即して見ると、言葉の厳格な運用と古代人との模倣的一体化を繋ぐ間に、もう一つの論理があることが見えてくる。その二つを繋ぐ論理こそ、視覚化への志向性である。

第一部第二章で述べたように、古文辞学が求める古代人への一体化の過程では、言語は消滅すべき存在であった。古文辞学における古代人との一体化とは体感による一種の悟りであったからである。一方で宣長における古代人との一体化は、どこまでも言語を通したものであった。これまで本章で分析してきた宣長における視覚化への志向性を「言・事・意」の一体的把握という視座を踏まえて以上の関係を整理するならば、この「事」とはすなわち言語と一体化した視覚的世界であると考えることができるだろう。宣長が余情や幽玄という詞や視覚の外部を指示する感性を排除しようとしたことは、裏を返せば、詞でもって視覚によって捉えられる世界を求めたと言えよう。宣長にとっての詞は、単に雅びに同化するための虚構的道具ではなく、具体的ではっきりとした輪郭を持つ視覚映像にかならず対応するべき現実存在であったのである。その言葉の視覚との現実的な対応関係を、古代人が用いるように運用することで、単に詞の上だけではない、詞と一致した視覚の世界として、古代人の世界を見ようとしたのである。

おわりに

『玉箒』の評釈における「たゝかはす」の分析から、全体と個別の対照という視点を通って、宣長の定家歌改作を視覚化への志向性という観点から論じ、宣長の古代人との一体化への行程が、ことばと視覚とが一致したものとして捉えることで達成されようとしていたことを論じてきた。

この点を、改めて宣長における最も重要なタームである「もののあはれ」の側面から捉え直してみよう。井筒俊彦が『意識と本質』において、存在は常に個別的実在としてあり、その背後に本質なる抽象物を想定しない一典型として宣長の「もののあはれ」を取り上げた時、彼は次のように述べていた。

> 中国的思考の特徴をなす――と宣長の考えた――事物にたいする抽象的・概念的アプローチに対照的な日本人独特のアプローチとして、宣長は徹底した即物的思考法を説く。世に有名な「物のあはれ」がそれである。物にじかに触れる、そしてじかに触れることによって、一挙にその物の心を、外側からではなく内側から、つかむこと、それが「物のあはれ」を知ることであり、それこそが一切の事物の唯一の正しい認識方法である、という。明らかにそれは事物の概念的把握に対立して言われている。〈中略〉「物の心をしる」とは、畢竟するに、一切存在者の非「本質」的（＝「本質」回避的、あるいは「本質」排除的、すなわち反「本質」的）、つまり直接無媒介的直観知ということになろう。事物のこのような非「本質」的把握の唯一の道として、宣長は「あはれと情《こころ》の動《うご》く」こと、すなわち深い情的感動の機能を絶対視する。物を真に個物としてあるがままに、それの「前客体化的」存在様態において捉えるためには、一切の「こちたき造り事」を排除しつつ、その物にじかに触れ、

そこから自然に生起してくる無邪気で素朴な感動をとおして、その物の個的実在性の中核に直接入っていかなくてはならない、というのだ。(25)

井筒が「もののあはれ」を通して見た宣長の思考法は、しかし和歌解釈の現場に即してみた時に、ことばと視覚との一体的把握という観点を組み込むことが求められる。井筒の述べる「直接無媒介的直観知」とは古文辞学が目指すような言語を媒介としない世界把握の方法ではあるだろうが、宣長が現に行っていたものではないと考えられる。宣長はことばを通して世界を文字通り見ようとした。宣長にとってことばと視覚とが一体化していたために、一方ではことばに力点を置けば野口のように言葉と言葉の呼応に終始する宣長像が生まれ、他方で視覚に力点を置けば井筒のようなことばを介さないような直観知を目指す宣長像が生じてくる。

しかし宣長はその中間にいる。ことばと視覚とが離れがたく結びつき合ったものとしてあり、それゆえに古代人のようにことばを運用すれば、古代人のように世界を見ることができると考えたのであろう。宣長にとって古代世界とは、徹底的にことばと結びついた視覚映像として現出すべきものであった。

注

（1）渡部泰明「本居宣長と『新古今集』」（『中世和歌史論——様式と方法』岩波書店・二〇一七年、四三六頁参照）「た、かはす」を「縁と相関浅からぬ詞」として取り上げている。

（2）田中康二「本居宣長『草庵集玉箒』「歌の魂なし」再考」（『晩華和歌集／賀茂翁家集　和歌文学大系　第六九巻』明治書院・二〇一九年、月報）三頁

（3）田中康二「和歌解釈の作法——『草庵集玉箒』の解釈法」（『本居宣長の思考法』ぺりかん社・二〇〇五年）

（4）前掲田中（二〇一九）二頁

（5）田中康二「和歌注釈の作法――『草庵集玉箒』の批評語」（『本居宣長の思考法』ぺりかん社・二〇〇五年）七七頁

（6）「精神」は「たましひ」と読む。前掲田中（二〇〇五）七六頁参照

（7）前掲田中（二〇一九）二頁

（8）『草庵集・兼好法師集・浄弁集・慶運集　和歌文学大系　第六五巻』（明治書院・二〇〇四年）一四五頁

（9）前掲田中（二〇〇五）八七―八八頁

（10）前掲田中（二〇一九）三頁。田中は当該歌の宣長評釈を以下のように分析する。
初句「暮れをだに」と下句「又ねの夢」とが照応することを見抜けていない『諺解』に対して、「一首の魂もぬけたり」と非難するわけである。宣長によれば、暮の現実の遠さが「だに」によって示唆され、又寝の夢の近さが「やがて」によって表現されているという。間遠き現実よりも刹那の夢にすがりつきたいという心理的メカニズムが、かくも平易に分析されていることに驚嘆するほかない。

（11）新編日本古典文学全集『源氏物語③』（小学館・一九九六年）一五〇頁

（12）鈴木淳「本居宣長における定家歌の改作――その歌論的背景」（『國學院雑誌』第七十九巻第十二号・一九七八年）七六頁

（13）『うひ山ぶみ』『本居宣長全集　第一巻』二六―二七頁。傍線は筆者。
さて初学の輩の、よむべき手本には、いづれをとるべきぞといふに、上にいへるごとく、まづ古今集をよく心にしめておきて、さて件《ン》の千載集より新続古今集までは、新古今と玉葉風雅とをのぞきては、いづれをも手本としてよし、然れども件の代々の集を見渡すことも、初心のほどのつとめには、たへがたければ、まづ世間にて、頓阿ほふしの草庵集といふ物などを、會席などにもたづさへ持て、題よみのしるべとすることとなるが、いかにもこれよき手本也、此人の歌、かの二條家の正風といふを、よく守りて、みだりなることなく、正しき風にして、わろき歌もさのみなければ也、

（14）山下久夫『本居宣長　コレクション日本歌人選58』（笠間書院・二〇一二年）五四頁

（15）『玉箒』三二九頁、七〇三番歌（「直《スグ》にいひくだしたる句」）および三三八頁、八七三番歌（「恋死んを上へ係《ツケ》て見たる故の誤也。其心にはあらず。二の句にて切《リ》て。恋しなんをば下へつゞけて心得べし。」）の評釈を参照のこと。

(16) 野口武彦「本居宣長における詩語と古語」(『江戸文林切絵図』冬樹社・一九七九年)七八―七九頁
(17) 同、八八―九〇頁
(18) 村尾誠一『藤原定家　コレクション日本歌人選11』(笠間書院・二〇一一年)四四―四五頁
(19) 窪田空穂『完本新古今和歌集全評釈　上』(東京堂出版・一九六四年)七六―七七頁
(20) 新編日本古典文学全集『源氏物語②』(小学館・一九九五年)二四一頁
(21) 荒木田久老『信濃漫録』(『日本随筆大成　第一期　第十三巻』吉川弘文館・一九九三年)四一八頁参照
(22) 前掲野口、七九―八二頁参照
(23) この解釈は鈴木健一「『古今集遠鏡』の注釈方法」(『江戸古典学の論』汲古書院・二〇一一年)で、古今三二番歌の俗語訳上の解釈について、賀茂真淵との比較から次のように述べていることと呼応する。「抒情的にその場面全体の雰囲気を捉えようとし、曖昧さも許容しようとする真淵に対して、宣長の場合は細部にこだわり、意味を限定的・論理的に読み取ろうとしている」(二七〇頁)
(24) 前掲野口、八八―九〇頁
(25) 井筒俊彦『意識と本質』(岩波書店・一九九一年)三五―三八頁

終章

本書は、本居宣長の和歌解釈を、抽象的な次元ではなく、実際の現場に即した形で分析することで、宣長がどのようにテクストを読もうとしたのかを探り、そこから宣長の思考様式を掴み取ろうとしてきた。いわば、テクストを解釈している最中の宣長の頭の中を覗こうという目論見であったと言ってもよい。本論では、宣長の俗語訳、および本歌取歌解釈と縁語の解釈について、以上のことを念頭に置いて、宣長の解釈が示されたテクストを中心に分析をしてきた。序章、および各章において、個々の研究における目的や手法、成果については繰り返し述べているので、本終章では、これまで得られた結論に基づきながら発想を自由にして、本居宣長の古典注釈の内に見出される問題について考えてみたい。

本論は、先行研究において、宣長の古典注釈が論理的一貫性を重んじると評価されていることを問題の出発点とした。宣長の古典注釈を論じる上でのこの規定は、いわゆる「宣長問題」に対する一つの解として導かれたものであると考えられる。「宣長問題」とは、注釈学的な実証性を備え、特に係り結びのような言語法則の発見をなし得る一方で、皇国の絶対性を排他的に主張する狂信的態度を持つ、という宣長に対する見方を一つの「謎」とするものである。(1) そのような二律背反を抱え込むとされる宣長を捉える統合的な観点として、論理的な一貫性へのこだわりが要請されたと考えるのである。実証を積み重ねる中で法則性を発見し得る論理的一貫性が、反転して、得られた法則を対象に対して盲目的に当てはめていき、その結果として法則に適合しないものへの排他性が導かれるという論理である。この論理自体は、「宣長問題」に対する一つの解としてはあり得るであろう。

このような「宣長問題」の捉え方に関しては、そもそもの問題設定自体を問い直す観点が子安宣邦によって提出されている。子安は、この一見相反する二面性と考えられる宣長の態度は、実のところ二律背反などではなく、内部として措定した皇国を「神典ニ見エタルトホリ」(2)に捉えることが、宣長の目指したことであり、注釈学的な実証性と皇国の絶対性の主張とは一体のものであると論じている。(3)子安は「宣長問題」が日本という内部を構成するための自己同一的言説に関する主題として捉えられてきた文脈の中で右のような主張をしており、この見方からすれば「宣長問題」は実証主義的側面に対してしか評価を行うことのできない近代知識人によるマッチポンプ的な問題構成ということになる。

以上述べた二通りの「宣長問題」に対する捉え方に対して、筆者は「宣長問題」を一般に人間が思考をする際に直面する図式化とそこから零れ落ちていくものとに関するアポリアとして捉えたいと考えている。先に、本論は宣長古典注釈への評価に関する論理的一貫性という見方を問題とするところから出発したと述べた。そして本論の中で筆者は繰り返し、宣長の和歌解釈における柔軟性の側面を、言い換えれば硬直した法則に縛られない多様な解釈のあり様を示してきた。それは「あはれ」の俗語訳における訳出法に関する五つの方法であり、古言を古言のまま把握しようとする態度と古言を俗語訳して捉えようとする態度の共存であり、本歌取歌解釈に関して計十種に及ぶ分析的視点であり、分節的な本歌取歌解釈の態度であり、宣長が「縁」と「よせ」、「かけ合」や「たゝかはす」などの評語で示そうとする語と語との関係の多様さであった。これらの研究によって得られた結論によって、宣長の古典注釈態度に対する論理的一貫性へのこだわりという捉え方が、一面的な見方であることを示してきたつもりである。

しかし筆者は、「宣長の解釈は柔軟だ」ということを主張したいわけではない。第二部第四章で見たように、宣長の本歌取歌解釈には、「心を取る本歌取」への傾向や、縁語を通じて和歌を成立させようとする傾向があり、その傾向は時として当該和歌の詞を越えた所に、その解釈を成り立たせるための根拠を求める姿勢を宣長に生じさせていた。また第三部第三章で見たように、宣長はことばと視覚とを分かちがたく結びつけて把握しており、そのことが後世に酷評される定家歌の改作を行わせてもいた。そしてこのような点が、宣長を評するものからすれば論理的一貫性にこだわるあまり、確立した図式に引き付けた根拠を持ち出し強弁を弄する姿勢と映るのであろう。翻って筆者は、そのような一定の傾向を持つ宣長の側面をも描き出すことで、宣長の古典注釈が論理的一貫性を持ちながら解釈の柔軟性をも併せ持つことを示そうとした。なぜなら、宣長の古典注釈をそういった二重の評価の土台にのせることで、「宣長問題」を先に述べたような人間の思考に内在するアポリアを主題とする問いへと読み替えることができると考えるためである。

思考における論理的一貫性とは、少なくとも宣長の古典注釈という主題で論じられてきた文脈の中では、法則性ないし図式の発見とその対象への適用である。縁語解釈を例にとれば、宣長は縁語と括られる語と語の繋がりを通じて、和歌的表現を成立させ得るという図式を持っていると考えられる。その図式に従い宣長は、新古今寂蓮五二二番歌（かさゝぎの雲のかけはし秋くれてよはには霜やさえ渡るらん）を内容や詞の用い方について非難をしながら、縁語の認定によってその価値をかろうじて担保するような解釈を下す一方で、縁語を組み込むために定家歌の改作に踏み切るのである。見るべき所の無いように見えた和歌が、縁語という図式によってその価値を見出される。その同じ図式によって、定家の名歌は凡庸な「秀句」になってしまう。宣長の古典解釈の中で生じるこういった事態を指して、先行研究では論理的一貫性へのこだわりと評してきた。筆者がこの事態を「宣長問題」と捉えるのは、人間が複雑雑多な対象をできる限り簡潔な図式で統一的に捉えようという思考をする限り、この宣長の古典注釈において生じている事態を避けることは極めて困難であることに改めて目を向けようとするためである。任意の有限個のデータから帰納的に図式を導いたうえで、その図式を今度は演繹的に全体へと当てはめることで、元来の有限性を超え出る認識の獲得が可能になる。一方で、演繹的図式を対象に適用する際に、その図式に包摂され得ない側面を捨象し、図式内に回収しようとするならば、その図式は一転して排他性を帯びるようになる。

　思考をするということが雑多な対象の統一的把握という側面だけであれば、この「宣長問題」は避け得ないだろう。しかし我々はもう一つの思考の側面にも注意を向けたい。それは統一的図式的理解から零れ落ちるものを掬い上げるという側面である。第一部第一章で『遠鏡』中の「あはれ」の俗語訳出において見たように、その他すべての用例で嘆息を表す「アハレ」や「ア、ハレ」を用いて訳出が行われている中で、古今九〇四番歌（ちはやぶる宇治のはし守なれをしぞあはれとは思ふ年のへぬれば）の「あはれ」を唯一「フビン」と訳出していた（[一]宇治ノ橋守ヨ　ホカノ人ヨリハ　其方ヲサオレハフビンニ思フ　オレト同シヤーウニ年ヘタ老人ヂヤト思ヘバサ）。宣長は訳出の方針を示す『遠鏡』「はしがき」において、「あはれ」の訳出法を述べる最後に「その思へるすぢにしたがひて、別《コト》に訳言《ウツシコトバ》ある也」[4]とまとめている。この「はしがき」では「あはれ」の訳出は基本的に嘆息を表す「ア、ハレ」などを用いて訳すことを述べており、実際の訳例も古今九〇四番歌以外はそのように訳されていたのであった。宣長の実際の訳出の作業とその方針の策定の過程を推測するに、まずは「あはれ」の訳出をしていく中で、嘆息としての「ア、ハレ」に類する表現で訳せるという図式を見出し、それに沿って訳出を続ける中で、先の古今九〇四番歌に際して、「ア、ハレ」を用いた表現では、当該歌の趣を表現しきれないと考えたのであろう。そして「あはれ」の訳出として例外的に嘆息を含まない「フビン」を見出すことで、翻って「はしがき」における最後の文言「その思へるすぢにしたがひて、別《コト》に訳言《ウツシコトバ》ある也」が、「あはれ」の訳出の方針に加わることになったのだと考えたい。柔軟な解釈によって、統一的理解から零れ落ちるものを掬い上げるとは、このような事態を指しているわけである。

本論全体で、解釈における論理的一貫性と柔軟性と述べてきたことは、右のように、宣長における雑多な対象を統一的に把握しようとする側面とその統一的把握から零れ落ちるものを掬い上げようとする側面と言い換えることができる。そのように見るならば、「あはれ」を「フビン」と訳したことが、「はしがき」の訳出の方針に加えられていったように、従来の図式に当てはまらない対象を掬い上げた上で、もう一度図式を練り直していくという思考の運動を宣長の古典注釈中に見て取ることができるのである。このことは「宣長問題」として筆者が提起した思考の図式化に関するアポリアに対して、当の宣長によってその向き合い方が示唆されていたと言うことができる。対象を把握するには統合的思考による暫定的な図式を必要とする。図式があることで初めて、その図式から零れ落ちるものが顕在化してくる。その上で、従来の図式から零れ落ちるものを掬い上げ、もう一度図式を練り直すこと。思えば、本論において本歌取歌解釈や縁語にまつわる評語の分析的視点の析出について、右のような図式化とそこから零れ落ちる事例の再把握という往還を筆者自身、何度も行っていた。そして、未だ本論で提示した本歌取歌や縁語に関する分析的視点が必要十分であるとは言い切れない。むしろ必要十分であると思考を止めたとき、本終章で提起したような思考のアポリアとしての「宣長問題」が生じてくるのだろう。

「本居宣長の古典注釈」という大仰な書名を題したが、言うまでもなくこの小論では、まだまだ宣長の古典注釈、特にその実際については、極々一部分を分析の対象としたに過ぎない。全体を閉じるにあたって、残された課題に基づく今後の方針を述べておくことにする。

これからの研究は「本居宣長の詩学とその思想との連関――表現論的観点から」と題目を定め、引き続き本居宣長における和歌の解釈と詩作を含む詩学の内実を実証的に明らかにすることを目指す。いま、詩学に関する宣長自身による議論、及び彼をめぐる議論について、「うたとは何か」に関わる理論的な水準にあるものを本質論、一方で「うたをいかに読む／詠むか」に関わる実践的な水準のものを表現論と呼ぶことにするならば、当該研究では、後者の表現論を中心に分析し、その観点に基づいて本質論との比較を行うことで、宣長の詩学と思想との連関の総体的な解明を試みることが目指される。宣長の表現論的な詩学を研究する上で現在、筆者が念頭に置いている対象は、これまでの研究を引き継ぐ形での（一）宣長の和歌解釈、以上を踏まえた上での（二）宣長自詠歌、及び（三）徂徠派詩学との関連である。

（一）宣長の和歌解釈に関する研究において、その表現論を分析するための対象著作は『玉箒』、『美濃』、『遠鏡』、『源氏物語玉の小櫛』、及び『歌合評』として設定し得る。これらは村岡典嗣『本居宣長』の「宣長学とその区分及び著書の概観」における「文学説（中古学）に関する註釈書」に該当する分類項目に、その和歌解釈的側面を鑑みて『歌合評』を加えたものに相当する。これらの著作を通して、宣長の個別の和歌に対する解釈、特に和歌の修辞表現に関する解釈を分析する。分析対象とする和歌修辞表現は、これまでの本歌取、及び縁語から、掛詞、序詞、枕詞へと範囲を拡げる。

（二）宣長自詠歌に関する研究は、和歌の「詠み」に関する表現論的研究である。この研究では（一）に基づく宣長の和歌解釈の図式を念頭に置いて、彼の自詠歌がどの程度その図式に従っているのか、すなわち詩作における準則と実際を明らかにする。（二）宣長自詠歌に対する研究における主な分析対象としては、筑摩書房版『本居宣長全集　第十八巻』所収の『自撰歌』を設定することができる。当該歌集は『玉箒』成立頃の一七六七年から晩年の一七九九年までの各年における宣長自詠歌のうち、宣長自らが選んだ詠歌が一七五七首収められており、おおむね制作の順序に従って配列されるものであり、年代ごとにおける詩作態度の変遷を追うことも可能となる作品群である。

（三）徂徠派詩学との関連においては、徂徠派詩学における詩文の解釈と詩作について、表現論的観点から宣長詩学との関係を分析することを目指す。詩文解釈について、これまでの本書の本歌取歌解釈の研究との関連から、高山大毅「古文辞派の詩情――田中江南『唐後詩絶句解国字解』」[5]で提起されている徂徠派の「断章取義」と本歌取との親近性を念頭に置いて、徂徠派による「断章取義」と宣長の本歌取歌解釈の対照を行い、具体的な分析的視点の異同を検討することから始める。そして、徂徠派が古代の精神へと一体化するために擬古と修辞を重んじていたという藍弘岳の指摘を念頭に置き[6]、同様の指摘を徂徠学の影響を明示しながら、理論的な著作の分析によって宣長の新古今主義に見出した高橋俊和の指摘を踏まえて[7]、この議論を宣長の本歌取や縁語などの修辞表現に対する表現論的態度から比較検証する。

本居宣長を研究対象と定めた以上、『古事記伝』の研究が最終目標であることは言うまでもない。注釈書という形式のテクストである『古事記伝』を、あくまで宣長が当該テクストをどのように読もうとしていたのかを、彼の実際の読みに従って明らかにすることが、筆者のアプローチである。これまでと、そしていま述べた研究プロジェクトをひとつひとつクリアしていく先に、『古事記伝』に対する注釈学的、表現論的な研究という挑戦が待ち受けているものと考えている。

注

(1) 加藤周一『夕陽妄語　第二輯』(朝日新聞社・一九九七年・一四頁。初出は朝日新聞一九八八年三月二十二日夕刊)に「宣長の古代日本語研究が、その緻密な実証性において画期的であるのに対し、その同じ学者が、上田秋成も指摘したように、粗雑で狂信的な排外的国家主義を唱えたのは、何故か」とある。

(2) 『講後談』第十四巻、一八三頁

(3) 子安宣邦『「宣長問題」とは何か』(筑摩書房・二〇〇〇年)二四―二六頁

(4) 『古今集遠鏡1』二三頁

(5) 『近世日本の「礼楽」と「修辞」　荻生徂徠以後の「接人」の制度構想』(東京大学出版会・二〇一七年)

（6）『漢文圏における荻生徂徠――医学・兵学・儒学』（東京大学出版会・二〇一七年）所収「朝鮮と徂徠学派――朝鮮通信使との交流と競争をめぐって」、「詩文論――徳川前期における明代古文辞派の受容と古文辞学」などを参照

（7）高橋俊和『本居宣長の歌学』（和泉書院・一九九六年）所収「新古今主義」参照

初出一覧

序　章　書き下ろし

第一部　翻訳論

第一章　「『古今集遠鏡』と本居宣長の歌論」（『日本語・日本学研究』vol.5・二〇一五年）を基に改稿

第二章　「本居宣長の俗語訳論――徂徠・景山の系譜から――」（『日本語・日本学研究』vol.9・二〇一九年）を基に改稿

第二部　本歌取論

第一章　「『草庵集玉箒』における本歌取解釈の諸相」（『東京外国語大学日本研究教育年報』第二四号、二〇二〇年）を基に改稿

第二章　「本居宣長の本歌取論――『新古今集美濃の家づと』評釈を通して――」（『言語・地域文化研究』第二五号・二〇一九年）を基に改稿

第三章　「本居宣長手沢本『新古今和歌集』における本歌書入」（『言語・地域文化研究』第二四号・二〇一八年）を基に一部修正

第四章　「宣長の新古今集注釈における本歌認定――手沢本『新古今和歌集』書入と『美濃の家づと』の相違

に着目して――」（『東京外国語大学国際日本学研究』第二号・二〇二二年）を基に改稿

第三部　縁語論

第一章　「本居宣長における評語「縁」と「よせ」の輪郭――宣長の縁語解釈の解明に向けて――」（『樹間爽風』第一号・二〇二一年）を基に改稿

第二章　「宣長の「かけ合」の説――石原正明『尾張廼家苞』を手掛かりとして――」（『鈴屋学会報』第三九号・二〇二二年）を基に改稿

第三章　「若き日の宣長は和歌をどう読もうとしたか――『草庵集玉箒』をめぐって――」（令和四年度「宣長十講」七月十六日・於本居宣長記念館）及び「本居宣長の和歌注釈書内での改作について」（「和漢韻文研究会二〇二四年秋期研究会」九月二八日）の発表原稿を基に改稿

終　章　書き下ろし

あとがき

本書執筆の過程で学恩を被った方々は数えきれない。その中でも、大学の学部から指導教官として、私の勉強や研究について、さらには研究者として生きていく上での様々な指針を示して下さった村尾誠一先生の名を特記したい。

本書を構成する文章を書いている期間、日本学術振興会の特別研究員として五年間に及び、研究と生活を支えて頂いた。また本書は立教大学の出版助成によって出版されたことも特記しておく。

本書の出版を快諾し、最後まで伴走して下さった花鳥社の橋本孝氏、相川晋氏に厚く御礼を申し上げる。

最後に、家族へ。先の見えない研究者への道を見守ってくれた父隆雄、母たまき、先の見通せない研究者としての道を共に歩んでくれている妻有希、息子珀、娘千早へ感謝したい。

二〇二四年十一月二十二日

藤井　嘉章

索　引

・人名、書名は、通行のよみで、現代仮名遣いによる五十音順に配列した。
・和歌は、旧仮名遣いによる五十音順に配列した。初句が同一の場合は、第二句、第三句までを示した。

人名・書名索引

あ行

か行

さ行

た行

な行

は行

ま行

や行

ら行

わ行

和歌初句索引

あ行

か行

さ行

た行

な行

は行

ま行

や行

わ行

【著者紹介】

藤井 嘉章（ふじい よしあき）

1987年、東京都生まれ。東京外国語大学東アジア課程中国語専攻卒業。同大学院博士前期課程修了、同後期課程単位修得満期退学。博士（学術）。Cornell University East Asia Program 客員研究員、日本学術振興会特別研究員DC、同PDを経て、現在、立教大学文学部文学科日本文学専修助教。主な論文に「荻生徂徠の杜甫次韻詩」（『樹間爽風』第二号・2023年）、共訳書に許紀霖 著、中島隆博／王前 監訳『普遍的価値を求める　中国現代思想の新潮流』（法政大学出版局・2020年）がある。

本居宣長の古典注釈
和歌の翻訳・本歌取・縁語

二〇二五年二月二十五日　初版第一刷発行

著者……藤井嘉章

装幀……山元伸子

発行者……相川晋

発行所……株式会社花鳥社
https://kachosha.com
〒一〇一-〇〇五一　東京都千代田区神田神保町一-五十八-四〇二
電話　〇三-六三〇三-二五〇五
ファクス　〇三-六二六〇-五〇五〇

ISBN978-4-86803-013-3

組版……ステラ

印刷・製本……モリモト印刷